Geschichten

Ralph Henry Fischer

Ralph Henry Fischer

Geschichten

Kleine Prosa

Bibliografische Information der Deutschen Nationalbibliothek:
Die Deutsche Nationalbibliothek verzeichnet diese Publikation in der Deutschen Nationalbibliografie; detaillierte bibliografische Daten sind im Internet über http://dnb.dnb.de abrufbar.

Covergestaltung: Michaela Fischer

Herstellung und Verlag: BoD – Books on Demand, Norderstedt

ISBN: 9 783757 802141

Es war ein schöner Morgen

Der Clown hob die Hand. Ein schwaches Grinsen sprang aus den Fingerspitzen. Das Publikum schwieg. Jemand nieste. Es ist wie immer, meinte einer. Die Leute drehten sich um. Nichts geschah. Die Beleuchtung flackerte nervös. Es war kalt. Der Clown setzte sich. Er schwitzte. Die Schminke zerlief, sein Gesicht tropfte über die Brust zu Boden. Er stocherte mit dem Finger in der schmierigen Pfütze zwischen seinen Beinen. Er beobachtete seine Fußspitzen, die vor ihm in die Höhe ragten. Er lächelte. Dann legte er sich auf die Seite, zog die Beine an und schloss die Augen. Er roch den Boden. Das Publikum machte es sich bequem. Man saß in kleinen Gruppen beisammen. Einige hatten Matratzen, Kissen und Decken dabei. Die Stimmung war gut. Der Clown fühlte sich wohl, wälzte sich auf den Rücken, verschränkte die Arme unter dem Kopf und schaute in die Höhe. Das Gemurmel der Zuschauer erlosch. Alles schlief. Jemand schaltete noch die Beleuchtung aus. Durch Ritzen und Löcher im Zelt drang die Nacht herein. Draußen zirpten Grillen, eine Eule schrie. Der Clown lauschte. Gegen Morgen rauschte der Wind durch die Seile und Masten. Der Clown setzte sich auf, zog die Perücke ab und gähnte. Er krümelte sich den Schlaf aus den Augen und erhob sich. Mitten in der Manege pinkelte er. Die Pisse dampfte. Aus den oberen Reihen lachte jemand. Der Clown sah sich um. Es war ein schöner Morgen.

(1976)

Zehn Sätze

Wieder saß er da, noch immer, an dem kleinen Tisch, auf dem Hocker, vor dem Block grauen, wiederverwerteten Schreibpapiers einer internationalen Marke, recycled paper, papier recyclé, gerecycleerd papier, jede Seite im unteren linken Eck mit einem flotten Symbol versehen, Gebrauchsgraphik, ein Dreieck aus drei geknickten Pfeilen, deren Spitzen jeweils auf den folgenden wiesen, symmetrisch den Kreislauf des Geschehens andeutend, der Wiederholung, des endlosen Wieder-auf-sich-selbst-verwiesen-Seins, der nochmaligen Verwertung, er schrieb auf Papier aus Papier, vielleicht ein ehemaliger Tagesbefehl oder ein Zeitungsrest oder ein Liebesbrief, ein Todesurteil, vielleicht die Manuskriptseite eines Dichters, die Kalkulation eines Managers, das Testament Dr. Mabuses oder nur eins der zahllosen amtlichen Formulare, die nicht bloß jemandes Daten festhielten, sondern sein Leben handhabbar machten, vielleicht waren es auch unbeschriebene, unbedruckte Bögen, leere Seiten, vor denen einer vergeblich gesessen hatte, um sie zu füllen, die er zerknüllt fortgeworfen hatte, auch sie wurden wieder verwertet, ein weiteres Mal, obgleich noch nie benutzt, obgleich ohne Eingangswert, gerieten in den Kreislauf, den gesunden, den ewigen, den überzeugenden, der sich nicht länger religiös oder metaphysisch verkleiden musste, nein, seine wahre Gestalt war technisch, technischer Kreislauf, darum mit Ecken, missmutiges beleidigtes Entgegenkommen von Wissenschaft und Wirtschaft an die unzulängliche Natur, deren nutzbare Materie und Energie sich als endlich erwiesen, macht euch die Erde untertan, gewiss, Gott selbst hatte ja aufgerufen zum Krieg, zum Kampf, man eilte zu den Waffen, zog in die Schlacht, errang vorläufige Siege, verbuchte die Niederlagen, vergaß sie, zog wieder aus, gewann, verlor, die Lücken, die die Opfer rissen, füllten ihre Söhne, ein fruchtbares Geschlecht, reproduzierbar, sich selbst erneuernd und stets auf Neue ergänzend, zog über den entstellten Leib des Gegners, riss ihn entzwei, durchpflügte ihn, bis nichts mehr an ihn erinnerte, gab ihm die Gestalt, die man zu benötigen glaubte, wähnte ihn geschlagen, besiegt, willenlos, ohnmächtig, nun endlich verfügbar, und musste doch immer wieder neu antreten, gerade wenn man es nicht erwartete, wenn man ausruhte auf dem Lorbeer des Fortschritts, der vertrocknete bisweilen in Blitzesschnelle, musste erneut verdient,

errungen werden, solang man auf derlei Gewächs aus war, solang der uner-
gründliche Befehl einen trieb, auch wenn der uralte greise Befehlshaber längst
vergessen war und keiner im Traum mehr daran dachte, ihm die Siege zu Füßen
zu legen, die er verlangt hatte, der allgemeine Kampfgeist, mürbe ohnedies,
unwägbar, unberechenbar, erlahmte je undeutlicher die Konturen des Gegners
wurden, je häufiger man sich selbst unversehens in ihnen wiederfand, nur die
allzeit Unverbesserlichen, jäh an den Rand der Ereignisse gedrängt, ins All, ins
Atom, Räumlichkeiten, die ihnen erlaubten, unter sich zu bleiben, bei der
Stange, die noch keines Menschen Auge je erblickt und dennoch so viele schon
erschlagen hatte, fochten ihre Privatgemetzel im Abseits weiter.

Auch er besaß seine Historie, Geschichte seiner Kämpfe, seiner Siege und Niederlagen, seiner Leiden, wie jeder, nein nicht wie jeder, es waren seine ureigenen, unverwechselbar, unwiederholbar, er bestand darauf, dass er einmalig sei,
einzig, ohne Duplikat, er erkannte sich nicht im anderen, im Nächsten, schon
garnicht im Übernächsten, den Rückgriff auf seinesgleichen gestattete er sich
nicht, weil es sie nicht gab, die Kumpane, die Genossen, die gleicher Gesinnung,
die nur der anatomische Teint unterschied, kein Ei glich dem anderen, wenn
man nur genau genug hinschaute, derlei Gleichheit kannte die Wirklichkeit
nicht, sie war nur eine Frage der Sehschwäche, der Bequemlichkeit oder der
Warenstruktur, der Eierkarton war für 36 identische Produkte designiert, aus
Kostengründen, Gründen der Rentabilität – dass manches Ei zu Bruch ging, weil
es nicht passte in die vorgesehene Ausbuchtung, trieb keinen Kartonhersteller
zum Selbstmord, zumal die Ausfallquote kalkuliert war, einberechnet in die
Sandkastenspiele der Bilanzgehirne, der Lochstreifen-Philosophen, eine gewisse Anzahl Eier gelangte über die dürftige reale Existenz nie hinaus, weil nie
in den Pappkarton hinein, der erst den wahren Lebensodem einhauchte, welcher sich in den Rechenbelegen und Karteikästen niederschlug, die letztgültig
mit himmlischem Stempeldruck die eigentliche Existenz erfassten und bestätig-
ten, gewissenhaft, lückenlos, Ei wurde und war, was in den Mund gelangte,
und der Weg dorthin wurde sorgsam überwacht und dokumentiert, womit man
dem Chaos, der Anarchie den Boden entzog, nur vereinzelte Unpassende hatten, sofern die Umstände glücklich zusammentrafen, die Chance, vielleicht in

den Auslagen eines Feinkostgeschäfts zu landen, zu Ostern, kunstfertig bemalt in ein buntes Nest gebettet, auf eine unbewohnte Insel verbannt, verlorene Einzelne, Einsame, die man anstaunte und nicht zu berühren wagte, Traum für versponnene Kinder und einfältige Alte, der die anderen Käufer in die Geschäfte lockte, anzog, hinzog zu den auf der Theke gestapelten Ei-Silos, den präzis formierten Ei-Brigaden, serienmäßig getünchten Werken unerbittlicher Feldherrenhände, in Reih und Glied auf Abruf bereit, Osterfreude en gros, darum billiger, handlicher, unauffälliger, ohne Risiko, denn das allgemein Erwünschte, das durchschnittlich Anerkannte, das gemeinsam Konsumierte mochte nicht begeistern, aufrütteln, doch bot immerhin auch keinen Anhaltspunkt für Kritik, die anderen machten es auch nicht anders, das Fest wurde überstanden, gemeistert, man wechselte die Auslagen, die Auserwählten versauerten in ihrer Ödnis, wanderten zum Müll.

Der Einzige und die Geschichte seines Eigentums, er widersetzte sich der Enteignung, prüfte, wie weit man da gehen konnte, obgleich er nicht die Wahl hatte, sich anders zu entscheiden, nicht aus Prinzip, er hatte keine Prinzipien, das Prinzip Hoffnung, eingängiges Fanal naturwüchsiger glaubensstarker Ermutigung, sackte in sich zusammen, sobald man nur die Worte verkehrte, prinzipielle Hoffnung langweilte nur noch, da waren todmüde Verwalter, gähnende Beamtenknechte in Schlips und Kragen am Werk, denen das Prinzipielle in den toten Gesichtern lag, sie hefteten es ab, die Eingänge, die Abgänge, die Hoffnung allerdings pfiff auf die Durchhalteparolen, die Biedermeiersorgfalt, die Amtspedanterie, sie stellte sich ein, wenn sies für richtig hielt, so blieb sie am Leben, kärglich genug, gegen alle Prinzipienreiter, die jeden Gaul zuschanden machten.

Er konnte nicht anders, doch war es ihm nichts Pompöses, Hehres, Theatralisches, er schenkte sich die Darstellung, brauchte sich nicht zu verstellen, das war der Haken, die Falle, in die er geriet, oft, die Unbeweglichkeit, mit der er durchs Leben trieb, die andere für Eigensinn hielten oder Verbohrtheit, doch nichts war wie sie glaubten, diese uralte bürgerliche Freiheitseinfalt, der würdevolle gottähnliche, sich über die durch niedere Instinkte und Anlagen gefesselte Kreatur weit erhebende Mensch, der überdies in neuerer Zeit, wo sich dieses Bild beim besten Willen nicht aufrechterhalten ließ, zumindest die allzu unschicklichen anstößigen Züge wegtherapieren konnte, denn da gab es große und kleine Heilsbringer zur Genüge, gewaltige allumfassende oder detailliert bescheidenere Genesungswege in Fülle, allüberall verkündeten die Propheten, die Prediger, die Gaukler, die falschen Heiligen und neuen Götter ihre fordernden Botschaften und Bekenntnisse, ihre Verlockungen, ihre Verdammnisse, barsch oder schmeichelnd, nüchtern oder flammend schoben oder schleuderten sie, was ihnen heilig war, unters kranke Volk, legten ihre Fallstricke oder Minen, zogen ihre Stacheldrahtverhaue oder Blütenrabatten durch die Landschaft, beobachteten von ihren Wachtürmen die nahenden Opfer, lockten sie, befahlen sie herbei und fielen über sie her, es gab die kühlen Sachlichen, die Wissenschaftler unter den Magiern, die peniblen Arbeiter mit der hohen hellen Stirn, den grauen Schläfen und den feinen Linien um den Mund, die erfolgreicheren unter ihnen stets sonnengebräunt, lässig gekleidet, die Zigarette im Mundwinkel, eine Hand in der Hosentasche, wortgewandt, blitzlichtgewohnt, von offener moderner Lebensart, in jeder Situation zuhaus, Sylt, St. Moritz, im Therapieraum, im Laboratorium, in der Expertenrunde vor den Fernsehkameras, bei den Fachmessen, den Kongressen, immer akademisch rein, sauber, erfolgreiche Handlungsreisende in Sachen Seele, sie gaben den gröbsten Fragen die geschliffensten Antworten, und man begegnete ihnen respektvoll, vertrauensvoll, beruhigt, überließ ihnen gern jede Last, um sich, zu treffenden Kollektivformeln destilliert, im kommenden Erfolgsbuch wiederzufinden, Stammbuch der großen freundlichen Familie, in das sie voll Stil ihre Rezepte eintrugen, während die noch-nicht-Arrivierten, die emsigen Nachkömmlinge und Handlanger, die in die Seminare strömten, die Vorlesungen, die Gesprächskreise, schwitzend und unlustig, das nahe Ziel stets vor Augen, die Drecksarbeit leisteten, Statistik, Medikamentenkunde, Pflegedienste, um sonntags, feiertags, an den freien Abenden, zu sakraler Stunde die großen Zusammenhänge nachzubeten, die ihre strahlenden Götter in den Bestsellerlisten, offiziellen und geheimen, zum Besten gaben, und es gab die bleichen Hohlwangigen, die Ausgezehrten, deren Augen flackerten im Licht ihrer Wahrheiten, die Besessenen unter den Glückssuchern, die Verblendeten, die Fanatiker, die sich kasteiten, die verblüfften mit ihrer schonungslosen Plattheit, ihrem flammenden Zorn, die Betretenheit hinterließen und Schamgefühl, die ins Unrecht setzten durch die Vermessenheit ihres Wahns, der das fragende suchende Gegenüber zu Staub zermalmte, in den Boden stampfte, laut erhoben sie ihre Stimmen, anklagend ragten ihre Fäuste in die dünne Luft, die sie umgab, man sammelte sich hinter ihren Fahnen, hinter ihrer Stärke, ihrer Kraft, mit der sie die leisen Stimmen, die zaudernden Warnungen, die schüchternen Einwände wie einen Vorhang zur Seite schoben, durch den sie ihre Jünger in den eisigen Abgrund des Weltalls geleiteten.

Das Zeitalter der Sauberkeit, alle versprachen Reinigung, Läuterung, Absolution, kein Fleck sollte mehr zu sehen sein, jede Weste, jeder Leib, jede Seele musste rein sein, rein, kein Schmutz, kein Staub, kein Unrat sollte das Bild des wackeren, gesunden, reinlichen Menschenkinds mehr stören, der große Aufwasch hub an, zunächst außen, an der Oberfläche, und dort blieb er auch stecken, aber dort war er gründlich, so gründlich, dass er schon zu genügen schien, nur darauf kam es an, auf die Fassade, dass sie unbemäkelbar sei, keinen Grund zum Anstoß liefere, wieder gab es Unberührbare, doch nicht weil man sich an ihnen beschmutzen könnte, nein, um sie vor dem Schmutz zu bewahren, der allerorts drohte, kein Grauschleier entging den Sprühdosen, den Waschmitteln, den chemischen und mystischen, der Hygienedienst funktionierte wie geschmiert, die Sandkörner in den Getrieben rannten um ihr Leben, vergebens, schon schlugen die Spürhunde in den keimfreien Anzügen an, die Reinlichkeitskommandos fanden jede Stecknadel, besonders nachdem auch die Heuhaufen als spezieller Gefahrenherd ausgeschaltet waren, man hatte klare saubere Verhältnisse gewollt und schuf sie, man mochte die Unebenheiten nicht, die Ecken, die Kanten, man schliff sich glatt, glatte identische Klötze, die solidarisch waren in der beruhigenden Gewissheit, ihresgleichen zu haben.

So glitt man aneinander vorüber, aneinander ab, nichts verzahnte sich mehr, griff mehr ineinander, klemmte, weiß, glatt und sauber ragten die Einzelnen aus den polierten sterilen Brutkästen in den blitzblanken Himmel hinein, verschwanden darin, ohne einander je zu begegnen, zu berühren, gerade Wege lagen vor dem, der das blässliche Licht dieser Welt erblickte, säuberlich gezogen mit den Linealen der Ideologen, die stets geradeaus, nie geradeheraus dachten und lehrten, Mathematiker der Gesinnungen, die in die rechte Richtung zu stoßen sich ein jeder von ihnen berufen fühlte, da gab es keine Kurven, keine Krümmungen, keine Umwege, die Welt der Ideologen war immer flach, platt, eben, es gab in ihr keine schützenden Deckungen, keine Nischen, denn sie musste überschaubar sein, überblickbar bis in den letzten Winkel hinein, man musste wissen, was dort vorging, gerade dort, nichts durfte übersehen werden, auch Gott sieht alle deine Wege, denn eben das, von dem man nichts wusste und das dennoch geschah, war gefährlich, darum war es zu verhindern, ihr Misstrauen wurde lediglich übertroffen von der Gewissenhaftigkeit, mit der sie die Welt einebneten, die Täler aufschütteten, die Hügel einstampften und die rauhe Erdkruste in eine aalglatte Folie verwandelten, die keine Schatten mehr warf, in denen man sich hätte verbergen können, mit nervösen, angespannten Fingerkuppen folgten sie dem Blick ihrer teilnahmslosen Monitore, der die Planquadrate abtastete und wie vorherzusehen keine besonderen Vorkommnisse meldete, überall nichts Neues, sie hätten zufrieden sein können, erleichtert, bestätigt, nun endlich ans Ziel gelangt, zur Vollendung gekommen, doch noch immer warteten sie, ungeduldiger denn zuvor, geschüttelt von Spannung und Begierde, und wussten doch, sie warteten umsonst, vergebens, nichts würde sich mehr ereignen, nichts würde mehr geschehen als das Vorgesehene, die Jagd war zuende, es gab kein Wild, wo keine Wildnis mehr war, beides nur noch Geschichte, nur noch Vergangenheit, allein die Jäger lebten noch, doch erst jetzt offenbarte sich, dass sie es waren, Jäger, nichts anderes, keine Heilsbringer, Erretter, Erlöser von dem Übel, noch nie waren sie es gewesen, nie etwas anderes gewesen als Jäger nach denen, die andere Wege gingen, krumme, holprige, unbefestigte, doch auch die gab es nicht mehr, umsonst hockten sie nun fiebernd vor den Bildschirmen, die ihnen ungerührt die Ödnis und Verlassenheit servierten, und bettelten voll Inbrunst um den einen, der einen Fehltritt täte und die Symmetrie verließe.

Er wusste, wie verlockend es war, an Genesung zu glauben, an ein Abwerfen der alten Lasten, unbelasteten Neubeginn, ans Ungeschehenmachen des

Vergangenen, wer wollte nicht wie Phönix aus der Asche frisch und frei emporsteigen, wer nicht unter den Duschen des Purgatoriums die alte Haut fortspülen, lange brauchte er, um den Kinderglauben zu durchschauen und war doch nie sicher vor ihm, das große allumfassende Heil, das die Seelenverkäufer in Aussicht stellten, verhinderte nur die vielen möglichen kleinen Heilungen, das Fegefeuer verbrannte nicht die Sünden, sondern die Sünder, die Welt wurde leer, den Lehren fehlte immer die Gegenwart, sie kannten nur und benötigten Vergangenheit und Zukunft, in denen nicht gelebt wurde, nicht jetzt, nicht im Augenblick, die sich nicht wehren konnten gegen die Ketten, die man ihnen rezeptierte, die Gegenwärtigen waren hier immer fehl am Platz, sie sprengten das statische Bild, gehörten nicht hierher, darum schob man sie zurück oder nach vorn, denn nur dort waren Antworten möglich, die die Fragen der Lebenden entschärften.

Der einsame Wanderer in der Abendsonne, klein, schwach, schmächtig vor dem monumentalen Hintergrund des brodelnden Weltgeschehens und doch unaufhaltsam seinem Weg ins Ungewisse folgend, den, nach geheimem Gesetz und Ratschluss, er allein wahrzunehmen in der Lage war, von aussichtsloser Tapferkeit, unbeirrbarer Vergeblichkeit, hilflosem Wagemut, ein Fremder, von niemandem begleitet, es zog ihn fort von den Töpfen der Sesshaften, die immer zurückblieben, von den warmen Stuben, den herzlichen Bindungen, irgendwo draußen warteten andere auf ihn, auf den, der ihr graues Dasein wieder lebenswert machte, indem er ihnen den Wert ihres sicheren Nests von neuem bestätigte, in das er nicht gehörte, nicht passte, das er wieder verlassen musste, sobald seine Arbeit getan war, angezogen von einem anderen unbekannten Ort, der ihn rief, magische Kräfte wirkten da, von niemandem zu entschlüsseln, die fremden Welten zogen einander an, stießen sich wieder ab, so entstanden Märchen, Mythen, Legenden, die Sagen von jenen glücklosen Unirdischen, die unstet durch die Welt zogen, auf verschlungenen Pfaden ohne Sinn, ohne Zweck, sie hinterließen keine Spuren außer in den Herzen vielleicht eine schwermütige Ahnung von Schicksal, bodenloser Unergründlichkeit, von Himmel und Hölle, stellvertretend für die zahllosen Kleinmütigen, Hasenherzigen, deren Blut gerann, wenn sie der Atem der Welt streifte, erfüllten sie unfassliche, unheimliche Lebensgesetze, die keiner kannte und kennen wollte und doch noch immer wirksam waren, hinter dem modischen Konsumkleid klopfte die alte Sehnsucht weiter, nach den einfachen Dingen: das Kämpfen, das Jagen, das Suchen nach dem Absoluten, das heroische Scheitern, die Welt barst vor Gewalttätigkeit, verzehrte sich selbst, nur die sensiblen Intellektuellen mit den feingliedrigen Händen bestritten dies naserümpfend nach wie vor, in ihrer bleichen Furcht vor Abseitspositionen, vor Situationen, in die kein freundlicher warmer Lichtstrahl mehr fiel, die unsicher, schmutzig, gefährlich waren und jeder heimeligen Gemütlichkeit und Heiterkeit entbehrten, der Boden der Existenz, Wirklichkeit unverschleiert grell, in unerträglicher Schärfe und Kälte, Wirklichkeit und nicht ihre angenehme abstrakte Peripherie, auf diesem Boden wuchsen die Seltenen, schon immer, zogen ihre rastlosen Runden durch die Jahrtausende, die kantigen groben barschen Wilden mit der endlos weiten Seele, die eins waren mit Feuer, Wasser und Wind, sie sprachen andere Sprachen, sangen andere Lieder in ihrer unendlichen Einsamkeit, die niemand begriff, manchmal sah er ihre Schatten, sie weckten ihn auf, rückten ihn zurück ins rechte Licht, rissen ihn heraus aus der zähen gallertigen Alltagspaste, in die er sich verkrochen hatte, und er wusste wieder, dass bei allem, was geschah, nur eines übrig blieb: er selbst, immer wieder er selbst, von überraschender Zähigkeit, Stabilität, Beharrlichkeit, die anderen veränderten nichts, die unzähligen Begegnungen, die ernsthaften Freundschaften, die stillen Liebschaften, die lärmenden Gruppenreisen, das ganze Personal, die wechselnden Landschaften, in der es agierte, alles Episoden, Ereignisse am Rande, Staffage für die Inszenierung des eigenen Dramas, wichtig, bedeutsam, abwechslungsreich, interessant, er gab sich ihnen hin, doch fiel hindurch wie ein Stein, sank hinab, wieder zu Boden, sie bewegten immer bloß die Oberfläche, sanft oder brausend, sie öffnete sich bisweilen, ein reizvolles Spiel voll Süße und Traurigkeit, er spielte mit, gern, man traf einander, näherte sich einander, blieb ein Weilchen beisammen, trennte sich wieder, verlor sich, der Käfig schloss sich erneut, zurück blieb jeder allein, mit Narben vielleicht oder blauen Flecken der Erinnerung, ein jeder überlebte den anderen, die gemeinsame Geschichte, die nur in ganz seltenen Romanen die Schale aufbrach, beiseite fegte, die Menschen verschmolz und sie zuguterletzt dann doch sterben lassen musste, denn Paradiese waren hier nicht gestattet, vielleicht nicht einmal möglich, man wusste nur zu gut, wie gefährlich die Liebe war, von der allein den gutgläubigen Sprüchen zum Trotz sich nicht leben ließ, obschon ein jeder sich ein solches Leben ersehnte, wenigstens ein einziges Mal es kosten, probieren, schmecken, manche überlebten den Versuch nicht, doch die meisten fanden zurück zur Arbeit, zum Schweiß ihres Angesichts, bluteten sich aus, wodurch die Erde fruchtbar blieb und fortfahren konnte wie gehabt.

Die erlösende Korrekturgeburt, die narbenlose Existenzliftung, den goldenen Kaiserschnitt, durch den man der alten Haut entschlüpfte, durch den die leidigen Geschichten, die einem das Leben auf den Leib geschrieben hatte, ausgelöscht würden, rückgängig gemacht, ungeschehen, sie gab es nicht, er ahnte es, so wenig wie den imposanten Neubeginn auf eigene Faust, eigene Rechnung, aus eigener Kraft, wollte man sich nicht mit den eigenen Wurzeln ausreißen, möglich waren nur und fanden statt die tausend kleinen täglichen Wiedergeburten, auch sie unter Schmerzen, geringeren, bei denen man immer wieder neu mit sich selbst niederkam, sich selbst gebar, den altbekannten Gnom, und möglich auch die tausend kleinen täglichen Anfänge, das Aufrappeln auf ein Neues, die Anläufe, immer in den Fußstapfen des ersten, des wesentlichen, doch auch sie wichtig genug, unternommen zu werden.

Illusionen zu entlarven, war nur der erste Schritt, er wusste es, viel viel schwerer war, sie aufzugeben, nichts war ein Geheimnis, wenn man nur gründlich genug hinsah und allerdings seinen Augen dann auch traute, das Leben verheimlichte nichts, barg keine Rätsel, weil es keine Rätsel gab, nur Lösungen, denn niemand lebte Fragen, jeder war eine Antwort, es gab kein Dasein aus freien Stücken, alles war Zwang, Gewalt, von Anbeginn, man wurde geboren, in die Welt gesetzt, ins Leben geworfen, blutverschmiert, unter Schmerzen und Tränen, von der ersten Sekunde an getrieben, voran gepeitscht, weiter gehetzt, es gab kein Ausruhen, kein Verschnaufen, wer anhielt, blieb zurück, das Ziel lag immer vorn, sooft man sich auch umblickte, so heftig man sich nach dem Ursprung zurücksehnte, nach der schützenden dunklen warmen Höhle, in der alles noch unverbindlich war, offen, frei, ehe man gekerkert wurde in einen

Leib, schon die Zeugung war undemokratisch, despotisch, eine Tyrannei, die ausschlaggebende, die Geburt der Tragödie, nur aus wessen Geist?, die Verantwortlichen waren bekannt, die Beweise erdrückend, jeder Täter dingfest, doch gab es kein Gericht, das sie verurteilt hätte, keine Strafe, die ihrem Verbrechen angemessen gewesen wäre, und keine Wiedergutmachung war denkbar für die Opfer, denn das war nicht wieder gut zu machen, nur geschehen, die Romantik trieb mancherlei Blüten, nicht nur blaue, doch giftig waren sie alle, immer schien die Flucht nach hinten die gefahrlosere, am besten gleich zurück in den Mutterschoß, sich alles nochmal überlegen, abwägen, klären und dann erst entscheiden, ob man will oder nicht.

(1978)

Kassiber oder **Briefe an einen unbekannten Freund**

1

Es ist schwierig, Nachrichten nach draußen gelangen zu lassen, unzensiert. Was nicht die offiziellen Wege geht, hat keine Chance, keine legale wenigstens. Und der illegale Transport ist äußerst riskant. Wer den Wächtern in die Hände fällt, hat nichts zu lachen.

Trotzdem gelingt es manchmal, eine geheime Botschaft hinauszuschmuggeln, ich weiß von zwei Fällen, in denen es glückte. Dass sie nichts bewirkten, ist eine andere Sache, du kennst die Öffentlichkeitsarbeit der Anstaltsleitung. Monat für Monat werfen sie einen Berg offiziell abgesegneter „Kulturgüter" aus unseren Zellen auf den Markt, Bild-, Schrift- und Tonträger aller Art – kein Wunder, dass da draußen der Eindruck entsteht, die Dinge stünden bei uns tatsächlich so glänzend wie die weißgewaschenen Märchen schildern. Gelegentlich habe ich sogar den Verdacht, dass man bei euch die Existenz unserer Anstalt garnicht bemerkt, oder besser: man beliebt, sie nicht so zu sehen, als eine Stätte des öffentlichen Gewahrsams nämlich, vermutlich, weil sie nicht in elektrifizierten Stacheldraht oder Betonmauern geschlossen ist. Offenbar mangelt es an Phantasie, sich eine Haft vorzustellen, die auch ohne Kerkergitter eine Freiheitsberaubung ist, oder eine Folter, die auch ohne Fausthiebe verletzt, oder eben eine Zensur, die nicht mit der Ausdörrung von Informationen arbeitet, sondern mit einem Überangebot an Scheininformationen, das die wirklichen Mitteilungen erstickt.

Die Wahrheit hat da keine Chance mehr, und du kannst dir denken, dass viele von uns es irgendwann aufgeben, sie überhaupt noch zu formulieren. Die beispiellose Wirksamkeit der mit allen Mitteln verbreiteten Lügen ist die engste und unüberwindlichste Mauer – und manchmal auch ein Zerrspiegel, der die Grenzen zwischen dem Wahren und dem Erlogenen verwischt. Es gibt eine Menge Wahnsinniger bei uns, Leute also, die an jedem verbindlichen Maßstab irre wurden und in einer vagen, diffusen Sphäre zwischen Sein und Schein umhertaumeln. Sie können nicht einmal mehr feststellen, ob sie nun in Haft sitzen oder nicht, ob sie frei sind oder gefangen, ob ihre eigene Wahrnehmung zutrifft oder das offizielle Bild der Dinge. Sie trauen niemandem mehr über den Weg, sich selbst am wenigsten. Irgendwie haben sie den festen Boden erlebbarer Wirklichkeit verlassen, ohne anderswo angekommen zu sein. Vielleicht klingt das in deinen Ohren verwirrt und unverständlich, ich weiß selbst, wie schwer es fällt, sich vorzustellen, dass das Unvorstellbare längst wirklich ist. Aber gerade darum schreibe ich dir, ich will dir helfen, zu verstehen.

2

Meine Zelle ist nicht sehr groß, doch groß genug, und bietet mancherlei Bewegungsmöglichkeiten, die ich auch weidlich ausschöpfe: zwischen Schlaftrakt und Küche, Küche und Wohntrakt, Bad und Klo. Manchmal scheint es mir als ginge ich hier mehr und legte größere Strecken zurück als je in meinem früheren Leben – aber womöglich täusche ich mich, denn eigentlich gibt es keinen prinzipiellen Unterschied zwischen Früher und Jetzt. Optisch wenigstens blieb alles beim alten. Könntest du mich besuchen, würdest du es wohl nicht bemerken, nichts hat sich verändert, die Bücher sind noch immer die Bücher, die Bilder die Bilder, auf dem Küchentisch steht das Kofferradio, im Atelier die Staffelei, selbst die alte Kaffeemaschine gibt es noch.

Das macht alles so kompliziert – es wäre leichter, wenn meine Zelle auch so aussähe wie Zellen gemeinhin auszusehen haben: ein winziger, feuchtdüsterer Raum, mit unverputzten, schimmeligen Wänden, einem vergitterten Fensterloch, einer verlausten, harten Pritsche ... und darauf ich, ausgezehrt, zerquält, mit rostigen Ketten an den wunden Hand- und Fußgelenken. Da würde niemand bezweifeln, wie es um mich steht, denn das kennt man von den Abenteuerfilmen, den Romanen, und denen schenkt man Glauben, weil darin der Eingekerkerte so rührend heroisch wirkt, der Graf von Monte Christo, Trenck usf.

Ich bin natürlich froh, dass mir dergleichen erspart blieb bisher, ich tauge nicht zum Helden. Außerdem hätten nur die anderen etwas davon – für mich bliebe es gleich, ich *bin* ja inhaftiert, so oder so, das Spielen kann ich mir schenken.

3

Das Alleinsein allerdings hätte ich mir nicht so gedacht. Es bedeutet, dass ich Tag für Tag, in jeder Stunde, jeder Minute der Haft höchstpersönlich für die

Zerstreuung all meiner Zeit zu sorgen habe, es gibt keine Abwechslung, keine Ferien im Vollzug der Isolation. Es ist überaus mühsam, sich in dieser Ausschließlichkeit um sich selbst bekümmern zu müssen, alles und jedes eigenhändig zu erledigen, vom Putzen, Kochen, Waschen, Geldverdienen bis zum Denken, Träumen, Planen, Fühlen. Nichts und niemand lenkt mich von mir ab, und die eigene Person gewinnt dabei eine Wichtigkeit, ein Gewicht, das sie von Haus aus garnicht besitzt. Niemand hilft beim Tragen, niemand erleichtert die Last, und, zugegeben, manchmal bin ich nahe daran, unter ihr zusammenzubrechen, mich erdrücken zu lassen, es nicht länger auf mich nehmen zu wollen, soviel Ballast zu schleppen – besonders wenn ich mich frage: Wozu eigentlich? Was nützen die ganzen Anstrengungen, wenn sie doch nie einen anderen als immer wieder nur mich selbst betreffen und erreichen? Welchen Sinn hat das denn, unentwegt soviel Schwieriges zu tun, wenn das Tun nichts bewirkt?

4

Dabei habe ich durchaus Nachbarn, viele, ich wohne ja in einem großen Haus, in einer großen Stadt, Tausende anderer Inhaftierter sind um mich, ganz in meiner Nähe, die meisten von ihnen in Gemeinschaftszellen, zu zweit, zu dritt, zu fünft. Und der gegenseitige Kontakt ist nicht einmal ausdrücklich untersagt. Nur sucht ihn niemand. Die meisten ziehen andere Bezugsformen vor, immerhin finden sich in jeder Zelle wenigstens ein Fernsehapparat und ein Radiogerät, und jede wird regelmäßig mit vielen, bunten, bebilderten Zeitschriften und Magazinen beliefert. Über diese nützlichen Medien unterhält man vielfältige, hochinteressante Kontakte zu aller Welt; sie sind natürlich den unmittelbaren nachbarschaftlichen vorzuziehen, weil wesentlicher, erregender.

So ist denn ein Fall wie der jener älteren Frau, die vier Jahre lang tot in ihrer Zelle lag, ehe man ihr Ableben bemerkte, durchaus keine seltene Ausnahme, im Gegenteil: die angestrebte Regel. Es geht darum, die Grenzen zwischen Leben und Tod zu verwischen. Und das gelingt. Diese Frau war schon zu Lebzeiten so gut wie tot und nicht minder allein als während ihrer vierjährigen ewigen Ruhe.

Oder auch dieser andere Vorfall, wo zwei sogenannte Eheleute an einem Samstagnachmittag vom Fenster ihrer Wohnung (in einem Hochhaus am Stadtrand) auf dem zugehörigen Parkplatz vier seltsame, verdächtige Gestalten ausmachten, die sie (da sie ihnen vom Fernsehen her nicht bekannt waren) für Invasoren von einem fremden Stern hielten; sie alarmierten sogleich die Sicherheitskräfte, die dann den Parkplatz vorsorglich mit Napalm säuberten. Allerdings stellte sich heraus, dass es sich bei den betreffenden Personen um Mieter desselben Hauses gehandelt hatte, die dort seit fünf Jahren wohnten, wenngleich zwei Stockwerke über dem Ehepaar.

Offenbar besteht das Alleinsein vorwiegend darin, dass, wer allein ist, nichts zu sagen hat. Oder auch umgekehrt: man wird isoliert, damit nur kein Gespräch, keine Verständigung zustande kommt.

Jedenfalls passiert es mir öfters, dass ich mir eine Zigarette anstecke, sie nach ein paar Zügen in den Schlitz des Aschenbechers klemme, und mir gleich eine zweite anzünde, noch während die erste vergessen im Aschenbecherrand qualmt. Wenn ich sie dann bemerke, denke ich einen winzigen Augenblick lang, ich hätte Besuch.

5

Du weißt vielleicht, dass es eine unausgesprochene, stillschweigende Absprache gibt, die täglichen Ausgänge zur Arbeit, zum Einkaufen, ins Kino etc. nicht zur Flucht zu benutzen. Mir fiel die Existenz dieser Vereinbarung nur darum auf, weil tatsächlich keiner floh, auch ich nicht. Ich wunderte mich darüber, schließlich hat doch jedes Gefängnis irgendeine Lücke, durch die der eine oder andere entwischt – warum nicht auch hier?

Der Grund ist simpel: Es gibt keinen Ort, an den man fliehen könnte, die Ausmaße der Anstalt sind nicht abzusehen. Auszubrechen lohnt nicht, weil es draußen nicht anders ist als drinnen, oder vielmehr: weil es ein Draußen nicht mehr gibt.

Jedenfalls begriff ich nun auch, warum sie auf einen rigorosen, geschlossenen Strafvollzug verzichteten – niemand kann ja entkommen, ihr sowenig wie wir. Uns unterscheidet lediglich das Bewusstsein: *Wir* wissen, dass wir inhaftiert sind, doch ihr seid es nicht minder. Das Wissen bedeutet nur eine Verschärfung der Haft, insofern wir die Ketten auch fühlen.

Das war übrigens der Tag meiner Festnahme.

Seither versuche ich, die Dinge bei ihrem wirklichen Namen zu nennen, spreche also statt von Welt von Anstalt, statt von Existenz vom Ganzen und statt von Leben eben von Haft. Es hilft bei der Orientierung, denn wenn die Worte nicht mehr mit den Dingen übereinstimmen, gerät man aus der Fassung. Die gebräuchlichen Bezeichnungen hinken den Zuständen hinterher, sind unpassend, weil es das ja nicht mehr ist: Leben oder Welt oder Existenz.
Bis dahin hatte ich meine Lage eigentlich für die normale und übliche gehalten. Und das war sie ja auch, wie ich nun wusste, aber gerade das war das Wahnsinnige, das Ungeheuerliche, wie ich erst jetzt zu ahnen begann.

6

Anfangs nahm ich an, es handele sich um ein Versehen.
Unbemerkt, so dachte ich, vielleicht durch das Zusammentreffen unglücklicher Umstände, war das GANZE versehentlich zu einer Anstalt des öffentlichen Gewahrsams geworden. Es war wohl nur niemandem aufgefallen bisher.
Darum empfand ich es als eine Art Pflicht, vehement auf die tatsächlichen Gegebenheiten hinzuweisen, in der naiven Annahme, alle Welt würde meine Information begrüßen und erleichtert die sofortige Korrektur des Missverständnisses in Angriff nehmen, also die HAFT aufheben. Denn niemandem konnte ernstlich an diesem allgemeinen Sträflingszustand gelegen sein. So verschickte ich eine Unzahl von Briefen an alle möglichen offiziellen und privaten Stellen, worin ich von meiner Entdeckung Mitteilung machte.
Nach einiger Wartezeit vermutete ich zuerst, die vielen Schreiben würden womöglich gar nicht befördert – denn nie kam eine Antwort. Dann erkannte ich, dass man mir nicht antworten wollte, oder besser, dass die Antwort gerade dieses höhnische Gelächter des Schweigens war.
Einen unerwarteten Erfolg allerdings hatten die Nachrichten, die ich versandte, doch, denn eines Tages erschienen zwei Beamte des Staatsschutzdienstes bei

mir und durchsuchten meine Zelle nach Waffen und verbotenem Schrifttum. Sie beschlagnahmten einige Bücher und gingen mit der Versicherung, ich möge mich von nun an völlig geborgen fühlen, denn solange ich nicht auf irgendeine Weise meine Loyalität unter Beweis gestellt hätte, würden sie mich gewiss nicht mehr aus den Augen lassen.

Da sah ich erst, wie ernst es war.

7

Ich gebe zu: ich fürchte mich. Man will mich fertigmachen. Andererseits fehlt mir jede Alternative. Noch vielmehr nämlich fürchte ich, die Augen vor der Wirklichkeit zu verschließen, nur um nicht wissen zu wollen.

Denn das einzige, woraus ein Gefangener Kraft schöpfen kann, ist, sich nicht auf die Seite seiner Kerkermeister zu stellen. Wer kapituliert, ohne zuvor gekämpft zu haben, ist verloren. Damit kann man sich allenfalls einige Vergünstigungen und Erleichterungen einhandeln oder auch womöglich innerhalb der Anstalt eine Stufe höher rücken. Denn das wenigstens weiß ich jetzt: dass es zwei Gruppen von Inhaftierten gibt: die Gefangenen und die Wärter.

Die Wärter sind Diener der Sache, die zu etwas Macht gekommen sind, über andere Diener. Das macht sie so brutal.

Allerdings besitzen ihre Machtmittel nur solange Wirksamkeit, wie man das Werte- und Bezugssystem ihrer Gewalt teilt.

Sie können mich zwar das Fürchten lehren mit ihren Drohungen, können mich auch, im schlimmsten Fall, verletzen, foltern, töten, denn in einem Punkt sind sie wie ich, eines haben wir gemeinsam: die Leiblichkeit, und dieser Gemeinsamkeit kann ich nicht entkommen.

Darüberhinaus jedoch habe ich nichts mit ihnen gemein, sie können mich nicht einmal kränken, weil die Moral ihrer Beleidigungen nicht die meine ist.

8

Da es ein Krieg ist, der mit unsichtbaren Waffen geführt wird, in dem sich die Gegner nicht einmal leibhaftig gegenüberstehen, liegt die größte Gefahr darin, der Unaufmerksamkeit zu erliegen, der Abstumpfung, der Apathie. Die Monotonie der Haft verlockt dazu, sich dem Verfall zu überantworten.

Darum sorge ich dafür, dass ich einigermaßen wach und gesund bleibe, auch körperlich. Abgesehen von täglichen Entspannungsübungen bin ich bemüht, meine Sinne, Organe und Glieder regelmäßig zu beanspruchen, um sie heil zu erhalten: Ich widme der Ernährung die nötige Aufmerksamkeit, mache Liegestützen, Handstände, Kniebeugen, laufe, springe und tanze in der Zelle umher, singe oft und laut, diskutiere nicht selten mit mir selbst, male und zeichne bunte Bilder, um mein optisches Wahrnehmungsvermögen zu schulen, usw. usf.

Selbst das Lachen gelingt mir oft, wenn ich mir etwa bei irgendeiner waghalsigen, merkwürdigen sportlichen Verrenkung oder einem meiner unbeholfenen Solotänze einen Beobachter vorstelle.
Das Weinen glückt seltener, meist dann, wenn ich mich daran erinnere, dass mein Leben nicht immer schon so gewesen ist, so abwegig, so ernst, so schrecklich bedeutsam. Nichts von dem, was einmal war, habe ich vergessen, allerdings rückt die Erinnerung daran in immer größere Ferne; nur selten noch gestatte ich mir, das eine oder andere aus dem Gedächtnis abzurufen. Manches jedoch kommt auch ungerufen, im Schlaf, im Traum, und oft ist es Lana, die ich sehr liebte, damals, mit 30.
Aber das gehört nicht hierher.

Das andere Mittel des Widerstands, der Selbsterhaltung, ist mein Ehrgeiz, mir eine immer genauere, umfassendere Kenntnis des Ganzen zu verschaffen.
Das Allermeiste ist eine Frage der Benennung. Insofern sind Worte wichtig. Schwierig ist nur, dass sie zu beidem imstande sind: Sie tragen sowohl die Lüge wie die Wahrheit. Man muss also schon die richtigen finden. Und suchen natürlich, das zuerst, eine Angelegenheit des Lernens, des Probierens, der Aufmerksamkeit und auch des Misstrauens gegenüber dem Gesagten.
Dieses Misstrauen indes setzt schon Vertrauen voraus: darauf, dass Sprache auch Wahrheit transportieren kann.

9

Wahrscheinlich fragst du dich, aus welchem Grund sie so mit uns verfahren, mit dir, mit mir, mit allen. Wodurch haben wir uns schuldig gemacht?

Ich schätze, es genügt, geboren zu sein, mehr ist nicht vonnöten.

Offenbar sind wir ihnen ein unerträglicher Dorn im Auge, in all unserer Beweglichkeit und Trägheit, unserer Robustheit wie Anfälligkeit, in unserer Unzuverlässigkeit wie unserer Treue, mit unseren unsteten Gefühlen und abwegigen Ideen. Und um die Folgen dieser Übel, die uns anhaften, so gering wie möglich zu halten, inhaftiert man uns, in dieser Form sind wir wohl noch erträglich, auch verwendbar, zudem hat man uns beständig im Auge.

Das wichtigste Ziel liegt darin, den Kontakt zwischen uns weitestgehend zu unterbrechen, wenn nicht völlig zu verhindern. Denn nichts ist störender, uneffektiver, gefährlicher als miteinander verbundene Menschen, speziell in solch unkontrollierbaren Formationen wie Liebespaaren oder Freundes- und Bekanntenkreisen, konspirativen Komplotten also, die den reibungslosen Ablauf des Wünschenswerten nur beeinträchtigen. Man kennt dergleichen anarchisches Treiben ja zur Genüge von der in früheren Zeiten unklugerweise besungenen Natur, jener originalen, nicht gemaßregelten bunten Sphäre der Mineralien, Pflanzen und Tiere, dieser unsauberen Bühne geistloser, sinnloser Bewegung, des Wachsens, Wucherns, Werdens. Auch sie gilt als terroristischer Unruheherd, als ständige unordentliche undurchsichtige Bedrohung, mit ihren planlosen katastrophalen Erdbeben, Vulkanausbrüchen, Orkanen.

Aber auch sie wird man schon noch kleinkriegen, im Zug der weiteren Verstädterung des Planeten wird sie schon noch verschwinden. Schon jetzt stellt sie mancherorts nur noch die seltene Ausnahme von der starren, grauen, greulichen Beton-, Asphalt- und Stahlregel dar.

Leuchtet es dir ein?

Die wohlbekannten Sachzwänge (Beschaffung von Geld und Gütern, Verteilung von Geld und Gütern) nötigen ihnen ihre Schritte auf, und nur folgerichtig zwingen sie ihrerseits uns zu einem Verhalten, das die Unversehrtheit dieser Zwänge sichert. Sie tragen mithin eine schwere Verantwortung, haben sie doch die Sachen und Zwänge des Ganzen um jeden Preis vor dem Zugriff der Menschen zu schützen. Dies gelingt am gründlichsten, indem man uns inhaftiert.

Das ist alles.

10

Die sicherste Haft ist natürlich die Einzelhaft, die Isolation der Sprachlosigkeit. Denn solange wir noch sprechen, auch die Herrschenden, kann man uns beim Wort nehmen. Darum tut man alles, um vor allem anderen die Sprache zu beseitigen, sie auszuhöhlen, leer zu machen, damit nur niemand mehr sich darin aufhalten kann.

Freilich ist es so, dass die rein quantitative Reduzierung der Sprache vorrangig der Masse der Untergeordneten vorbehalten ist. Die Oberen hingegen sprechen nicht unbedingt weniger als zu anderen Zeiten auch – nur, sie s a g e n nichts mehr, teilen in ihrem Sprechen nichts mehr mit, blasen bloß weiße, leere Sprechblasen vor den grauen Himmel ihrer Anwesenheit. Der zugehörige Text ist meist so dünn und fadenscheinig, dass er erst garnicht sinnliche Existenz gewinnt und die ihm zugedachte Blase nie erreicht. Je höher die Position des Sprechers, umso größer die Einengung des Sagbaren („die vielerlei Rücksichtnahmen" usw.), je bedeutender die Machtstellung, umso erheblicher also die Lüge. Die Welt wird von Lügnern gelenkt. Sie ist eine bunte Illustrierte, ein aufwendiges Fernsehspiel, ein gigantischer Comic-Strip, ein endloser Zeichentrickfilm, zu deren Erfassen die Augen genügen.

Wer die Sprechblasen am Himmel, die Lautmalerei im Hintergrund, die dickflüssige Orchesterbegleitung noch ernst nimmt, ihr über den Weg traut, ist selber schuld. Die Bilder zählen, nichts sonst. Dass es künstliche sind – nun, hat das etwas zu sagen?

Die Ermordung der wahren Wörter zugunsten der Herstellung erlogener Bilder hat den zweckdienlichen Effekt, dass sich mit dem Verschwinden der Sprache auch die Berührungspunkte zwischen uns verringern. Über Bilder lässt sich nicht miteinander kommunizieren, man kann sie nur ansehen, ein jeder für sich allein. Wo Sprache wegfällt, fällt zugleich auch Reibungswärme weg, die Welt wird bitterkalt. Denn beim termingerechten Erfüllen des Lustleistungsplans entsteht soviel Wärme nicht. Die drei aktiven körperlichen Pflichten: Essen, Trinken, Ficken erledigen sich ohnehin schweigend, und nur bei einer hat man miteinander, ineinander zu tun. Der Rest ist Geschäftliches und Staatsbürgerliches, wieder Schweigen also. Pst!

11

Oder ist es dir entgangen?: Die Kategorien LIEBE und SCHÖNHEIT sind längst aus dem Vokabular gestrichen, aus den Köpfen und Herzen, und ersetzt durch den viel treffenderen Bilderreichtum der Modejournale und Werbespots. Ähnlich erging es der Kategorie GLÜCK, die zwar nicht auszutilgen, aber doch mit neuen und zeitgemäßen Inhalten zu versehen war. Man verwendet sie nun vorzüglich im Zusammenhang mit Lotterie- und ähnlich unverhofften Gewinnen, aber auch in bewährten glücklichen Redewendungen wie: „Man kann von Glück sagen, dass ...", „glücklicherweise ist ...", „ein Glück, dass ..." wir z.B. drei Fernsehgeräte in der Familie haben, für jedes Programm eines, so dass es Auseinandersetzungen darüber, welches man denn gemeinsam ansehen könnte, nicht mehr gibt.

12

Liebe, tatsächlich, ich habe das Wort schon gehört. Aber ich erinnere mich nicht gern daran, irgendwie fürchte ich, es nicht ertragen zu können. Denn das ist in meiner Lage wohl das Unmöglichste von allem: zu lieben.
Obwohl ..., da hast du recht, es gibt mancherlei Arten der Liebe. Die des Ritters Lancelot oder die Liebe Romeos ist mir versagt, es ist keine Zeit für Ritterlichkeit und Troubadoure.
Aber es gibt noch andere, etwa jene alte Liebe zur Wahrheit, nicht zu dieser hehren, pompösen, die in guten Zeiten großer Denker Sache war, sondern die kargere, unscheinbare, die nur auf die Erhellung der Wirklichkeit aus ist. Auch das kann wohl Liebe sein: sich nicht hinters Licht führen zu lassen, vielmehr selbst etwas Licht ins Dunkel zu bringen. Und so soll es denn sein, dass ich, der ich eigentlich (wie jeder) dazu geschaffen bin, die Schönheiten des Lebens zu genießen, stattdessen nichts genieße (außer vielleicht die Befriedigung, vorerst dem Tod zu entgehen) und mich nur liebevoll mit der Ausleuchtung der Hintergründe und Formen meiner und anderer Haft beschäftige statt mit den erregenden Formen des warmen Körpers einer Frau oder den Hintergründen zweier glänzender Augen.
Und schon dafür hasse ich die, die den Zustand der Welt zu verantworten haben: dass sie, indem sie mich zu solchem Widerstand zwingen, meine ur-

sprüngliche Lebenssubstanz, meine wahren Daseinsintentionen so sehr verfälschen!

13

Allerdings gebe ich mich nicht der verwegenen Hoffnung hin, dass etwas von meinem Tun Früchte tragen wird. Nichts von dem, was ich herausfinde, wird die Welt verändern. Höchstens meine. Denn je mehr ich mich in den Gegenstand meiner Überlegungen verstricke, umso schuldiger mache ich mich. Und je schuldiger ich werde, umso enger wird der Raum, der mir zugänglich ist. Die engste Zelle ist die Krebszelle.

Andererseits wächst das Gefängnis um mich her, je mehr ich herausfinde aus der inneren Zensur. Im selben Maß wie mein Bewusstsein der Haftsituation an Umfang gewinnt, weiten sich auch die Dimensionen der Anstalt. Es gibt kein Entrinnen, gleich ob man es weiß oder nicht. Das Wissen verschärft nur die Haftbedingungen, nicht mehr.

Aber ich bereue es nicht. Eher bedauere ich die, die nicht wissen. Oder nein, es ist kein Bedauern, nur vermute ich, dass, wenn alle wüssten, vieles Nötige möglich würde.

Denn es bedarf ja gerade der Phantasten und Spinner, der Utopisten und Träumer, um die Wirklichkeit wiederzugewinnen, die diese technokratischen Sachwalter, diese nüchternen Pragmatiker, all diese toten, tötenden Realisten auf den Thronen zu einem solch irrealen, künstlichen Albtraum verunstaltet haben. Aber die Phantasten und Träumer werden es nicht leicht haben, solange die vielen Ahnungslosen nicht wissen, um was es eigentlich geht.

14

Ganz unnötigerweise richtete man ja innerhalb des Ganzen noch ein eigenes, internes System von Schuld, Gericht und Sühne ein. Polizisten und Spitzel durchstreifen die Lande, Gerichtshöfe tagen und sprechen Urteile. Gefängnisse, Zucht- und Irrenhäuser reißen Täter und Abweichler aus der Öffentlichkeit.

Indem man dieses innere, abgegrenzte, geschlossene Strafsystem mit den Bezeichnungen Haft, Vollzug, Gewahrsam etc. versah, verschleierte man noch zusätzlich den identischen Charakter des Ganzen, mit Erfolg. Denn die meisten

wackeren Bürger ziehen aus der Tatsache, dass einige von ihnen in diesen offiziellen Anstalten einsitzen, schon den Schluss, sie selbst befänden sich außerhalb und also in Freiheit, ohne jede Schuld, vor aller Bestrafung und Nachstel-
lung gefeit.

Du auch? Meinst du, du kommst davon?

Oder zerbrichst du dir den Kopf darüber, was zu tun sei? Lass es, der Kopf hilft
nicht weiter. Es hat keinen Zweck mehr, sich noch weiterhin die Antworten nur
auszudenken. Steh lieber auf, such dir im Radio eine gute Musik, sauge den
Rhythmus in dich ein und lehre deine Füße, unsichtbare Figuren auf den Boden
zu zeichnen. Vielleicht wird eine Straße daraus, der du folgen kannst.

Ich versuche es auch, auf meine Art, hier, in meiner Zelle. Womöglich treffen
wir uns mal, irgendwo, draußen.

(1979)

Aufzeichnungen einer Ratte

„No rats aboard the magic ship of perfect harmony" – John Lennon

Der Name unseres Planeten tut nichts zur Sache. Ich fürchte und hoffe, er ist zu klein und unbedeutend, um sich größerer Bekanntheit oder gar besonderen Interesses zu erfreuen. Dabei wäre er, von seinen einstigen natürlichen Anlagen her, durchaus beider würdig. Er gehörte (und gehört noch immer, heute mehr denn je) zur kleinen Schar der sogenannten Blauen Planeten, jenen Kleinodien unter den Himmelskörpern also, die durch die gefällige Ausstattung mit Wasser, Land und Luft die Entstehung einer besonders kostbaren Bewohnerschaft begünstigten. In unserem Fall handelt es sich um die selten vornehme Gattung der Schafe, die sich, in verschiedenen Farbtönen, auf allen drei Kontinenten unserer Welt vor undenklichen Zeiten entwickelte.

Ach, fast unerträglich die Vorstellung, was aus all dem hätte werden und wachsen können, aus dieser vielfältig schillernden Flora, dieser mannigfachen, köstlichen Fauna, der guten klaren, duftenden Luft, den blauen, kühlen, fischreichen Ozeanen! Welch lohnendes, erfreuliches, genüssliches Dasein hätten sich die Schafe aller Kontinente in dieser großzügig und freundlich eingerichteten Welt verschaffen können, wenn nicht ...
Und sogleich schon sehen wir uns der Peinlichkeit ausgesetzt, eingestehen zu müssen, dass wir die Frage, weshalb denn trotz solch unvergleichlich günstiger Bedingungen am Ende aus unserer Welt nur die wurde, die wir kennen, nicht eigentlich beantworten können.

Es gibt oder gab eine Vielzahl der unterschiedlichsten Spekulationen, Vermutungen, Deutungen, die sich um eine Antwort bemühten, dies muss erwähnt werden, aber sie alle wurden (wie sich herausstellte) von solch zweifelhaften Interessen geleitet und geprägt, dass sie den Blick auf die Wirklichkeit eher verschleierten als weiteten.
Man mag es bedauern, dass es niemals eine ernsthafte, auf Wahrheit bedachte historische Forschung gab, deren Ergebnisse, rechtzeitig zur Hand, vielleicht das Schlimmste noch hätten verhindern können.

Jetzt käme sie zu spät, und sie hätte auch garkeinen Gegenstand mehr. Diese Aufzeichnungen müssen sich folglich damit bescheiden, nichts als einen äußerst schmalen und begrenzten Ausschnitt der Ereignisse auf unserem Planeten wiederzugeben, vorrangig jener, an denen der Verfasser mit eigenem Augenschein und Erleben teilhatte. Mehr ist in dieser Stunde nicht möglich, der Ehrgeiz, auch die Wurzeln und Herkünfte jener letzten Vorgänge gründlich zu erfassen, überstiege unser Vermögen. Vielleicht wird ein anderer in anderer Zeit solches leisten können.

1

Schon die Behauptung, bei der Bevölkerung unseres Planeten handele es sich um Schafe, könnte von oberflächlichen Beobachtern ernstlich bezweifelt und bestritten werden. Und, zugegeben, nicht viele von uns mehr sind als Schafe erkennbar, seit langem nicht, die seltenen historisch Erwähnten werden bisweilen als Heilige verehrt, die noch selteneren zeitgenössischen Exemplare findet man in den Irrenhäusern.

Jeder Besucher stieße bei uns auf alles und jedes, auf Wölfe, Bären, Schlangen, Geier, Fische, Hühner usf., nur nicht auf ein Schaf.

Wer sich freilich bemühte, tiefer zu schauen und hinter die pure Oberfläche zu dringen, würde bald herausfinden, dass die Schafe keineswegs aus unserer Welt verschwunden sind. Vielmehr würde er, vermutlich mit Staunen, entdecken, dass es bei uns lediglich ein alter, allgemeiner Brauch ist, einem jeden unserer Bürger von Kindesbeinen an eine bestimmte Funktion wie eine zweite Haut umzuhängen, hinter der die Schafsgestalt verborgen und allerdings meist auch entmündigt und vergessen ist.

Ein jeder von uns wächst zügig in die ihm zugewiesene fremde Schale hinein, die des Affen, Hunds, Krokodils etc. und ist am Ende in der Tat nicht mehr von einem wirklichen Krokodil, Affen oder Hund zu unterscheiden.

Man wird diesen Sachverhalt nur mit größter Verwunderung zur Kenntnis nehmen und wissen wollen, wozu denn um himmelswillen solche Verwandlung und Maskerade gut und nützlich sei. Und tatsächlich lässt sich, selbst bei reiflichem Nachdenken, kein überzeugender Grund dafür finden, dass Schafe nicht auch

Schafe sein und bleiben sollten. Im Gegenteil mutet es nachgerade unsinnig und abwegig an, irgendeine wohlgeratene Kreatur in die Gestalt einer anderen zu drängen. Und es leuchtet ein, dass dergleichen nur durch eine schmerzhafte Deformation der eigentlichen Person gelingt, zum Preis von Knochenbrüchen, Verzerrungen, Stauchungen, Entstellungen. Und in manchen Fällen führen die Folgen solcher Verunstaltung denn auch zu einem mehr oder minder vorzeitigen Tod. Meistenteils jedoch fristen wir Schafe lediglich ein entfremdetes, fremdes Leben – was natürlich traurig genug ist, denn nichts spricht ja dafür, nicht sein eigenes, als Schaf, zu führen.

Unschwer lassen sich die Folgen dieses absurden Sachverhalts an unserer Wirklichkeit ablesen. Denn wenn auch ein jeder von uns in seinem tiefsten Innern weiterhin ein Schaf bleibt, so ist doch dieses Innere in unserem praktischen Leben nirgends von Belang oder Gewicht. Es ist ja nicht allein die fremde Haut nur, die uns als Schafe unkenntlich macht und stattdessen als Waran, Hase oder Fliege ausweist. Vielmehr zwingt diese falsche Haut auch dazu, sich wie ein Waran, ein Hase oder eine Fliege zu verhalten, wie sie zu denken, zu fühlen, zu handeln. Man kann ja nicht einfach seine gegebene Gestalt ignorieren und so tun als sei man tatsächlich noch immer in jeder Beziehung ein Schaf.

Man ist es nicht, in nahezu keiner Beziehung, allenfalls erinnert noch eine ferne, verschwommene Ahnung an das eigentliche natürliche Wesen – aber die ist nicht stark genug, um im Ablauf des allgemeinen Lebens berücksichtigt zu werden. Berücksichtigt werden vielmehr ausschließlich die Erfordernisse all jener gefälschten Geschöpfe, als die wir diese Welt bevölkern.

Jemand könnte die Ansicht vertreten, der vermeintliche Artenreichtum, der somit auf unserem Planeten anzutreffen ist, sei durchaus einer einheitlichen, homogenen Bevölkerung vorzuziehen, einer, die aus nichts als Schafen bestünde. Und dem wäre gewiss zuzustimmen, wenn es sich um einen wirklichen natürlichen Reichtum handeln würde; doch der unsere ist künstlich, manipuliert und zerstörerisch, denn er verhindert ja gänzlich die Entfaltung von Wirklichkeit, unterdrückt all unsere Schafsqualitäten. Und niemand weiß ja, welchen Reichtum die Schafe, kämen sie nur erst zum Zuge, entwickeln und schaffen könnten! Und selbst wenn sie nur Bescheidenes zustande brächten oder gar bloß

Armut, so wären die doch immer noch einem falschen, fadenscheinigen Reichtum vorzuziehen. Sie wären wenigstens wahr und wirklich.

2

Ohnehin erweist sich bei näherem Hinsehen selbst der erste Eindruck der Artenvielfalt als Irrtum. Denn nur drei unterschiedliche Gattungen lassen sich unzweifelhaft bestimmen: Schweine, Mulis und Ratten.

Ihre verschiedenen Funktionen lassen sich, grob und allgemein, wie folgt benennen: die Mulis, als bei weitem größte Gruppe, sind diejenigen in unserem Volk, die arbeiten – die Schweine (an Zahl gering) jene, die die Mulis und deren Arbeit verwalten – während die wenigen Ratten für ein gewisses intellektuelles Klima verantwortlich sind, sei es als Wissenschaftler, Theologen oder Künstler. Äußerst verwirrend nun (wenn man ins Detail geht) ist die Tatsache, dass diese drei umfassenden Arten nur selten je in reiner Form auftreten. Kaum einmal ist einer von uns nichts anderes als nur Muli, nur Schwein, nur Ratte. Und nicht allein besitzt ein jeder auch deutliche Merkmale anderer Arten und Gattungen, noch erstaunlicher erscheint die bei den allermeisten zu beobachtende Wandlung von dieser zu jener Gestalt. Besonders im Verlauf des ersten Lebensdrittels lassen sich die verwegensten und irritierendsten Metamorphosen nachweisen, ehe sich dann der Wandlungsprozess allmählich beruhigt und glättet, und sich so letztlich doch eine bestimmte Gattungsform als dominant durchsetzt: das Schwein, das Muli, die Ratte.

Diese außerordentlich bewegten Vorgänge haben ihren Grund in einem einfachen Sachverhalt: unsere Gesellschaft ist streng hierarchisch, in Form einer Pyramide, aufgebaut und organisiert. Und in diesem Gebäude finden sich schlechte und gute Plätze. Naturgemäß verbessern sich die Positionen, je höher einer gelangt, weil mit zunehmender Höhe die Aussicht freier wird und sich der Spielraum des Einzelnen vergrößert. Zwar verengt sich der Platz, je mehr man sich der Spitze nähert, doch ist die Anzahl der dort vorhandenen Positionen so gering, dass jede von ihnen immer noch größer ist als die in einer tieferen Etage. Der umfangreichste Raum steht natürlich dem Herrscher zur Verfügung, dem obersten der Schweine (das einzig reine zudem), er allein besetzt die Krone der Pyramide. Deren breites Fundament liefern, wie in anderen bekannten Welten auch, die Mulis; den schmalen Mittelbau stellen die Ratten, während die Spitze unterhalb des Herrschers den übrigen Schweinen vorbehalten ist.

Letztere belieben sich übrigens als Elite und Crème unserer Welt zu sehen – wobei sie allerdings geflissentlich ignorieren, dass sie ihren erhöhten Stand nur denjenigen verdanken, die sie bereitwillig tragen.

Diese Bereitwilligkeit ist ohnehin das Erstaunlichste in unserer Geschichte, diese verblüffende Tatsache, dass die Mulis, obschon sie in der denkbar schlechtesten und gedrücktesten Lage sind, noch immer so bereitwillig die Ratten und die Schweine tragen. Dabei profitieren jene nicht bloß ohne Gegenleistung und Dank von der Arbeit der Mulis, sondern halten sich zudem noch, anmaßend, für die besseren, schöneren, klügeren, wertvolleren Einwohner – woraus sie auch das Recht herleiten, jene, auf deren Schultern sie ruhen, zu beherrschen. Dass die Mulis es mit sich geschehen lassen, und zwar seit langem schon, immer schon, ist eines der großen, ungelösten Rätsel unserer Historie.

Es kann sich dabei (so ist zu vermuten) nur, wie bei so vielem anderen auch, um ein verhängnisvolles Missverständnis handeln. Für diese Erklärung lassen sich einige interessante Beobachtungen ins Feld führen.

Wie schon bemerkt, findet jeder unserer Bürger seine endgültige, einigermaßen stabile Gestalt erst relativ spät, als Erwachsener meist. Das vorhergehende, oft ziellos verwirrte Suchen, die häufige Wandlung der Person rühren nun offenkundig daher, dass innerhalb unserer Pyramide ein fortwährendes Streben nach oben, zu den höheren Plätzen festzustellen ist. Ungeheure Bewegungsenergien dienen dem Ehrgeiz und Bemühen, innerhalb des Gebäudes eine höhere, günstigere Position zu erreichen.

Die allermeisten von uns (wenn nicht alle) wünschen nämlich, selbst Schweine zu werden, wohl weil jene, wie jeder sieht, weitaus besser und oft glänzend dastehen.

Indes können begreiflicherweise garnicht alle in den oberen Rängen Platz finden – dazu müsste sich die Pyramide schon auf den Kopf stellen, was gewiss nicht ohne Schaden vonstatten ginge, denn es würde bedeuten, dass nun der

Herrscher und seine Regierung ihr Volk zu tragen hätten, was sie sicherlich überforderte, die armen Schweine.

Mithin kämpfen die Aufstrebenden (in Anbetracht des Raummangels oben) nicht so sehr um ihre künftigen erhöhten Positionen als vielmehr zuallererst gegen ihre zahlreichen Mitbewerber. Denn nur indem man sie ausschaltet, hat man selbst die Chance, sein Ziel zu erreichen.

Hier liegt der Auslöser dieses bunten, sich wandelnden, zwittrigen Gestalten-spektrums, von dem wir oben sprachen. Denn um zuguterletzt ein Schwein zu werden, ist es nötig und förderlich, zuvor eine Weile als Wolf, Drache, Schlange, Keiler, Elefant, als Spinne, Krake oder Maus seinen Kampf zu führen. Niemand in unserem Land, der schon als Schwein, als Muli, als Ratte zur Welt käme – ein jeder wird es erst, über manche, oft mühsame, riskante Umwege.

Dieser unentwegte gewaltige, verschlungene Kampf erleichtert natürlich den arrivierten Schweinen das Herrschen sehr. Sie brauchen niemanden und nichts wirklich zu fürchten, da jeder und alles ein Ziel darin erblickt, wie sie und eines der ihren zu werden. So ist es möglich, dass eine Handvoll Weniger Macht be-sitzt über zahllose Viele. Zumal die Schweine erhebliche Unterstützung von ei-ner Seite erhalten, die nicht unerwähnt bleiben darf: seitens der Ratten nämlich oder doch ihres überwiegenden Teils.

Die Ratten sind die labilste, vagste Gattung unserer Welt, kaum jemals hat man eine von ihnen in ungetrübter, fester Gestalt angetroffen, stets schwanken sie unentschlossen zwischen anderen Arten hin und her, neigen einmal zu dieser, ein andermal zu jener, ohne doch eine existentielle Entscheidung zu treffen.

Da den Schweinen das Herrschen, den Mulis die Arbeit vorbehalten ist, fiel den Ratten die nicht unwichtige Aufgabe zu, sich um die Theorie, das Wissen zu bemühen, um das Wahre, Gute, Schöne. Ihnen liegt es ob, herauszufinden, wie die Dinge funktionieren und auf welche zweckdienliche Weise sie sich nutzen lassen.

Ihr Beruf wäre überflüssig und bliebe ohne jede Wirkung, tendierten die Ratten nicht in der Ausrichtung ihres Forschens und Lebens nachdrücklich zu den Schweinen hin, denen sie ihr Wissen zur Verfügung stellen. Im Gegenzug sorgen die Schweine für die Freiheit der reinen, neutralen Wissenschaft. Die Ratten dienen (wie sie glauben) dem Wissen, nicht der Macht, denn wenn auch ihr Wissen die Stellung der Schweine stärkt und sichert, so entwickeln sie doch kaum je den Ehrgeiz, selbst Schwein zu werden. Der Teil von ihnen, der es, durch ihr Bündnis mit der Macht, längst ist, ist ihnen unbekannt. Sie tragen den harmlosen, biederen Titel „Hofratten", sie stören nie, fallen niemals auf und leben ganz der Forschung.

Ein wenig anders steht es mit ihren Verwandten, den sogenannten Wanderratten, die mit der Pflege der Künste befasst sind, die Musenjünger. Ihre Lage ist die denkbar unsicherste, zweifelhafteste, liefern sie doch kaum jemals eine Art von Wissen, die irgendeine der anderen Gruppen gewinnbringend verwerten könnte. Im schlechtesten Fall unterhalten sie nur, im besten stiften sie Unruhe. Die besten sind auch unter ihnen in der schwindenden Minderheit und führen darum ein äußerst gefahrvolles, zerbrechliches, oft klägliches Leben.

Und je stärker die Unruhe ist, die sie auslösen, umso mehr geraten sie natürlich ins Schussfeld derjenigen, die Ruhe wünschen. Den Schweinen zumal erscheinen sie als die eigentlichen, einzigen Widersacher und Feinde, doch auch die Mulis begegnen ihnen mit Misstrauen und Spott, weil ihnen das Wenige, was die Wanderratten mühsam und langwierig in ihren Künsten zustande bringen, unbeschreiblich nutzlos und überflüssig erscheint. Höchstens die „unterhaltenden" Artisten genießen bei beiden Seiten, den Schweinen wie den Mulis, eine gewisse distanzierte, wohlwollend tolerierende Anerkennung. Die anderen jedoch, die Störenfriede, leben zumeist im Dunkeln, im Verborgenen, von den Schweinen verfolgt, von den Mulis verachtet.

3

Soweit, unter Verzicht auf jede analytische Tiefe, diese Momentaufnahme unseres Kontinents – der übrigens der Weiße genannt wird, wohl nur darum, weil ein anderer, der östliche, der Rote heißt. Bekanntlich unterscheidet sich dessen soziale und politische Verfassung in nichts von der unsrigen, mit Ausnahme des Umstands, dass man dort vorgibt, die Pyramide irgendwann tatsächlich auf den Kopf stellen zu wollen, was allerdings weitaus geringere Folgen für Staat und Gesellschaft zeitigte als man annehmen möchte. Unverändert herrschen, arbeiten, forschen und kämpfen auch dort die in Schweine, Mulis, Ratten und sonstige Monstren verwandelten Schafe, als sei nichts geschehen. Und es ist auch nur wenig geschehen, weil auch eine nur theoretisch umgedrehte Pyramide faktisch noch immer eine Pyramide ist.

Ein wenig anders und in gewisser Weise erfreulicher ist es um den dritten Kontinent bestellt, den Bunten. Er gilt, gemessen an den beiden anderen, als in der Entwicklung zurückgeblieben, blieb auch lange unbekannt, bis ihn vor einem Jahrhundert eine gemeinsame rot-weiße Meeresforschungsgruppe entdeckte.
Die ersten Nachrichten, die uns damals von dort erreichten, muteten (wenigstens einigen von uns) wie Mitteilungen aus einem verlorengeglaubten Paradies an. Denn dort hatte sich, aus welchen Gründen auch immer, die Schafsnatur der Bewohner fast uneingeschränkt erhalten, und so konnten wir einen bewegenden Eindruck davon gewinnen, wie märchenhaft wohltuend sich solch unverfälschte, unverfremdete Entwicklung der natürlichen Gegebenheiten auf den Zustand einer Welt und des Lebens in ihr auswirkte.
Dort lebten die Schafe nicht, um zu arbeiten, zu herrschen oder zu forschen, sondern nur, um da zu sein – unverkrüppelt, ungebrochen, friedlich.
Es gab keine erbitterten, aufreibenden Kämpfe um bessere Posten, weil kein Schaf besser dastand als das andere – so standen sie alle denkbar bestens.
Was sie zum Leben benötigten, war ja in genügendem, wenn nicht überreichem Maß vorhanden: Essbares, Trinkbares, Luft, Land und Wasser. Niemand hatte anderes zu erarbeiten als das, was er an Nahrung, Kleidung und Unterkunft wünschte – es war nicht viel. So blieb den Bunten genügend Zeit und Kraft, um ihre speziellen Schafsfähigkeiten zwanglos und spielerisch auszubilden und zu genießen: das Fabulieren, das Träumen, das Singen und Tanzen, die Spiele, das Zaubern, kurz: die Lust am Leben.
Berauschende Nachrichten waren es, die da zu uns kamen, die Erfüllung eines alten, rührenden Traums. Manche Wanderratte machte sich in jenen Tagen auf, um in dem neuen, lockenden Kontinent eine Existenzform zu finden, die sie sich in den finsteren Verliesen unserer weißen Welt so lange schon herbeigesehnt hatte. Und für eine erste Generation von Auswanderern wurde dieser Traum auch zur köstlichsten Wirklichkeit. Für uns waren es die ergreifendsten

Augenblicke dieser Zeit, wenn wir von einem früheren Freund oder Gefährten, der zum Bunten Kontinent übergesiedelt war, erfuhren, was es hieß und bedeutete, aus einer schäbigen, verängstigten, böszüngigen Wanderratte zu einem freundlichen, glückseligen Schaf geworden zu sein.

Schon der zweiten Generation jedoch war diese Rückkehr zum Eigentlichen außerordentlich erschwert, und die dritte brauchte sie erst garnicht mehr ins Auge zu fassen, hatten doch unterdessen Ereignisse und Entwicklungen, von denen bislang nicht die Rede war, eine Situation geschaffen, die jede Flucht erübrigte.

4

Wie schon angedeutet, ist das Bindeglied unserer Gesellschaft stets die Arbeit gewesen: die Mulis taten sie, die Ratten erforschten sie und die Schweine regelten sie, um bestmöglich von ihr profitieren zu können; ohne diese gesellschaftliche Arbeit besäßen weder die sozialen Rollen noch ihre hierarchische Inszenierung irgendeinen Sinn.

Nun drängt sich gewiss die Frage auf, was es denn auf unserem kleinen Planeten so ungeheuer Wichtiges zu tun gab und, besonders: durch welche Umstände denn, um alles in der Welt, so ungeheuer VIEL zu arbeiten war.

Und natürlich gab es im Grunde auch SO VIEL garnicht und kaum Wichtiges zu tun. Doch da in unserem Leben ohnehin nichts mehr natürlich war, schon garnicht wir selbst, die Lebenden – weshalb hätte da gerade die Arbeitslage natürlich bleiben sollen, die doch das A und O, das Skelett unserer Ordnung darstellte?

So kam es dazu (fast ist es peinlich, einzugestehen), dass man sich eben selbst die Arbeit erdachte und machte, die benötigt wurde, um den Lauf der Dinge aufrechtzuerhalten. Jene Leistungen, die unzweifelhaft wichtig und erforderlich waren, um unsere natürlichen Bedürfnisse zu befriedigen, machten nur einen Bruchteil der in unserem Staat verrichteten Arbeit aus. Deren überwiegender Teil dagegen betraf Tätigkeiten, deren zahllose Produkte zwar niemand wirklich brauchte, die aber, da sie nun einmal hergestellt wurden, auch gekauft, benutzt und nach kurzer Zeit wieder weggegeben und zerstört wurden, damit man sie durch neue ersetzen konnte, an deren Entwurf die wissenschaftlichen Hofratten beständig zugange waren.

Auf diese Weise entstand in unserem Land diese gewaltige Menge gesellschaftlicher Arbeit, die ihrerseits erst die Form unserer Gesellschaft bedingte.

Nun hatte aber der hierzu nötige verschwenderische Umgang mit den natürlichen Materialien (die man zur Herstellung all jener überflüssigen Dinge verwendete) nicht bloß zur Folge, dass sich rund um die bewohnten Landesteile zunehmend auch die Müll- und Abfallprodukte in einem Ausmaß häuften, das dem Zustand von Flora und Fauna, von Wasser und Luft mehr als abträglich war – viel bedrohlicher noch wurde, dass man, um die stetige Fortführung der Produktion sichern zu können, alle natürlichen Schätze und Vorkommen, den Boden, die Gesteine, die Hölzer usf. mit einer Planmäßigkeit und Vollständigkeit plünderte und ausbeutete, die sich als lebensgefährlich erweisen sollten.

Als man diese Entwicklung bemerkte, war es freilich zu spät, um sie rückgängig zu machen. Allerdings hatte sie eine Situation geschaffen, die auch der Fortsetzung des Raubbaus von selbst Einhalt gebot. Erst jetzt entdeckte man nämlich, dass der gesamte Kontinent bereits so abgetragen, ausgelaugt und eingeebnet war, dass sich seine Oberfläche nun an die hundert Ellen unter dem Meeresspiegel befand – und längst schon vom Ozean überflutet und ertränkt worden wäre, hätte nicht bislang jenes künstliche Gebirge aus Abfall und Müll, das sich rings um die bewohnten und kultivierten Gebiete zog, das Eindringen der Fluten verwehrt.

Als diese bedrohlichen Tatsachen publik wurden, sahen sich die Schweine im Staat zum ersten Mal in unserer Geschichte in einer äußerst misslichen Lage, denn die sich zu recht ängstigende Bevölkerung forderte sofortige Gegenmaßnahmen. Schaurige Berechnungen über die geringe Haltbarkeit und Zuverlässigkeit der Mülldämme machten die Runde und verstärkten die allgemeine Unruhe noch. Zudem war natürlich jede Arbeit, mit Ausnahme der lebensnotwendigen, sogleich eingestellt worden, und prompt zog ein gewisses zweifelndes und erstauntes Nachdenken über Sinn und Eignung unserer sozialen Pyramide rasch Kreise unter den Bewohnern. Eine Weile ließ kein Schwein sich in der Öffentlichkeit mehr sehen; und vielleicht wäre noch etwas Unerhörtes geschehen in unserem Land – wenn nicht vom Roten Kontinent die Nachricht eingetroffen wäre, dass er sich dem gleichen ernsten, Existenz bedrohenden Problem gegenübersähe, auch er musste, dank der ähnlichen Handhabung von Arbeit und Naturnutzung, mit seiner baldigen Überflutung rechnen.

Jetzt rafften sich die Spitzenschweine beider Festlandsblöcke zu einem energischen Schritt auf und bildeten eine gemischte rot-weiße Regierungskommission, die Mittel und Wege aus dem Dilemma finden sollte.

Nach intensiven, schwierigen Verhandlungen, zu denen auch die bedeutendsten Hofratten beider Lager hinzugezogen wurden, gelangte die Kommission abschließend zu folgenden Ergebnissen, die in einem gemeinsamen Communiqué bekanntgemacht wurden, das dem Leser nicht vorenthalten werden soll:

Präambel: „In beiden Kontinenten ist die Lage gleichermaßen ernst. Die unvorhergesehene Erschöpfung der Rohstoffreserven sowie die akute Gefahr einer Überflutung der abgesunkenen Landmassen schaffen einen beispiellosen Sachzwang, dem nur mit extrem sachlichen Maßnahmen zu begegnen ist:

1. Beide Kontinente müssen so bald als möglich geräumt werden.
2. Als künftigen Lebensraum bestimmte die Kommission zwei bereits im Plan vorliegende LEBENSSCHIFFE, ein rotes und ein weißes, mit deren Bau unverzüglich begonnen wird.
3. Die anfängliche Absicht, die Einwohnerschaften beider Kontinente auf den unlängst entdeckten Bunten Kontinent zu evakuieren, musste nach eingehender Beratung fallengelassen werden, da dessen Landfläche nicht ausreichend ist. Zudem konnte man sich in der Kommission über einen gemeinsamen rotweißen Zufluchtsort nicht verständigen.
4. Stattdessen wurde beschlossen, die für den Bau der Lebensschiffe erforderlichen Rohstoffe und Materialien, über die wir selbst nicht mehr verfügen, dem noch unversehrten Bunten Kontinent zu entnehmen. Die entsprechenden Schritte wurden bereits eingeleitet.

Den Bewohnern des dritten Kontinents ging unsere Empfehlung zu, ihrerseits den Bau eines Lebensschiffs in Angriff zu nehmen, da sich unseren Berechnungen zufolge auch ihr Grund und Boden (nach Deckung unseres Materialbedarfs) in einer ähnlichen Lage befinden wird, wie sie uns nun zu solch hartem Vorgehen zwingt.

5. Beim besten Willen wird es nicht möglich sein, für alle Bewohner unserer beiden Staatsverbände Plätze in den Lebensschiffen zur Verfügung zu stellen. Eine Auslese ist darum nötig.

Wir kamen überein, einer repräsentativen Auswahl von Bürgern die vorhandenen Schiffsplätze vorzubehalten. Diese Auswahl wird in ihrer qualitativen wie quantitativen Zusammensetzung der jetzigen Bevölkerungsstruktur aufs Genauste entsprechen, so dass die bruchlose Fortsetzung unserer bewährten Lebensweise auch in der neuen Umgebung gewährleistet ist. Die Quoten für die einzelnen Bevölkerungsgruppen liegen vor, die ausgewählten Mitbürger werden kurz vor Auslaufen der Lebensschiffe unterrichtet und mit den nötigen Papieren ausgestattet werden.

6. Es besteht kein Grund zur Beunruhigung! Solange wir alle vertrauensvoll an unserer gemeinsamen Zukunft arbeiten, wird sie uns auch sicher sein!"

Diese überraschende, ja kühne Lösung befriedigte die erregten Gemüter rasch. Es gab wieder Hoffnung, man konnte handeln und tätig sein, es lohnte sich wieder, da ein jeder davon ausging, dass auch er zu den Auserwählten zählen würde, deren Weiterleben gesichert war.

Das Beschaffen des nötigen Materialbedarfs aus den Beständen des Bunten Kontinents gelang reibungslos, brüderlich plünderten Rot und Weiß die dort noch vorhandenen Schätze, teilten sie und schafften sie zu den heimatlichen Werften, auf denen der Bau der Lebensschiffe zügig voranschritt.

Sämtliche Kontakte zum Bunten Kontinent wurden nach Abschluss der Materialbeschaffung abgebrochen, wir erfuhren nichts darüber, wie man dort der Lage begegnete. Zugleich endete auch die kurze Phase der intensiven Zusammenarbeit zwischen Rot und Weiß, man wünschte einander Glück und trennte sich. Kurzum, unser Schiff wurde erfolgreich vollendet, mannigfaltig ausgestattet und bestückt, sowie gewissenhaft getestet.

In jeder Beziehung war es ein gigantisches Wunderwerk planerischen, technologischen und handwerklichen Genies, und selbst seine optische Erscheinung hatte man einfühlsam bedacht: alle sichtbaren und unsichtbaren Teile waren weiß gelackt und eingefärbt, vom Kiel bis zu den Mastspitzen.

Nach Fertigstellung legte man das Schiff in einiger Entfernung vom Müllriff auf Reede, und viele Schaulustige erklommen die Abfallhalden, um einen sehnsüchtigen, hoffnungsvollen, stolzen Blick auf die künftige künstliche Heimat zu werfen.

5

Der Einschiffungstermin wurde verkündet, er lag in den frühen Morgenstunden eines Apriltags. Erst wenige Stunden zuvor sollten die Auserwählten von ihrer Wahl unterrichtet werden, um Unruhen zu vermeiden. Dennoch waren in den letzten Tagen Spannung und Erregung in unserem Land groß. Vorsorgend hatte die Verwaltung alle möglichen Risiken bedacht und klare Vorkehrungen getroffen: Alle privaten Wasserfahrzeuge wurden beschlagnahmt und zerstört, niemand konnte also anders als mit den offiziellen Einschiffungskuttern zum Lebensschiff gelangen. Und die wurden strengstens bewacht.

In der Nacht der Umsiedlung wurden außerdem alle privaten Kommunikationssysteme wie Telefon und Fernschreiber außer Betrieb gesetzt, um zu erschweren, dass Informationen über die ausgewählten Personen verbreitet oder eingeholt würden. Auch sämtliche privaten Fahrzeuge und technischen Fortbewegungsmittel wurden beschlagnahmt, sowie die öffentliche Straßenbeleuchtung gelöscht.

Während der Verdunklung überbrachten nun getarnte Kuriere den Auserwählten ihre Lose und Papiere, eine halbe Stunde später (die ihnen zum Zusammenstellen des privaten Handgepäcks blieb) sammelten dann schwere, gepanzerte und bewaffnete Armeefahrzeuge die Bezeichneten ein und schafften sie zu den Anlegestellen der Kutter.

Die wohlgeplante Aktion verlief ohne nennenswerte Störung. Begreifliche Verwirrung entstand nur unter den Wanderratten, als sie eher zufällig und beinahe zu spät entdeckten, dass für sie nicht ein einziger Platz auf dem Lebensschiff bereitgehalten wurde. Offenkundig hatten die Schweine die günstige Gelegenheit nutzen wollen, um sich der altbekannten, ewigen Unruhestifter gründlich zu entledigen. Es glückte ihnen auch fast vollständig, nur wenige von uns fanden noch eine (illegale) Möglichkeit, auf das Lebensschiff zu gelangen – vor allem durch Bekannte unter den Hofratten, die auf ihre Plätze und persönlichen Papiere verzichteten, sei es aus Altersgründen oder weil sie vorzogen, bei ihren Familien zu bleiben.

Ohnedies ereigneten sich in jeder Gruppe, jedem Stand Dramen, von denen niemand je erfahren wird. Binnen weniger Minuten wurden Familien, Paare, Freundschaften zerrissen und aufgelöst, andere wieder fügten sich fester denn je zusammen, denn mancher nutzte sein Los nicht, um zu bleiben, woran er hing, oder um das Leben eines Verwandten, eines Freundes zu retten.
Unbeeinträchtigt davon wurde die Einschiffung ohne Verzögerung abgewickelt. Als schließlich der letzte Kutter vom Müllriff abstieß und seinen Bug gegen das Lebensschiff wendete, erhob sich aus dem violetten Ozean glitzernd und perlend die morgendliche Sonne.
Nachdem im Schiffsbauch die Ruderer ihre Plätze eingenommen hatten, erteilte das Oberste Schwein den Befehl zum Lichten der Anker. Mit drei dröhnenden Hornstößen verabschiedeten sich die Lebensschiffer von den Zurückbleibenden, die sich auf den Riffkämmen drängten.
Niemand winkte, und langsam schob sich das weiße Monstrum in den verschwindenden Horizont.

6

Vom Leben an Bord lässt sich nur wenig berichten, ist es doch durch nichts von unserem bisherigen, kontinentalen unterschieden. Auf der Kommandobrücke stehen weiterhin die Schweine und blicken stolz und sentimental in die blaue Weite; im Zwischendeck grübeln die Hofratten noch immer, nun über Karten, Kompass, Sextant und meteorologische Tabellen gebeugt, während ein Teil der Mulis tief unten an den Rudern klebt, ein anderer draußen mit kleinen Booten den Fischfang besorgt.
Das Oberschwein nennt sich nun Kapitän. Am zweiten Reisetag hielt er über die Bordsprechanlage eine lange Rede an die gesamte Besatzung, in der er seiner Genugtuung über die geglückte Rettung Ausdruck gab und auf die ungeheuren Perspektiven der neuen Lebensweise hinwies. „Jeder Kurs, den wir von nun an

einschlagen werden, wird der richtige sein!" schloss er, „Gestern noch gehörte uns nur ein Kontinent – morgen gehört uns die ganze Welt!"

Nach einem Jahr passierten wir die Gegend, an der, laut Karte, der Rote Kontinent lag – es gab ihn nicht mehr, der Ozean hatte ihn verschluckt. Seinem Lebensschiff begegneten wir nicht.

Nach drei Jahren wagten wir es, unsere eigene frühere Heimat aufzusuchen – sie ist gleichfalls verschwunden, spurlos, und wie der Bunte Kontinent, unser letztes Reiseziel, nur noch ein rechnerisches Ziel, eine Aufgabe für kundige Navigatoren.

Seither umschiffen wir, ohne Aufenthalt, auf immer neuen Kursen unseren kleinen blauen Planeten, das Kleinod unter den Kleinodien, die blaueste Welt, die es je gab. Ungebrochen durchpflügt unser weißes Schiff das lebendige, nachgiebige Wasser, gleichmäßig, sicher, stumm, ein Traum aus Eisen, Plastik und Lack. Wir legten ab und werden nirgendwo mehr ankommen.

Ende

Nachtrag:

Wir Wanderratten haben (zugegeben) auf dem relativ engen Raum der neuen Heimat einen nicht eben leichten Stand. Zwar ist es einigen wenigen von uns geglückt, an Bord zu kommen, doch mussten wir uns dort, wie gehabt, sogleich verbergen. Wir führen das stets gefährdete, schwierige Leben von unerwünschten blinden Passagieren, besonders seit die Schweine wissen, dass es ihnen, dem ersten Anschein entgegen, doch nicht gelungen ist, uns gänzlich loszuwerden.

Manch einer von uns wurde bereits entdeckt und kurzerhand vergiftet, erschlagen oder über Bord geworfen. Wir haben kein festes Zuhause mehr, denn es wäre zu riskant für uns, länger als ein paar Tage an ein- und demselben Ort zu bleiben. Die Jäger sind uns beständig auf den Fersen, und so müssen wir uns immer entlegenere, kargere Verstecke suchen.

Von Vorteil dabei ist allenfalls, dass wir auf diese unfreiwillige Weise allmählich das ganze Schiff kennenlernen. Da uns kein Ort zum Leben eingeräumt wird, ist uns jeder willkommen und zugänglich, niemand kennt wie wir diese schwimmende Welt, niemand weiß wie wir, was zwischen Ruderkammer und Kommandologe gedacht, gesprochen, getan wird. Aber wir können unser Wissen, unsere Kenntnis nicht anwenden, nicht nutzen, das macht sie zu einer Last.

—

Heute, im siebten Jahr unserer Reise, entdeckte ein Kamerad den Rost.
Wir sind sehr aufgeregt, denn wie können wir unsere Entdeckung jemandem mitteilen, ohne damit unsere Anwesenheit zu verraten?
Wir bauen auf die Hoffnung, dass die Schiffsinspekteure den Rost selbst entdecken werden.

—

Sie taten es nicht.
Gestern, ein Jahr nach der letzten Eintragung, unterzogen wir den unter Wasser befindlichen Teil des Schiffsrumpfs einer genauen, systematischen Prüfung. Wir stellten fest, dass annähernd 60 % der Außenhaut unseres Lebensschiffs bereits in unterschiedlichem Maß von Rost befallen ist. Stellenweise, so schätzen wir, ist die Wandung nicht mehr als einen Finger stark.
Übereinstimmend fanden wir, dass jeder von uns herzensgern und augenblicklich das sinkende Schiff verließe – wenn es nur Land gäbe in dem Meer.
Wir entschlossen uns zu einer anonymen Mitteilung an die Verwaltungsschweine, eine Kameradin unternahm es, die Note an den Mann zu bringen.
Auf dem Rückweg lief sie in eine Falle und starb. Es ist ein Jammer!

—

Offenkundig hat man Oben aber unserem Hinweis Beachtung geschenkt. Ein befreundetes Muli berichtete von einem großangelegten nächtlichen Sondereinsatz der Wartungstruppen.
Wir sind ein wenig beruhigt.

—

Ein skeptischer Genosse, der sich von der Reparatur mit eigenen Augen überzeugen wollte, fand heraus, dass n i c h t s geschehen war. „Unverändert rostig die Lage", kommentierte er lakonisch.
Was um himmelswillen denn hat der Wartungstrupp gewartet? fragen wir uns bestürzt.

Wir wissen es nun.

Da wir uns nicht im Freien aufzuhalten wagen, konnten wir natürlich nicht ahnen, dass die Rostbildung auch außenbords schon zügig voranschreitet. Die Wartungstrupps sind draußen dauernd im Einsatz: sie überpinseln die Rostflecken mit weißem Lack. Wie schon immer vertuschen die Schweine auch hier das Unangenehme, die Flecken am Staatsschiff. Sie fürchten wohl eine Panik. Lack haben wir übrigens genug an Bord, allerdings kein Material zum Ersetzen hinfälliger Schiffsteile!

—

Das elfte Jahr unserer Kreuzfahrt beginnt wenig hoffnungsvoll:

Heute wurden alle unteren Schiffskammern geräumt, nachdem gestern eine ganze Abteilung Ruderer durch plötzlichen Wassereinbruch getötet wurde. Alle Abteilungen sind nun evakuiert und die unteren Decks notdürftig abgedichtet und verstärkt. Die Mulis leben nun auf einer Ebene mit den Hofratten, in äußerst beengten Verhältnissen zwar, aber sie leben. Eine winzige Zahl von ihnen musste gar schon bei den niederen Schweinen untergebracht werden. So ändern sich die Verhältnisse, durch höhere Gewalt. Wir Wanderratten beschlossen, unsere Verstecke zu verlassen, und inmitten all der Aufregung nahm auch bisher noch niemand von uns Notiz.

Steuerung und Fortbewegung unseres Schiffs werden immer schwerfälliger und schwieriger, da nur noch die oberen Ruderreihen funktionsfähig sind. Das Schiff liegt wie ein Stein im Wasser, gelegentlich schlägt schon Gischt über die Reling. Wohin dies alles noch führen mag...

—

Heute, nach fünf Tagen und Nächten der Erholung und Pflege, besitze ich Abstand und Kraft genug, diese Aufzeichnungen endlich zu vervollständigen und abzuschließen.

Einige Wochen nach der letzten Eintragung überschlugen sich die Ereignisse an Bord.

Niemand von uns mochte dem Muli im Ausguck Glauben schenken, als es eines Morgens, heftig gestikulierend, eine Meldung vom Mastkorb herabschrie, ja, nicht bloß eine, vielmehr zwei zugleich, in einem Atemzug: „Schiff in Sicht! Land in Sicht!". Es wiederholte sie dutzendemale und wies dabei mit einem Arm über die See, als wolle es ein Loch in die Luft stoßen.

Wir hielten es für einen recht verfehlten Scherz und winkten ungehalten ab – bis wir sie, nach einer Weile, mit eigenen Augen sahen: das Schiff, das Land! Zuerst rückte das Schiff in unser Blickfeld, es glich dem unseren bis aufs Haar, abgesehen davon, dass es von oben bis unten leuchtend rot lackiert war, oder doch wenigstens diejenigen seiner Teile, die noch aus dem Wasser ragten, denn augenfällig befand es sich in einer ähnlich trostlosen Verfassung wie das unsere. Wir fassten es nicht: das Schwesterschiff vom Roten Kontinent! Nie waren wir ihm bisher begegnet auf unserer Fahrt und hatten es längst schon vergessen. Aber eine Welt nur aus Meer hält wohl genügend verschiedene Routen bereit, um sich zeitlebens zu verfehlen.

Seltsamerweise überfiel uns beim Anblick unserer roten Schicksalsgefährten eine ungeheure Zuversicht und Hoffnung, obschon wir sahen, dass sie sich, wie wir, in einem sinkenden Wrack befanden. Allein ihre Nähe schon ermutigte. Aufgeregt drängten wir uns auf den Aufbauten und Decks und schauten gierig zu ihnen hinüber, im Glauben, wir steuerten aufeinander zu, um uns zu treffen, zu berühren, zu verbinden. Einige hielten schon Taue und Ketten bereit, um die beiden Schiffsleiber aneinander zu knüpfen.

Dann bemerkten wir, dass sich die Schiffe zwar einander näherten, doch nur darum, weil sie beide auf ein gemeinsames Ziel zuhielten, das in einem spitzen Winkel zwischen ihnen lag.

Das Land.

Eigentlich spottete es dieses Namens, es war nicht mehr als ein kleiner, flacher Fleck Grün und Braun im blauen Wasser, von weit geringerem Ausmaß als unser Schiff, kaum auszumachen inmitten der sanftschäumenden, türkisen Wellenberge, denen es keine gleichwertigen aus Erde und Stein entgegenzusetzten hatte.

Dennoch war es Land, zweifellos, wir wussten es sofort, selbst zwei oder drei Vögel schwebten darüber, und Andeutungen von Bäumen und Sträuchern waren zu erkennen, auch einige seltsame, einfache Hütten.

Also war es bewohnt, jemand lebte dort. Und dann sahen wir auch die Bewohner. Regungslos standen auf dem schmalen Streifen gelben Strands einige Dutzend Schafe und blickten uns entgegen. Schafe! Wild schwangen wir unsere Arme und brüllten grüßend zu ihnen hinüber.

Doch keines von ihnen erwiderte unseren Gruß.

Uns blieb keine Zeit, uns darüber zu wundern, denn wir erkannten plötzlich, ohne es zu begreifen, was geschehen würde. Ebenso wie wir hielt auch das rote Schiff direkt auf das kleine Eiland zu, schob sich, wie wir, langsam, schwerfällig, ächzend, doch unaufhaltsam und drohend an die winzige Insel heran. Wir erkannten, ohne es wirklich zu begreifen, dass dieser Kurs, den die Oberschweine unserer beiden Schiffe verfolgten, für dieses lächerliche, wunderbare Stückchen Land verhängnisvoll und tödlich sein würde; und erkannten auch, dass damit unser aller Schicksal besiegelt sei.

Und dennoch, obwohl wir es wussten, wünschte niemand von uns etwas so sehr und innig, als gerade auf diesem Kurs so rasch und sicher wie eben möglich dorthin zu gelangen, wo vor ihrem wenigen Grün und Braun und Vogelgezwitscher die Schafe am Rand ihrer kleinen Welt standen und uns erwarteten, aufrecht, schweigend, mit offenen, dunklen Augen. Und schon schienen sie uns zum Greifen nah ... – als sie plötzlich zu singen begannen. Es waren Klänge, die uns sowohl bis ins Mark erschütterten wie zutiefst bezauberten. Nie hatte einer von uns dergleichen gehört.

Im gleichen Augenblick bemerkten wir, halb erleichtert, halb entsetzt, dass wir uns der Insel nicht länger näherten, sondern uns im Gegenteil wieder von ihr entfernten, oder genauer: sie in einem weiten Bogen umschifften, so als wichen wir, von einer gewaltigen, kraftvollen Strömung abgedrängt, einem erheblich größeren Hindernis aus.

Im Rücken des Eilands jedoch, in reichlicher Entfernung, setzten wir den alten Kurs unverändert fort, und nicht wir allein, auch das Schiff der Roten näherte sich wieder, von der anderen Seite, ihm war es wohl ebenso ergangen wie uns, und beide steuerten wir noch immer, im spitzen Winkel, einen Punkt zwischen uns an, an dem jetzt allerdings kein Land mehr lag, wo nur noch wir, die beiden Schiffe, aufeinander treffen würden ...

Ich habe keine Erinnerung mehr an den Zusammenprall, sehe nicht mehr das knirschende, splitternde Zerbrechen der ineinander verbohrten, rostzerfressenen Schiffsleiber, spüre nicht mehr die jähe, erstaunliche Wucht des Stillstands, höre nicht mehr die tonlosen Entsetzens-, Schmerzens- und Todesschreie der Mulis, Schweine und Ratten, deren verschiedene Stimmen wie eine einzige klangen und schließlich als einziger, gemeinsamer Schrei vom Meer verschluckt wurden.

Ich wurde gerettet, auch einige meiner Gefährten weiß ich in Sicherheit. Fünf, sechs Wanderratten fischten die Schafe der Insel aus den Fluten, aber kein Schwein, kein Muli, keine Hofratte. Mit langen, spitzen Stangen stießen sie die wenigen ins Meer zurück, die sich schwimmend ans Ufer retten wollten. Die Schafe weinten, während sie schweigend die Erschöpften dem Tod überantworteten, und als ihre grausige Arbeit beendet war, zerbrachen und verbrannten sie die Stangen und kehrten wortlos in ihre Hütten zurück.

—

Vieles noch ist mir unbegreiflich und fremd in dieser neuen Welt. Es wird viel Zeit erfordern, ehe ich mich in ihr zurechtfinden werde, obschon sie so verschwindend klein und so mühelos überblickbar ist. Aber sie ist bunt, das macht sie so unendlich vielfältig und verwirrend.

Besonders die Schafe erregen immer wieder neu mein Erstaunen – und speziell jenes eine, weibliche, das sich, seit ich hier bin, der Pflege meiner Wunden annimmt und für mein Wohlergehen sorgt.

Ihr Name ist Arwen – und schon der gefällt mir sehr. Ich vermute, ihre Anwesenheit lässt mich gründlicher und rascher genesen als die wohlschmeckenden Heiltrunke, die sie mir aus duftenden Kräutern, Blüten und Gräsern zubereitet. Folgsam nehme ich sie zu mir, doch scheint mir das Wirkungsvollste an ihnen zu sein, dass Arwen sie mir mit ihren schönen Händen reicht.

Schwieriger ist es, mit ihr zu reden oder vielmehr ein Gespräch zu führen, wenigstens eines von der Art, die mir vertraut ist. Sie lässt sich eine Weile darauf ein, dann kann sie sich vor Lachen nicht mehr halten und flieht hinaus ins Freie.

„Du nimmst Dinge ernst, die man nicht ernst nehmen sollte", erklärte sie mir, „und du lachst über Dinge, die wirklich wichtig sind."

Und ein andermal sagte sie: „Du solltest allmählich die Vergangenheit vergessen, mein Lieber."

„Wie soll ich vergessen können, dass eine ganze Welt zugrunde ging?" erregte ich mich.

„Eine ganze?" fragte Arwen zurück, „wo sind wir denn jetzt? Im Himmel? Und wenn du das glaubst, dann solltest du den auch vergessen. Alles, was einmal war oder was einmal sein wird, solltest du schnell vergessen, nicht weil es so schlimm war oder so schön sein wird, sondern nur, weil das eine vergangen und das andere noch nicht geschehen ist. Heute ist immer nur heute."

„Und was ist heute wichtig?" wollte ich wissen.

„Du dort und ich hier", lachte Arwen, „eine Ratte und ein Schaf."

„Können wir denn nicht ... zusammen sein?" wagte ich die Frage. „Zusammensein ist ein Spiel", antwortete Arwen ohne Lachen, „aber kein Kinderspiel. So wie du jetzt bist, taugst du für mich nicht. Du musst schon etwas dafür tun, um mit mir zusammen zu sein."

„Und was?"

„Lass es dir einfallen", meinte Arwen kurz und ging lachend hinaus ...

Zumindest konnte ich von ihr einiges darüber erfahren, wie es ihr und den ihren hatte gelingen können, sich von ihrem zerstörten Kontinent zu retten und zu diesem neuen, kleinen Land zu finden.

„Wir haben es nicht gefunden", erklärte sie mir, „es entstand schließlich, nachdem wir die nötigen Vorbereitungen getroffen hatten."

Als damals die Weißen und die Roten begannen, den Bunten Kontinent auszurauben, hatten die Schafe bald erkannt, dass auch sie gezwungen sein würden, sich ein Lebensschiff zu bauen, um dem Untergang zu entgehen. Sie waren jedoch so verfahren, dass sie zum Bau nur lebende pflanzliche Materialien verwendeten, von denen sie wussten, dass sie auch unter den ungünstigsten Bedingungen würden wachsen können. Ihr Schiff ähnelte, als es fertig war, einem riesigen, unregelmäßigen, luftigen und doch stabilen Nest. Allerdings erging es ihnen wie uns: nicht alle ihre Artgenossen fanden darin Platz. Doch geschah es, dass wenige Nächte nach der Fertigstellung ein Großteil der Schafe freiwillig und unbemerkt den bewohnten Teil des Kontinents verließ und spurlos verschwand. Die Zurückgebliebenen wussten, dass es damit ihnen übertragen war, zu überleben, und mühelos fanden nun alle in dem schwimmenden Nest einen Platz, sogar einige kleinere Tiere wie Vögel, Hasen, Katzen, Insekten.

Bei ihrer Fahrt übers Meer ließen sich die Schafe von einer Vogelart führen, die sich von Flachwasserfischen zu ernähren pflegt.

Ihnen bei ihrer Nahrungssuche folgend, erreichte das Nest nach langer Fahrt eine günstige, untiefe Meeresstelle, wo die Schafe es mit algenähnlichen Pflanzen, die sie mitführten, auf dem relativ flachen Meeresgrund zu verankern suchten. Der Versuch gelang, und nach Ablauf weniger Jahre schon hatte sich zwischen den lebenden Ankerseilen ein dichtes Geflecht von Meeresorganismen geknüpft, das seinerseits wieder die Entstehung eines kleinen, rasch wachsenden Korallenriffs begünstigte, das endlich das einstmals schwimmende Nest recht sicher trug. Damit war die Grundlage jenes kleinen Flecks festen Bodens geschaffen, der auch mich nun glücklich beherbergte.

Ich war zutiefst erstaunt von der großen Umsicht, mit der die Schafe sich ihre Existenz zu erhalten gewusst hatten, und lediglich drängte es mich noch, zu erfahren, was denn eigentlich die Havarie ihrer kostbaren Insel mit unseren beiden Schiffen so überraschend verhindert hatte.

„Wir haben unsere Schutzlieder gesungen", erklärte Arwen.

„Also Zauberei?" vergewisserte ich mich.

„Aber natürlich!" lachte Arwen, „alles was du nicht verstehst, wird wohl Zauberei sein, nicht wahr?"

Ich wusste nichts darauf zu entgegnen, also fragte ich weiter: „Aber warum habt ihr nicht auch euren Kontinent schon auf die gleiche Weise vor uns und dem Untergang bewahrt?"

Arwen staunte mich an. „Es war nicht *unser* Kontinent", sagte sie schließlich, „sowenig der weiße der eure war. All das, woraus damals die Welt bestand, war ja nur eine Art Geschenk, das allen ihren Bewohnern zur Verfügung stand. Wir hatten kein besonderes Anrecht auf das Land, das wir zufällig bewohnten."

„Genau!" rief ich, „doch ebensowenig hatten *wir* ein Anrecht, euren Kontinent zu plündern und zu zerstören!"

„Das ist richtig", sagte Arwen, „trotzdem stand es uns nicht zu, euch daran zu hindern, zumal es uns nur mit Gewalt hätte gelingen können."

„Natürlich", sagte ich, „wir haben uns ja auch mit Gewalt genommen, was wir zu benötigen meinten!"

„Hör zu", entgegnete Arwen ernst, „eines musst du wissen: es gibt bei uns nur e i n wirkliches Verbrechen, und das ist, wenn einer ein Problem, das e r hat, dadurch zu lösen versucht, dass er anderen ein Leid zufügt. Versteh: es war allein unser Problem, auf unserem Kontinent nicht länger leben zu können, auch wenn die Verantwortung dafür bei euch lag. Und wir wollen und brauchen keine Soldaten, keine Schlächter, keine Folterer, um Schwierigkeiten, denen wir uns ausgesetzt sehen, zu bestehen!"

„Habt ihr darum unsere Schiffe, als sie sich näherten, von eurer Insel weg-gedrängt und auch die überlebenden Schweine, Mulis und Hofratten daran ge-hindert, an Land zu kommen: weil ihr keine Schlächter und Soldaten wollt?" fragte ich beklommen.

„Ja", antwortete Arwen ernst, „denn diesmal lagen die Dinge anders. Unser Eiland ist kein Geschenk mehr für alle, wir haben es uns selbst geschaffen und ein Anrecht darauf. Ihr hattet keines."

Arwens knappe Erläuterungen beschämen mich. Nur zu deutlich sehe ich, dass ich tatsächlich kaum etwas von dem weiß, was wahrhaftig wichtig und wert wäre, zu wissen. Was ich lernte, das taugt für diese Welt nicht.

Ich bin ein Fremder unter den Schafen, und schwerlich würde ich glauben, dass ich selbst eines bin, tief in meinem Innern, seit langem, immer schon – hätte ich nicht heute morgen eine kleine Veränderung an mir bemerkt, die mir Mut und Hoffnung macht. Als ich Arwens fröhlichen Gruß, mit dem sie eintrat, erwi-derte, klang nämlich aus meiner Kehle nicht das gewohnte, verbissene, atem-lose Zischen der Wanderratte, sondern ein zwar unfertiges, halb missglücktes, doch durchaus erkennbares, entspanntes Blöken.

Arwen lauschte auf meine neue Stimme und strahlte mich mit ihren dunklen, tiefen Augen an.

Beginn

(1980)

Pas de deux
Ein Obduktionsbericht

Entrée

Allerdings gab es etwas, das Spiff wirklich fehlte und vermisste, ich meine, ansonsten hatte er ja einiges geschafft, denn wer in den 50er-Jahren Kind, in den
60ern „Heranwachsender", in den 70ern was auch immer war – und zu Beginn
der 80er, dreißigjährig, noch immer nicht erwachsen: nun, der hatte, fand ich,
irgendwas geschafft, egal ob es einem gefiel oder nicht.

Für die einen war er eben ein Spinner, ein Versager, ein Traumtänzer, ein Drü-
ckeberger usw., und für die anderen … na, man kann dazu stehen, wie man
will, und die, die nicht sponnen, die funktionierten, die weder träumten noch
tanzten, die mitmachten, für die war Spiff halt nicht mehr als ein Haufen Dreck,
der schon noch vom sozialhygienischen Staubsauger geschluckt werden würde,
wartet nur ab! Der allgemeine Weg alles Irdischen betraf weniger das Sterben
auf Raten als ein Leben auf Raten; und wenn Spiff nicht von dieser Welt sein
wollte, dann sollte er eben daraus verschwinden.

Die anderen waren es zwar auch nicht (von dieser Welt), aber sie meinten es
wenigstens – all diese tüchtigen Saubermänner und -frauen, mit ihren Sauber-
kindern, in ihren Sauberheimen, an ihren Sauberarbeitsplätzen, mit ihren Sau-
bergedanken, -gefühlen, -taten. Eigentlich waren sie Spiff gleichgültig, solange
sie ihm nicht auf die Füße traten. Doch leider taten sie das recht oft, schon
dreißig Jahre hindurch, darum waren sie ihm meist doch nicht gleichgültig: die
lieben Verwandten etwa, die wirklich immer nur das Beste wollten, aber über-
sahen, dass ihr Bestes längst nicht das Spiffs war; oder die tauben Lehrer, die
auf alles eine Antwort hatten, nur auf Spiffs Fragen nicht; oder die beflissenen
Geistlichen jeder Konfession, deren metaphysische Netze merkwürdigerweise
nur denen Halt boten, die die Augen vor den Lücken verschlossen; oder diese
dumpfdreisten Politsandkastenökonomen, die die Erde zu einer computerge-
steuerten Zeitbombe verbastelten, auf der menschliches Leben nur noch in Gestalt von Lochkarten genehm war.

Okay, man kennt das, diesen Schleim, der sich aus den Kunstorganen der öffentlichen Welt über jedwede Landschaft ergießt, und jeder strampelt sich ab,

auf seine Weise, um mit dem Brei, der Leben heißt, zu Rande zu kommen. Auch Spiff.

Insofern unterschied er sich von den anderen wirklich nicht, vermutlich will niemand mehr als halbwegs glücklich und möglichst schmerzfrei ein paar erfahrenswerte Dinge unternehmen, bereit, für die Handvoll schönerer Seiten auch das kleingedruckte Unangenehmere in Kauf zu nehmen, die sozialen Beitragsleistungen, die gesellschaftliche Schuldarbeit, in erträglichen Grenzen, versteht sich. Zum selbstlosen Helden, ob nun der Arbeit oder des Tötens, sind gottlob die wenigsten geeignet, und auf die, die sich dazu eignen, kann man dankend verzichten.

Trotzdem erwartet kaum einer von dieser Welt das paradiesische Schlaraffenland oder nimmt an, von Luft und Liebe allein ließe sich leben. Die meisten ertragen eine Menge Schläge, solange die Erwartung eines minimalen Streichelns die ganze Mühe lohnenswert erscheinen lässt.

Mit Spiff war es nicht anders. Schwierig wurde es erst, als er entdeckte, dass selbst dieses Minimum schon auf der Abschussliste der Weltenplaner stand, denen uneinsehbare Spielräume nicht in den Kram passten. Dagegen wehrte er sich, warum auch nicht? Niemand *muss* ja eine Karriere machen, einen Hausstand begründen, sein Ein- und Auskommen finden, sich in ein Nest aus erstehbaren Gütern betten, Freundeskreise um sich schlagen, sein Wahrnehmen und Denken anderen überlassen, glücklich alle vier Jahre sein demokratisches Kreuz in einen parlamentarischen Kreis kritzeln und überhaupt diesen dumpfen Tunlichkeitskatalog erledigen, der die ganze senile Welt in ihrem rechten Lot hält. Ich meine, jeder ist seine Unglücks Schmied, und was dem einen Wohlbehagen verschafft, macht den anderen kotzen. Noch niemand starb an seinen Schmerzen, nur die Wunden machen einen kalt.

Und da konnte ich Spiff schon verstehen, wenn ihm die Schauer über den Rücken rieselten angesichts der durchsichtigen Eisquader, in denen sich manche Leute häuslich niederließen. Wie sollte man an die noch rankommen? Der kalte Krieg fand doch nicht nur auf den Landkarten diesseits und jenseits des Eisernen Vorhangs statt. Die erste Ehe, die einer erlebt, ist die seiner Eltern, unter

Umständen gleich ein Intensivkurs in Sachen: Wie man auf Erden Höllen schafft. Da fällt viel ab für die eigene Orientierung.

Andererseits: spätestens mit vier merkt der süße kleine Bub (nicht per Kopf), dass das, was da so lustig unschuldig zwischen seinen Beinen zappelt, auch ein Wegweiser ist, zu einem noch vagen Ziel im Scheitelpunkt zweier anderer Beine, zwischen denen nichts zappelt, sondern ein aufregender Eingang in irgendein mysteriöses Reich lockt, das sich vorerst noch im Dunkeln lässt. Und trotzdem zieht es schon wie nichts sonst.

Spiff erzählte mal von seiner Ersten Großen Liebe, die begann, als er fünf war, und immerhin acht Jahre hielt. Lustigerweise zerbrach sie gerade daran, dass Spiffs Pipi-Mann ein sogenanntes Glied wurde (eine gravitätische Mutation), das nun, in erigiertem Zustand, äußerst eindeutig und stur auf das Ziel seiner Wünsche deutete, durch die Bettdecke, die Hauswände, die Straße hinauf, auf ein ganz konkretes kleines Loch hin – aber Bobby, die Besitzerin, lüftete das Geheimnis nicht, nur in Spiffs Träumen, real war es beiden peinlich, ihre Lust zu spüren, auch erschreckend, denn sie wussten nicht genau, was da eigentlich vor sich ging. Mit dreizehn konnte man zwar schreiben, rechnen, lesen, Geld zählen, telefonieren – aber auf welche Weise Spiffs Glied mit Bobbys Löchlein zu tun haben könnte, erfuhren sie nicht, darüber wurde nicht gesprochen, und nicht nur das: es wurde vermieden, darauf zu sprechen zu kommen, das merkte Spiff bald; also war es offenbar eine Sache, die im Geheimen abgewickelt werden musste. So entstand eine Angst, die die Lust zur Qual machte. Irgendwie stand Spiffs Glied ihm jetzt im Weg, wenn er Bobby berühren wollte, es führte kein Weg um es herum; zum Zug kommen jedoch konnte es auch nicht – also mussten sie sich trennen.

Ein einziger Irrsinn, fand auch ich, denn natürlich war ihre vorherige (glied- und lochlose) Kinderliebe auch nichts anderes gewesen als Kopulation, auf einer anderen, totaleren Ebene. Es zog Spiff einfach zu Bobby und Bobby zu Spiff, sie wollten beisammen und sich nahe sein, beim Spielen, beim Toben, beim Spazieren, beim Baden, beim Erzählen, beim Fernsehgucken, beim Träumen und Planen. Der Rest der Welt fiel dabei flach oder schrumpfte zu Staffage, die anderen Kinder wurden zu Personal in Spiffs und Bobbys Königreich, ganze

Legionen ergebener Jungenfreunde reichten nicht an die Wichtigkeit von Bobbys Zuneigung heran, Liebe schloss Teilhaber aus.

Auch darum war Spiff, als sie endete, plötzlich schrecklich allein. Es fehlte nicht nur die Geliebte, vielmehr fiel mit ihrem Verschwinden auf, dass auch sonst niemand da war, die Liebe hatte ja alle anderen ausgeklammert.

Ich kannte das. Sehr früh wurde man misstrauisch und ängstlich gegenüber den großen, umgreifenden Gefühlen, die einen verschlangen mit Haut und Haar, in die man glückselig hineinfiel wie in einen weichen Haufen Zuckerwatte. Aber plötzlich schmolz es weg, löste sich auf, die Geliebte mit, und hart knallte man auf einen dürftigen, nüchternen Boden und stand mutterseelenallein da. Und keine Mutter konnte einen trösten, weil man nicht sie, sondern ein Mädchen, ein bestimmtes, wollte und brauchte. Der Mutterschoß mochte vielleicht ein Symbol sein, ein archetypisches, aber zur Rückkehr lockte er nicht, er stieß ab, und man suchte andere Aufenthaltsorte, frischere, weniger geschichtsträchtig luftraubende.

Die Furcht vor dem Scheitern der großen Gefühle machte kleinlich und vorsichtig, das Rechnen begann, das Absichern: Je höher die Flüge der Liebe, umso schmerzhafter die Stürze, logo: flieg weniger hoch, Junge, dann brichst du dir dein Herz nicht und kommst mit blauen Flecken davon. Und fixier dich nicht so auf diese Eine dort, halt dir was in der Hinterhand, liefer dich nicht aus und vor allem: halt deine Freunde bei der Stange! Merke: Liebe kommt und geht, doch auf Männer ist Verlass! Kämpfe um jeden Freund, aber die Freundin, wenn sie dich einwickeln will, schieß in den Wind, nimm dir die nächste! Bau nicht alle Brücken ab zu den Kumpanen, denn Frauen, wenn sie dich erst haben, lassen dich liegen wie einen ausgedienten Handschuh, und dann bist du ganz allein! Es war ein einziger Beschiss, ein Geschäft, bei dem man immer den Kürzeren zog, das Geschäft mit der Angst vor dem Alleinsein. Man bezahlte den Verzicht auf Liebeswunden mit der Einbindung in einen trotteligen Männergesangsverein, der sich die Abenteuer an der Biertheke rülpsend und schulterklopfend erfand und sich in Elefantenhäute versteckte, die alles Fliegen verunmöglichten und nur noch zackiges Marschieren gestatteten. Und wo man hintrat, wuchs kein Gras mehr, die peinigende Furcht vor dem eigenen steifen Glied ließ es zu einer Waffe wachsen, mit der man reihenweise Frauen abstach, ohne die Geheimnisse, die man mit ihm hätte lüften können, auch nur noch zu ahnen.

Adagio

Aber es war nicht nur eine Privatsache. Lehrjahre sind keine Herrenjahre, hieß es, doch wer in den 60ern die gymnasiale Schleimscheißerei erlernte, durfte immerhin damit rechnen, dereinst ein respektabler Herr zu werden. „Wer uns nach neun Jahren verlässt, ist ein gemachter Mann" hieß es, und wie wahr, so viele gemachte Männer, so viele homunculi von der Stange!

Und alles nach sauberen akademischen Spielregeln, die Tische und Stühle in Reih und Glied, das Strammstehen beim Eintritt der Lehrkräfte, der donnernde Gruß, die Mäntel an den Haken, die Schultaschen, Hefte, Bücher, Mäppchen stets aufgeräumt und durchorganisiert, die Pausen auf dem Schulhof gemessenen Schrittes, die Oberstüfler disputierend, kurzgeschoren mit Hemd und Krawatte, das Kakaogeld jeden Freitag, und jeden Monat die Schülerzeitung, Hochglanz, anzeigengespickt, teuer. Der Verein der Freunde und Förderer, der ordentliche Schulgarten, die verschwitzten Sportfeste.

600 männliche Schüler, 20 männliche Pädagogen, der Hausmeister mit deutschem Schäferhund Hasso. Weiblich: die mittelalte Sekretärin des Direktors, in Tweed-Kostüm und Dauerwelle, und nachmittags die Putzkolonne, Jugoslawinnen, in blauen Kitteln, Kopftüchern und Sandalen.

Die Schulmoral saß (wie jede) außen, an der Oberfläche, die war intakt, geschlossen, heil, untermalt von den Bachsonaten des Schulorchesters, gestützt durch 620 Stöcke im Kreuz, die das Rückgrat ersetzten. Die Fassade war aufrechtzuerhalten, Lust folglich hatte da nichts zu suchen, ihr erhöhter Pulsschlag hätte das steinerne Gebäude in Schwingungen versetzt, unter denen der Ernst des Lebens zerbröckelt wäre.

Das galt vor allem für das pädagogische Geschehen. Es ging hier nicht um das Erlernen, sondern um den Besitz von Wissen, der später gegen eine gutbezahlte, geachtete Stellung „im Leben" eingetauscht werden sollte. Leben also war in der Schule verpönt und außer Kraft gesetzt. Lernen (im Sinn des Auslotens der Tiefe eines Phänomens) wurde als unverzeihliche Störung, wenn nicht

Auflehnung betrachtet. Man gab Spiff doch alle nötigen Antworten – was sollten da noch die Fragen? Indem man die Antworten lernte, auswendig lernte, erwarb man sein Wissen; wer (inwendig) fragte, bezeugte mithin nur, dass er nichts wissen wollte, er verzögerte und behinderte den vorgesehenen Ablauf des Geschehens. Die waagerechten Antworten, die die Schule zur Verfügung stellte, schufen einen glatten, sauberen Boden, auf dem man sich geschmeidig und rasch vorwärtsbewegen konnte, in die glänzenden Karrieren hinein. Lotrechte Fragen hingegen durchlöcherten diesen Boden, erschwerten das Fortkommen, bedeuteten eine ungeheure Gefahr, denn wie leicht konnte man in diese Löcher stürzen, auf Nimmerwiedersehen?

Um Löcher allerdings, andere, ging es den Zehn- bis Vierzehnjährigen unter der Hand zuallererst. Jenseits der unbefleckten moralischen Tapete galt das Hauptinteresse natürlich der weiblichen Anatomie. Alles drehte sich um Frauen, theoretisch, aus der Ferne, denn sie genossen noch den Status exotischer Tiere im Zoo, die einen die wagemutigen Safaris nur erträumen ließen. Und von niemandem erfuhr man Genaueres, Detaillierteres, bloß das Vokabular erlernte man. Aber wie eine Fotze eigentlich aussah, in welcher Beziehung sie zum eigenen Pimmel stand, blieb im Dunkeln, und man erging sich in den kühnsten Spekulationen. Noch mit vierzehn meinte einer, Kinder entstünden, indem die Frau den Schwanz eines Mannes in die Hand nähme und mal kräftig schüttele. Und selbst in einem fortgeschrittenen Stadium bereitete es noch erhebliches Kopfzerbrechen, dass Mädchen da unten offenbar verschiedene Öffnungen hatten. Welche kam da in Frage? Konnte man sich nicht wahnsinnig schnell irren?
Eine schwüle, geladene Atmosphäre insgesamt, und erst mit der allgemeinen Anwendung des Wichsens löste sie sich ein wenig, oder besser: verschob sich, wechselte von schwül zu schwul, denn in der theoretischen Not griff die Praxis zu dem, was sich gerade anbot: zum Schwanz des anderen. Kaum eine Unterrichtsstunde, in der nicht die Mitteilung die Runde machte, dass dieser oder jener sich soeben einen runterhole. Das regte an, man rückte näher und griff dem Nachbarn in die Hose, was er freudig mit gleichem vergolt. Als die Mädchen erreichbarer wurden, verflüchtigte sich die hitzige Brünstigkeit, immer häufiger nun wehrte einer den zudringlichen Griff eines anderen zwischen seine

Beine unwirsch und verlegen ab, und schließlich waren diese anderen nur noch eine Minderheit, und ihre Minderheitslust stieß auf immer heftigere Ablehnung, dann auf Hohn, dann auf Verachtung, zuletzt auf gnadenlose Verurteilung: sowas gehörte sich einfach nicht mehr, und dieses schlichte Gesetz stempelte das traurige, blasse Häuflein Übriggebliebener zu abnormen Triebtätern, denen man aus dem Wege ging, denn ihre Begleitung kompromittierte abgrundtief.

Schwule weckten auch darum immense Aggressionen, weil sie an die eigene homosexuelle Komponente erinnerten und deutlich machten, auf wie schwachen Füßen die Normalität stand. Darum gebärdeten sich die Normalen so unerhört männlich, rauhbeinig, hart, cool, diese muskelstrotzenden Fußballspieler, verlederten Mopedfahrer, technologischen Perry-Rhodan-Leser, diese weltgewandten Väterimitationen, schon fünfzehnjährig im Erwachsenenkostüm verbarrikadiert, nur ein Schritt bis zum Ehemann, zum Kollegen, zum Mitglied, zum bierstieren Pantoffelhelden.

Spiff fand es zum Kotzen, dieses rohe Gehabe, mit dem seine Altersgenossen ins Leben preschten, es stieß ihn ab, mit welcher Brutalität sie von ihren Mädcheneroberungen prahlten, als ginge es dabei um Beutestücke, die den Stellenwert des Kriegers und Jägers höben. Der Mann im feindlichen Leben, kaufend, erobernd, marodierend, besitzend, Liebe und menschliche Beziehungen als Ware, und die Gesetze des Handels waren strikt und eindeutig: Sich keine Blöße geben, keine Schwäche zeigen, niemandem zu nahe kommen, immer das höhere Interesse im Hinterkopf: Alles hat soviel Wert, wie es profitablen Zielen dient! Nichts weiter. Die Freiheit der Macher, der gemachten Männer. So frei sein, sich zu nehmen, was man kriegen kann, dabei so wenig geben wie eben möglich. Dazu die Begleitmusik wohlmeinender heiliger Väter: Mann muss Erfahrungen sammeln, sich austoben, in der Welt rumriechen, ehe er sich bindet; und dann die feste Entscheidung, unbeirrbar wie ein Hammerschlag: die Ehe, die Familie, die sich ertragen lassen, wenn man zuvor das Leben kennenlernte, den Spielraum nutzte. Nur so lernte man Sicherheit und Ordnung des Bürgerlichen Gesetzbuchs schätzen, mit ein wenig legaler Anarchie zuvor.

Oh Mann, hatte man das verdient? Oder diese andere Erfahrung: dass die Mädchen, analog, es mitmachten, das Spiel. Sie spielten den ergänzenden Part, ebenso willig und hingegeben, fielen den Cowboys von den Reklameplakaten aus ihren Modezeitschriften heraus um den Hals, immer zurechtgemacht, immer ergeben, ordneten sich bei, ließen es mit sich geschehen, hübsch und unbedarft. Wer ihnen nicht als großer Macker kam, hatte keine Chance.

Okay, dann hatte Spiff eben keine Chance, und statt sich wie jeder zu verhalten, verhielt er sich lieber gar nicht und blieb allein. Er war immer schon geduldig, vielleicht würde seine Chance noch kommen – und tatsächlich, sie kam, aus Liverpool herübergeweht, mit einer seltsam erregenden Musik, die ohne viel Mühe die tönernen Fassaden beiseite fegte, I Wanna Hold Your Hand, genau, das wollte jeder, und es stellte sich heraus, dass auch die frühzeitig gealterten harten Männer im Grunde ihre Rolle verabscheuten, es war schrecklich anstrengend, rund um die Uhr Mann und hart zu sein und all den weichen geöffneten Händen eine geballte Faust entgegenzustrecken. Spiff staunte Bauklötze, mit einem Schlag war er up to date. Jetzt atmeten alle die gleiche zärtliche Luft wie er, den bislang schnittig frisierten Klötzen wuchsen weiche Mähnen, sie tauschten ihre grauen, beklemmenden Korsetts mit bunten, flatternden Klamotten. Ach, welche Macht hatten doch die Blumen plötzlich! Es war, als hätten alle darauf gewartet, das Bisherige endlich loszuwerden, das disziplinierte Abmarschieren streng vorgezeichneter Lebens- und Liebeswege. Die Befreiungshymnen klangen in der gemeinsamen Luft, man inhalierte tief und fühlte Mut, die autoritären Klammern zu sprengen. Es war einfacher, als man sich hätte träumen lassen, die Autoritäten blieben verlegen zurück, was sollten sie schon ausrichten gegen die Solidarität aller?
Die Disziplinen, wo immer sie gegeben waren, zerbrachen, als hätten sie nie bestanden, der Schuldrill, die Familienplanung, der Karriereehrgeiz. Die Lust war nach Außen gerutscht, ans Helle, ins Tageslicht, und dort war sie nicht länger pervertiert von Ängstlichkeit, Vorsicht, Geheimniskrämerei, Scham. Moralische und soziale Rollen waren eine Sache der Optik, und wo Jungen plötzlich weibliche Attribute und Mädchen männliche zeigten, fanden sie mühelos zueinander.
Wie Spiff zu Belle.

Es war ein Märchen, tatsächlich, wieder eine Königin, deren langes schwarzes Haar sich mit seinem langen braunen vermischte, und nicht nur das, auch anderes schob sich ineinander, die Zungen, die Hände, die Beine, Belles Körper war das, was Spiffs Körper fehlte, zusammen waren sie ganz und heil, sie passten aneinander, nichts störte mehr das Zusammenkommen, auch Spiffs Schwanz nicht, im Gegenteil, endlich kam er dort an, wo er hingehörte, stürzte sich Hals über Kopf hinein, trotz aller Furcht vor dem ersten Mal, Belles Hand löste leicht das Problem mit den verschiedenen Öffnungen, es gab sogar zwei, die in Frage kamen, und die Antworten banden stärker als alles sonst.

Sex als symbolischer Akt der gemeinsamen Lust, zu zweit zu sein, ein Sichverausgaben und Entäußern für jemanden, der es wert war und nicht missbrauchte. Schöneres gab es kaum, eine ehrliche schöpferische Mitteilung, die der andere sofort verstand und beantwortete, Lust und Mitlust zugleich.

Eine Schwierigkeit war bloß (mit 16) das Auffinden geeigneter, sicherer Räumlichkeiten. Nur zweimal gelang es Belle und Spiff, ansonsten konnte sich die Lust nur im Gefängnis der Hose regen, beim Tanzen, beim Knutschen auf Feten, Belle ritt unauffällig auf Spiffs Oberschenkel, und anschließend war da ein feuchter Fleck, den Spiff später, zu Hause, allein in seinem Zimmer, beroch, beleckte und küsste.

Doch auch dieses Märchen zerstob, klar, der Zeitgeist, dieses Gespenst, liebte keine Idyllen, wenigstens keine langwährenden. Die Hippizuckerwatte wurde umfunktioniert zu revolutionären Bartstoppeln, die Jugendrevolte wurde eine Bewegung mit historisch relevantem Konzept, ausgeklügelt von feschen, durchtrainierten Politideologen, die die Welt beglücken wollten, denen jedoch entging, dass auch die Revolution nur ein altes, abgenutztes, überkommenes Instrument war, das nicht die Welt veränderte, nur die leitenden Positionen umbesetzte. Pech, aus dem antiautoritären Kampfanzug (Parka, Jeans, Stiefel) ragten grimmige, zerquälte Christus- und Kriegervisagen, hinter deren gefalteten Stirnen strapazierte Gehirne sich überforderten. Unter dem Gleichschrittsstakkato der Straßenschlachtparolen ging die Erlösungsmusik verloren, auch die Liebe, denn die Genossinnen, bartlos, marschierten mit und erfüllten revolutionäre Hausarbeiten. Aber niemand hielt das Marschieren lange durch, zumal das letzte Gefecht nicht abzusehen war. Darum schließlich: o Herr, erlöse uns von dem Übel, eine bessere Welt herstellen zu müssen!

Und siehe: der Herr gehorchte und schickte die sozialliberale Koalition, 69, der man getrost und aufatmend die Zügel in die väterlichen evolutionären Hände drückte, um sich endlich wieder im Gehabten zu verlieren und die bekannten kleinen Brötchen zu backen, diese Arschimitationen, die man sich reindrückte, als sei nichts geschehen. Spiff empfand es so, als spule ein Film zurück. Die Figuren hatten sich für eine Weile sehr weit vorgewagt und ungeahnte Bewegungen vollführt, nun wurde es dem Typen am Schneidetisch zu bunt, er drehte die Rolle zurück, schnitt alles weg, wo man zu weit gegangen war, es blieb nicht viel, gerade richtig, um einen harmonischen Übergang zum Vorigen zu schaffen. Punkt. Klappe.

Und Spiff kam aus dem Staunen nicht mehr raus. Denn ohne sich zu bewegen, stand er jetzt schon wieder im Abseits, mehr noch als zuvor, die Chance war nicht vertan, aber vorüber. Für ihn jedoch war zu viel geschehen, er konnte nicht einfach wieder die alten Fäden aufnehmen, schon früher hatten sie ihn angeödet, und nun, nachdem er gesehen hatte, was auf der Welt möglich wäre, wenn man nur wollte, waren sie ihm unerträglich.

Vielleicht war es unfair, aber er verachtete die, die gerade noch seine Genossen gewesen waren und jetzt schon wieder mit geröteten Gesichtern und schwitzenden Achseln an ihrer Karriere saßen. Es durfte doch einfach nicht wahr sein, dass man sich nach den paar Jahren Luftschnappen auf dem bisschen revolutionärem Aufbäumen ausruhen konnte, als habe man lediglich ein pubertäres Soll erfüllt. Aber doch war es wahr, auch ohne dass Spiff es begriff, es geschah einfach, um ihn herum, allerorts, wo er auch hinblickte. Und selbst Belle stand plötzlich auf der anderen Seite, weit weg, ihr näher als Spiff war das Abitur, ein paar Kompromisse muss man schon schließen, oder hast du mal alternde Rebellen gesehen? Leben von der Hand in den Mund, ohne Rente, Aufstiegschancen, Freunde? Lächerlich, nichts lächerlicher als einer, der in einer allgemeinen Eiszeit nackt herumläuft und so tut, als lebe er in den Tropen, nein, ohne mich, Spiff!

Und Spiff dachte, leck mich am Arsch, schließ deinen kleinen Kompromiss, und dann noch einen und noch einen, bis ins Totenbett hinein, und wundere dich nicht, wenn du im Rückblick dein Leben nirgendwo mehr findest!

Er zuckte die Achseln und machte sich aus dem Staub, acht Jahre hatte er es durchgehalten, und als ungemachter Mann stolperte er in die 70er-Jahre.

Variation I

Zwischen 20 und 30. Das war vor allem die Frage: Wie kann man ehrlich und rein bleiben, ohne kaputt zu gehen? Und das war nicht mal aus der Luft gegriffen, kein Gedankenspiel, schließlich stand Spiff, wie von Belle vorhergesagt, ziemlich doof da: ohne Ausbildung, ohne Freunde, ohne Frauen. Er jobbte herum und wohnte allein, womit noch nicht das Leben, nur das Überleben geklärt war.

Der Rest war Schweigen, denn vor allem anderen beschäftigte Spiff sich mit sich selbst, monologisierend, oder genauer: versuchte herauszufinden, was ihn in diese Lage gebracht habe, ob womöglich ein Versehen, ein Irrtum, ob eigene oder fremde Schuld. Eigentlich suchte er erst jetzt nach Antworten auf jene Fragen, die den Boden der Konventionen und Sozialverträge durchlöchert hatten. Jetzt fiel es leichter, seit er hindurchgerutscht war und irgendwo darunter im Nichts hing, in solitärer Klausur. Er arbeitete sich auf, sozusagen, über seine weiteren Schritte im Unklaren, auf den Fleck gebannt, hatte genügend Zeit und Muße, endlich seine früheren Schritte kennenzulernen. Die Theorie folgte also der Praxis, und lustig daran war, dass er in beiden zum gleichen Ergebnis kam: er, als Spiff, als dieser eine, der nun eben so und nicht anders war, hatte recht, für sich genommen. Den geltenden Leitbildern, denen alle Welt nachhing, konnte er beim besten Willen nichts abgewinnen, das eine entsprechende Lebensmühe gelohnt hätte.

Kein tröstliches Ergebnis, im Gegenteil, es eröffnete nicht die Spur einer Perspektive. Denn wie, bitteschön, wenn nicht konform, konnte man noch existieren? Und Konformität kam nicht in Frage, sie war nur ein feineres, trügerisches Synonym für Uniformität, und gegen Uniformen aller Art reagierte Spiff allergisch – auch gegen die oppositionellsten und alternativsten. Von denen gab's im 8. Jahrzehnt einen imposanten Haufen, ein Riesenangebot alles in allem, offenkundig bemühte sich die Quantität, die Farbigkeit der Qualität zu erreichen – vergeblich, wenigstens für Spiff, für ihn war nichts Passendes dabei.

Die Ära der Randgruppen. Die Leute, die den Langen Marsch angetreten hatten, verloren einander im Labyrinth der Institutionen nur aus den Augen und gingen den abwegigsten, verschrobensten Beschäftigungen nach, ein jeder überzeugt, nichts weniger als den Nabel der Welt zu repräsentieren. So viele Näbel! Man konnte sich nur wundern. Neue Kirchen zuhauf, eine dilettantische Politmafia, Clubs für makrobiotische Kultur, Seelentröstersportvereine mit Urschreichor und Orgongymnastik, chemische Glückslabore und ein immer wieder neu und anders zu dogmatisierender Marxismus. Der große Rückzug der Überlebenden hub an: aufs Land, in die Seele, in synthetische Abenteuer, in die Gewalt, in den Himmel, unter die Haut, auf die mathematische Klärung der Beziehungsproblematik (Single? 2er? Mehrfach? Gruppe?), in die Träume von gestern, in die Träume von überübermorgen.

Vielleicht gab es gar nichts anderes mehr als Randgruppen, dachte Spiff gelegentlich, allmählich würden sie die leere Fläche in der Mitte betreten, um sich zu guter Letzt als die einzige und allgemeine Randgruppe neu zu konstituieren. Und im Hintergrund säße eine dezent gekleidete Gruppe elektronischer Musikmaschinen und intonierte zum festlichen Akt einen wahnsinnig aufregenden rituellen Marsch.

Schon wie sie daherkamen! So herrlich mitgenommen, so atemberaubend kaputt! Selbst die enthaltsamen Müsli-Freaks schleppten die Last der kosmischen Zusammenhänge auf ihren gebeugten Rücken; von den Gesichtskratern der Fixer und Säufer ganz zu schweigen, oder den ausgezehrten Wangen der Spiritualisten, oder den strengen gnadenlosen Mienen der amtlichen Emanzen, oder den flehenden, unbeirrbaren Augen der Volksblatt-Verkäufer! An jeder Ecke bot man das absolute Heil feil, ein heilloses Durcheinander insgesamt, in all den *Scenes*. Auch deshalb gab es bald Reiseführer für jede, *Berlin alternativ*, und zehn Jahre später könnte man dann umsteigen auf *Berlin intim*, den letztgültigen Strich-Führer, im Abo (auch für andere Städte) billiger!

Da schien der Ausweg der Selbstzerstörung schon verlockend, denn wenn man positiv kaum mehr in Erscheinung treten konnte, hatte der negative, sich auslöschende Held doch etwas Faszinierendes, Verführerisches. Wer positiv war, war in der Regel schon korrumpiert, und wer wollte das schon? Lieber ehrlich frühzeitig kaputtgehen als verlogen zum Greis werden.

Es war seltsam: der eigenhändigen Abschaffung entging Spiff vor allem deswegen, weil er mit ihr in eine Übereinstimmung zu anderen geraten wäre, die er scheute wie die Pest. Er wollte keiner von denen sein, kein Ei wie das nächste, auch nicht zwischen zerbrochenen.

Außerdem sah er die Absurdität, die darin lag, sein Leben aus Protest hinzuschmeißen. So viele hatte man nicht zur Verfügung, und dass das eine so sehr erschwert und boykottiert wurde, war noch kein Grund, darauf zu verzichten. Es wäre eine Niederlage gewesen, an sich nichts Schlimmes, dumm nur darum, weil ihr kein Kampf vorausging. Das war der Haken. Zu kapitulieren, ehe man getan hatte, was man tun konnte, war eine üblere Attacke gegen die eigene Lebenslust als ein äußerer Feind sie je reiten konnte.

Dass so viele mit sich selbst in den Clinch gingen und sich zerstörten, lag auch daran, dass die eigentlichen Gegner kaum mehr auszumachen waren. In den 60ern hatte es noch das Establishment gegeben, und zwar in Gestalt konkreter, leibhaftiger, mit Macht bestückter Personen: Eltern, Lehrherren, Bonzen, Springer, Strauß, den Schah, Nixon etc. Gegen sie konnte man hoffnungsvoll angehen, Siege und Niederlagen authentisch spüren.

Das war nun anders. Zwar war das Establishment keineswegs verschwunden, aber seine Repräsentanten und Knopfdrücker hatten sich in ein Dickicht aus Sachzwängen, Sachinteressen und Sachmaßnahmen zurückgezogen, worin ihre individuellen Konturen, Verrichtungen und Verantwortlichkeiten geisterhaft verschwommen. Sie wurden austauschbar und unbelangbar, diese kühlen Sachwalter, Manager, Operateure, erfüllten anscheinend objektive Gesetze der Krisenverwaltung, im Auftrag höherer, anonymer historischer Mächte, die nicht von dieser Welt waren und deren zwingenden Forderungen sie sich neutral unterordneten: der Energieknappheit, dem Rohstoffmangel, der Wahrheitssuche zwischen Ost und West, der Nahrungssuche zwischen Süd und Nord, den Grenzen des Wachstums auf dem Produktions- und Arbeitsmarkt, die man flugs auch um individuelle und staatsbürgerliche Freiheiten zog, im Dienst des Gemeinwohls, versteht sich, ein einziger Aufwasch.

Der Wahnwitz in Reinkultur: da hatten sie eine Welt hergestellt, die den simpelsten menschlichen Bedürfnissen Hohn sprach, und nun, da sie ihr wahres Gesicht zeigte, wiesen sie bedauernd alle Verantwortung von sich und erklärten, das einzige, was sie noch tun könnten, sei, den gegebenen Besitzstand zu wahren. Und den verteidigten sie allerdings mit Händen und Füßen und erwarteten dafür gar noch bedingungslosen Rückhalt. Entweder fügte man sich in ihr Konzept oder man ging eben kaputt. Tja, wirklich ein Jammer, diese Heroinleichen oder die versoffenen Arbeitslosen oder die bodenlosen Aussteiger, die allesamt im Nirwana verschwanden. Wieso denn no future? Es gab doch eine Zukunft, für jeden, der nur bereitwillig in die synthetische Haut eines Zahnrads schlüpfte und sich (ganz auf dem Boden der freiheitlich-demokratischen Grundordnung) in den Motor des Müllschluckers einbauen ließ, der die Erde zwischen seinen Kiefern zerrieb. Was wollte man denn mehr? Zombie-Time.

Variation 2

Es war so, dass man von der Liebe nicht viel mehr wusste, als dass es sie gab, dass die meisten sie herbeisehnten und mancher sie auch erlebte. Und man kannte und benannte einige ihrer Aspekte, nahm auch bisweilen schon den Teil für das Ganze: Freud, Platon, die Ehe (gesetzlich, kirchlich, wild), die bekannten inneren und äußeren Werte.

Und dann gab es noch die billigen Schlager und Filme und Romane, die mit Liebe so sehr um sich warfen, dass man kaum mehr wagte, das Wort noch in den Mund zu nehmen, und wenn doch, nur in ironischen Gänsefüßchen, die aber nicht weiterhalfen, weil man so zu dem, was man sagen wollte, nicht kam. Andererseits vergoss man heimliche Tränen angesichts jeder ergreifenden Romanze, von Romeo & Julia bis zu Segals Love-Story, quittierte anschließend zwar die eigene Rührseligkeit mit bewusstseinsträchtigem Spott – und beneidete dennoch, aus dem gemäßigten Alltag heraus, auch weiterhin all jene, bei denen es klappte oder wenigstens tragisch danebenging. Die wagten es zumindest, so zweifelhaft, was sie wagten, auch jedem aufgeklärten Kopf erscheinen mochte.

Dabei ging es um ganz einfache Dinge: eben um Lust und Wärme, um Einverständnis, um einen Pakt gegen die böse Welt, der man verdoppelt mehr entgegenzusetzen hatte. Selbst wenn man scheiterte, ging man im Plural unter und musste nicht das gesamte Gewicht allein tragen.

Einmal ist keinmal, sagte das alte Wort, und einer allein war so gut wie keiner. Spiff gegen den Rest der Welt – das klang nur gut, für Außenstehende, Kinogänger. Für Spiff selbst dagegen war es neben anderem vor allem eine unbeschreibliche Mühsal. Die ungeteilte Wahrheit mochte gut und schön sein, aber sie zu ertragen ging über eines Einzelnen Kraft. Zumal sie, auf mehrere Schultern verteilt, nicht automatisch unwahrer wurde, das schien nur so, in einem Stadium der Verblendung, in dem man Selbst-Verwirklichung mit Abgrenzung verwechselte.

Aussteigen war gut, aber wichtig war, dass man auch wieder irgendwo einstieg und hineinfand. Sein Selbst nur für sich zu verwirklichen, war auch bloß Wichserei. Dem eigenen Schwanz hinterher zu laufen, führte dazu, dass man im Kreis herumlief, auf der Stelle, ohne anzukommen.

Die Anstrengung des Lebenslaufs rechtfertigte sich zuallererst durch Erektionen – und nicht allein der Schwellkörper beiderlei Geschlechts, es betraf die ganze Person. Die Quelle aller Lust war das Wachsen, das Sichentfalten, Aufblühen und Fruchttragen. Man musste sich aufblähen, ausdehnen, um die eigene Anwesenheit zu spüren und andere zu berühren. Man musste Aufmerksamkeit erregen, Anstoß, mit allen vitalen Mitteln, nicht weil man so ungeheuer wichtig war, sondern weil man überhaupt war. Anders ließ sich nicht das Interesse von Mitbewohnern gewinnen, ohne das man im eigenen Schatten gefangenblieb und verdorrte.

Gut, da gab es dieses große Rätsel: Warum liebte man gerade diesen einen und warum nicht jenen anderen, oder besser: warum verliebte man sich in den und nicht in den, obgleich man beide erst kennenlernen würde, wenn man eine Beziehung praktizierte. Weshalb bekam der eine diese Chance, zu beweisen, dass er der Liebe wert sei, der andere nicht? Vermutlich, weil die einzige Alternative zur selektiven (undurchsichtigen) Auswahl wäre, alle zu lieben, was wohl über jedermanns Kräfte ging – davon abgesehen, dass es wohl gar nichts gebracht hätte, weil alle so gut wie keiner waren. Denn das machte die bekannten Formeln ja gerade so fad und leer: „Alle Menschen sind Brüder", „Liebet alle, die da sind auf Erden" usw. Wer solche weitschweifige Liebe vertrat, konnte darauf verzichten, noch irgendwen konkret zu lieben, was wiederum erlaubte, jedes leibhaftige Gegenüber mit Füßen zu treten. So einfach war das.

Schwierig war immer nur, die Liebe zu einem einzigen wirklich zu schaffen. Spiff schaffte es nicht, mit Liza, 1979. Aber an der Jahreszahl lag es nicht.

Dabei begann es überaus verheißungsvoll, beinahe wie im Film: Spiff im Supermarkt beim Einkaufen, an der Kasse, vor ihm in der Schlange eine Frau, Mitte 20, mit Linien im Gesicht und einem Ausdruck in den Augen, die ihn fesselten, und im Profil unter dem Pullover die schönsten Brüste, die er je gesehen hatte, kleine runde Bällchen mit einer atemberaubenden Aufwärtsbewegung an den Spitzen, er starrte sie an, von oben bis unten, und dann wartete sie draußen vor dem Eingang und fragte: „Warum starren Sie mich so an?", und Spiff, überrascht von der eigenen Courage, erklärte es ihr: die Linien, die Augen, die hübschen Brüste usw.

Eine Woche später zog sie mit einem R4 voller Möbel, Kleider und Bücher in seine Wohnung – und zwölf Monate später mit dem ebenso vollen R4 wieder fort, in die Wohnung irgendeines anderen Mannes.

So lebte sie, seit sie 18 war, stets umzugsbereit, von einem zum anderen Tag in jemandes Leben platzend und ebenso rasch wieder daraus verschwindend, und doch jedesmal überzeugt: das ist das letzte Mal, hier bleibe ich, endlich angekommen, die große Liebe, der richtige Typ.

Leider konnte Spiff ihr den Gefallen nicht tun, er war es nicht, sowenig wie sie für ihn, aber das wusste er erst danach.

Bis dahin lebte er zum ersten Mal mit einer Frau zusammen, teilte mit ihr das Bett, die Küche, das Badezimmer, den „Salon", das Klo, das Portemonnaie, alle freie Zeit und so viele seiner kleinen persönlichen Geheimnisse, dass er sich in ihrem Beisein bald auch im dicksten Mantel nackt wie ein Neugeborenes fühlte, und später dann abgenagt, ausgeraubt und leer, als sie mit seinen Geheimnissen davonzog. Spiff hatte den Eindruck, als ob er sich erst jetzt wirklich kennen lerne, indem er Liza sein Spiegelbild überließ. In ihren Händen sah er sich unvermittelt aus Perspektiven, die ihm bislang unzugänglich waren. Ganz banale Sachen, etwa seine Riten der Haushaltsführung, seit Jahren eingespielt, darum scheinbar richtig und überzeugend, und nun mit Lizas Auftauchen in Frage gestellt, als simple Gewohnheit entlarvt, ohne jede Überzeugungskraft, denn Liza machte es alles einfach ganz anders und amüsierte sich köstlich über seine Unbeholfenheit und Umständlichkeit, mit der er Angelegenheiten wie Kartoffelschälen, Fensterputzen, Wäschewaschen abwickelte. Sie zeigte ihm, wie man es *richtig* machte, und Spiff fiel darauf herein, lernte um, veränderte sich. So ging es mit allem, schon deshalb, weil sie zu Beginn einander absolute Offenheit und Ehrlichkeit geschworen hatten, als unverzichtbare Basis vertrauensvollen Zusammenlebens. Denn Lizas Ausgangspunkt war dem Spiffs ähnlich, auch sie traute der Welt nicht über den Weg, sah überall Fallen, Selbstschussanlagen, Versuchungen, in die man blauäugig hineintapsen konnte, wenn man nicht auf der Hut war, und prompt käme man sich abhanden. Sie wusste es aus Erfahrung, nur darum ihre rigorose Mobilität, ihre Spuren zogen sich durch Deutschland, und wo sie einmal gewesen war, konnte sie nicht wieder hin, klar, denn sie war dort doch nur weg, weil sie eine schlechte Erfahrung gemacht hatte, mit diesem oder jenem Typen, der sie bloß hatte ausnutzen, gebrauchen, binden wollen.

Das wollte Spiff bei Gott nicht, schon weil er selbst bislang ähnliche Erfahrungen vermieden hatte. Trotzdem war er sich seiner nicht ganz sicher, zweifelte, ob nicht auch in ihm irgendwelche üblen Absichten steckten, die darauf zielten, Liza zu missbrauchen.

Also schenkte er sich das Theaterspielen, trug sein Inneres nach außen, machte aus seinem Herzen keine Mördergrube und offenbarte sich als der, der er war, damit Liza sähe, falls auch er chauvinistische Eier brüte.

Und sie sah es auch, wie ein Luchs – und also schälte Spiff schließlich die Kartoffeln so wie sie, legte die Handtücher zusammen wie sie, ging in die Kneipen, die sie vorschlug, sah die Filme, denen sie den Zuschlag erteilte, suchte im Radio die Musik, die ihr gefiel, um ihr eine weitere Enttäuschung mit einem miesen Mannsbild zu ersparen.

Im Bett fanden sie zueinander ohne vorherige Abstimmung, da war das Vertrauen a priori vorhanden, über die gemeinsame Lust bestand kein Zweifel, und für Spiff war es ein beispielloses Abenteuer, soviel Zeit und Raum zu haben, um einen anderen Leib durch und durch zu erforschen und damit auch dem eigenen in ungeahntem Maße nahe zu kommen.

Nun gut, eines Tages, als Spiff nach Hause kam, lag in diesem Bett ein anderer Mann, ein großer, blonder Held, und Spiff zog um auf die Couch im Salon. Diese Platzverteilung blieb vier Wochen erhalten, bis zu Lizas Abgang, Spiff kam währenddessen in sein Bett nicht wieder hinein, denn der Held blieb dort liegen. Die vier Wochen brauchte Spiff, ehe er die neue Situation geklärt hatte. Nie war er einem Zusammenbruch näher. Liza nämlich erläuterte unbeirrt, alles sei nur seine Schuld, er sei so schrecklich farblos geworden, so schmächtig und schwach, und, vor allem, so entsetzlich abhängig von ihr, dass es ihr die Luft raube, er mache ja gar nichts eigenes und allein mehr, selbst zum Kartoffelschälen hole er sich zuvor Anweisungen, das sei doch nicht auszuhalten! Aber trotzdem liebe sie ihn noch, nein wirklich, sie brauche halt nur mal wieder einen richtigen Mann. Und wenn er, Spiff, schaffen würde, ein solcher zu werden, dann erübrigte sich der Held natürlich sofort!
Endlich kapierte Spiff, er fasste sich an den Kopf, bekam einen Lachanfall und setzte die beiden vor die Tür.
Als sie draußen waren und sein Gelächter versiegt, fühlte er allerdings, dass Liza nicht bloß ihre Möbel, Kleider und Bücher, sondern auch ein gehöriges Stück Spiff mitgenommen hatte. Er hatte ihr eine Menge anvertraut, das mit ihr verlorenging, und stand nun tatsächlich arm da, nackt. Er würde sich eine neue Geschichte auf den Leib schreiben müssen, um sein Skelett zu verbergen und wieder warm zu werden. Liza, das wusste er jetzt, hatte nie wirklich irgendwo ankommen wollen, ihr Ziel war es, unterwegs zu sein, nur wusste sie es noch nicht.

Coda
Zum Beispiel stand er vor dem Spiegel im Badezimmer und betrachtete aufmerksam sein Gesicht. Er wurde älter, außen, es war nicht zu übersehen und nicht zu ändern. Manchmal erkannte er sich gar nicht wieder, oder jedenfalls die nicht, die er mal gewesen war: den kleinen weichen Jungen, der von

Burgen, Rittern und Edelfräulein träumte; auch nicht den pilzköpfigen Teenager, der von einem Ticket für die Magical Mystery Tour träumte; schon gar nicht den bücherfressenden Twen, der davon träumte, alle Dinge zu durchschauen; und nicht einmal den selbstverleugnerischen Hausmann, der Träume von einer reinigenden Neugeburt spann.

Irgendwie waren sie alle verschwunden, tief in ihm, von der Haut der laufenden Ereignisse ins Hintertreffen gedrängt, zum Schweigen gebracht.

Aber durch sie hindurch, hinter diesen Schalen, bemerkte Spiff im Spiegel den, der sie alle trug und stützte, den Kern, ein kühles Gebilde aus Knochen, den bleichen Totenschädel, der ihm zufrieden entgegengrinste, in der Gewissheit, dass er derjenige war, der auf jeden Fall und immer zum Zuge kommen würde und sie alle überlebte.

Das war die Perspektive, sah Spiff, die entscheidende. Die Zeiten änderten sich nicht nur, sie vergingen auch, das zuerst. Was einem vorn fehlte, war hinten bereits zuviel, so sah es aus.

Aber ob das tröstlich war oder erschreckend, konnte Spiff nicht feststellen.

Feststellen ließ sich nur der Verschleiß, der krumme Rücken, die abgelaufenen Beine, das abgestempelte Gesicht. Oder die schwindende Neugier auf Kommendes, denn schließlich wusste er einiges, und das meiste wiederholte sich, tagaus tagein, stur, das neuste unter der Sonne war eine Rarität geworden, ein Glücksfall, vor allem Menschen, einzelne, auch Landschaften – die Abläufe hingegen boten wenig Überraschendes mehr, kaum mal brauchte man noch den Kopf zu heben und die Ohren zu spitzen. Höchstens aus Furcht, wenn die Herren der Welt sich anschickten, Hollywoods Katastrophenschinken auch mal in der Wirklichkeit auszuprobieren.

Spiff saß am Tisch in der Küche und blickte zum Fenster hinaus. Jenseits der grauen Häusermasse, 10 Minuten entfernt, ragten die beiden Turmspitzen der gotischen Kathedrale in den blauen Winterhimmel. Und Spiff stellte sich vor, dass er irgendwann, an einem ebensolchen Tag, allein hier säße und hinüberschaute und sähe, wie eine gewaltige pilzförmige, rötliche Wolke dick, leuchtend und quellend die beiden Türme verschlänge, und er würde wissen, dass die Druckwelle sich näherte, in Schallesschnelle, die Häuser vor seinem Fenster verschwänden, und dann zerplatzten die Scheiben und die Wände und die Decke, und der Knall der Explosion fiele zusammen mit der Explosion seines Kopfes, das Feuer würde er schon nicht mehr spüren, auch nicht seinen zermatschten Körper inmitten des Geröllls ...

Es war keine angenehme Vorstellung, und am schmerzhaftesten daran war, selbst in der Projektion schon, das Gefühl der völligen Einsamkeit. Spiff wollte nicht allein sterben, er sah es nicht ein, und das Mitsterben der ganzen Menschheit war kein Trost. Tröstend wäre nur gewesen, an diesem Tisch nicht allein zu sitzen und dem Todespilz der Herrscher zwei ineinander verschlungene Leiber entgegenzusetzen, Liebe, oder wenigstens liebenden Hass.

(1982)

Erforschung einer Pause

Einer dieser Bilanztage, aha, und nicht einmal anlässlich Geburtstag oder Silvester, nein, auch zwischen den offiziellen Daten gab es Punkte, manchmal, in denen die Linien zusammenliefen, sich verkrusteten, zu einer Plattform, die sich wie ein vorläufiger Sargdeckel über das Bisherige stülpte.

Der Ort des Geschehens: irgendwo zwischen Scheitel und Sohle, Kant selbst der Sarg, wie sinnig, und in ihm die kalten, steifen Leichname verflossener Augenblicke, auf Nimmerwiedersehen verscharrt, ohne Glockengeläut und Engelschöre, zur ewigen Ruhe, beinahe wenigstens ... denn immerhin waren da noch die Geister, die untoten, die unlebendigen, die weiterwirkten.

Name: Kant
Größe: 178 cm
Gewicht: 62 kg
Alter: 30
Augen: braun
Haare: kaum
Besondere Kennzeichen: ?

Mit kühlem Blick die Lage erfassen, unbestechlich konstatieren: So ist es und nicht anders (Heroismus!).

Danke. Es geht mir nicht übel, das nicht, doch auch nicht glänzend. Weder/Noch. Die goldene Mitte. Das Auge des Hurricans. Ruhe. Windstille. Trotzdem ist es nicht Nichts (das wär ja noch was), eher eine Lähmung, Da-Sein ohne es zu spüren.

Die Zeit konstruiert die Räume. Im Zustand der LANGEWEILE dehnen sie sich ins Unendliche, entleeren sich, und mit ihnen gerät man in den Sog der Unmaßgeblichkeit.

So ist es. Man wüsste nichts vom eigenen Vorhandensein, wenn man sich nicht (einerseits) auf seine Vergangenheit stützen könnte (weißt du noch: damals?), andererseits auf das Kommende baute (nichts hält ewig, also wird es morgen anders, spätestens übermorgen).

Die einzigen Konstanten: die Anatomie sowie der monatliche Geldbetrag, der ihre Funktionen aufrechterhält. Punkt. Leben in der Erinnerung, Leben in der Utopie. Traumhaft. Und was ist mit dem Heute, hier und jetzt? Nichts. Warten. Godot war entweder schon da oder er wird noch kommen. Ich träume von der guten, alten Zeit, Was hab ich da nicht alles erlebt!, speziell die Frauen, jedes Wort, jede Geste ist mir gewärtig. Der einzige Makel: es ist vorbei. Oder ich träume von der guten, neuen Zeit, Was werd ich da nicht alles erleben!, speziell die Frauen, jede Erregung, jede Lust ist mir deutlich. Der Haken: es ist noch nicht soweit.

Und dieser Augenblick jetzt, der einzige von Belang, der einzig reale, ist leer, mit mir allein, niemandem zugehörig.

Frage: Stecke ich nicht immer nur in solchen Augenblicken, solchen Vakuen, in denen nichts geschieht, die sich hinter mir aneinanderreihen, sammeln, häufen – und erst im Nachhinein mit Erleben befrachtet werden, zu einer Geschichte verknüpft, die ich nie erfuhr? Ein Trick? Eine Manipulation? Denn wie könnte man im Früheren oder im noch Kommenden je anwesend sein, wenn man im jeweiligen Heute immer fehlt?

Weshalb sonst sind die Geschichten der Leute meist interessanter und vitaler als sie selbst und ihre Gegenwart? Das Interessante hat offenbar in der Goldenen Mitte des Hier und Jetzt (im unbewegten Moment) keinen Platz, dort ist nichts zu verlieren, aber ebensowenig zu gewinnen, nichts Neues weit und breit, der ewige Alltag, die sture Wiederholung, pures Existieren.

Bewegung (und die damit verbundenen Risiken, zum Guten wie zum Schlechten) brauchten einen anderen Ort, eine andere Richtung und sehr viel Platz, um aufzublühen.

ALLES oder NICHTS, als eine Chance, dem belanglosen Mittelmaß, der Mittelmäßigkeit zu entgehen, worin Leben nur sang- und klanglos verpufft. Die ABENTEUER entstehen im Spannungsfeld zwischen den Extremen, im Spiel um

Kopf und Kragen, nicht in der wohlausgewogenen Geborgenheit von Gipssta-
tuen, die in unendlicher Gleichgültigkeit an Ort und Stelle zerfallen –

„Gibt es NICHTS in deinem Leben, das es wert wäre, ALLES zu verlieren?" fragt
irgendein arabischer Scheich in irgendeinem amerikanischen Film einen anderen nach einer rundum verlorenen Schlacht gegen die weißen Kolonialherren.
Der Angesprochene antwortet nicht, doch lächelt, dann verschwinden sie gemeinsam im Morgenrot.

Frage (2): Wie kommt man dahin?

Sicher hat es zu tun mit dem Phänomen des Heroischen, wobei wichtig ist, zu
sehen, dass die Helden keine schicksalhaften Ausnahmen sind, sondern eine
Regel für Alle, die nur bislang keine allgemeine Gültigkeit gewann. Wäre dem
nicht so, erführen die anerkannten (meist zweifelhaften) Größen gewiss nicht
die Verehrung der vielen Kleinen. Offenbar streben Alle dorthin, zum Besonderen, die Meisten allerdings gehen nur im Kopf, im Herzen (voll Sehnsucht, Sen-
timent und Neid) die Wege, auf die sich die Wenigen mit ihren Füßen wagen.
Sie delegieren ihre Abenteuerlust an eine Handvoll Stellvertreter, die an ihrer
Statt alle Grenzen überwinden sollen, und bleiben immer unbefriedigt und bitter
zurück, erstaunt, dass sie selbst nie vom Fleck gelangen.

Die Helden sind nicht größer als andere. Die Anderen ducken sich nur – kein
Wunder, dass da auffällt, wer aufrecht bleibt.

„A working-class hero is something to be. If you want to be a hero, well, just
follow me!" (John Lennon).

Der gemeinsame Ausgangspunkt jedoch ist sehr menschlich: das begreifliche
Interesse nämlich, ein denkwürdiges, eigentümliches Leben zu führen und eben
nicht unterzugehen in der grauen, gleichmachenden Masse des Mittelmaßes.
Denn jedes Leben soll sich lohnen, verdammt nochmal, niemand mag eine Null
sein (und bleiben), ein unbeschriebenes Blatt, das seinen eingeprägten frucht-
baren Code nie zu einer Blüte bringt und, vom Wind in den Dreck gerissen,
zerfällt, Staub zu Staub, ohne dass ein Hahn danach kräht.

Und doch ergeht es den meisten so, sie leben und sterben dahin, ohne an den Schlaf der Welt gerührt zu haben, wie ungeboren, den engen Schoß des ihnen zugewiesenen Platzes nie verlassend. Sie kommen nicht dazu, Geschichte zu machen, nicht mal ihre eigene, das erledigen andere für sie, nichts bringen sie ins Spiel, man spielt ihnen nur mit.

Stattdessen träumen sie, träumen von Hollywood, vom Buckingham-Palast, von Monte Carlo, vom Fußballfeld, vom Himalaya, den Seychellen, von der Karriere, dem Aufstieg, von jenem denkwürdigen Tag X, wo vielleicht auch sie ... einmal wenigstens ... wer weiß ... warum eigentlich nicht ...? Eine pränatale Gesellschaft, eine der übersättigten und ewig hungrigen BÜRGER.

„Bürger (der, die) – einer, der nie zu sich kommt, dafür aber zu etwas Besitz, zu einer Familie, einer Moral, einem Glauben etc. Wer besitzt, grenzt sich vom anderen ab, hinter den Mauern seiner Privatburg. Ein` feste Burg sei unser Gott, auch der ein Bourgeois, wenngleich mit Hang zum Größenwahn.

Das Idol: der Spießer, der sich eine gewisse pervertierte Befriedigung damit verschafft, jeden vermeintlichen Feind hinterrücks auf die Lanzen seiner idiotischen Prinzipien zu spießen. Er lebt vom Blut der anderen, ein Vampir.

Die bürgerliche Goldene Mitte: das bewährte Fundament jeder sozialen und politischen Ordnung, als eine unvergleichlich leistungsfähige, stabile Kraft, die zuverlässig gewaltige staatserhaltende Energien produziert (vgl. ARBEIT) – der einzige existentielle SINN des Bürgers. Zur Kompensation seiner subjektiven SINNLOSIGKEIT greift er auf ein breites Angebot bourgeoiser DROGEN zurück: Konsum, Alkohol, Kultur etc. Dennoch stellt der breite Durchschnitt, die bürgerliche Basis, die meisten Selbstmörder – und die meisten Mörder. Familientragödien können ja nur stattfinden, wo es noch Familie gab, Glaubenserschütterungen nur dort, wo noch Glauben war. Usw.

1 Beispiel:
Otto Kollonsch, 43, Kölner, Steuerprüfer, Brillenträger, Bauchträger, Schweißflecken unter den Armen, Geheimratsecken, der Haarrest mit Taft-Spray unverrückbar befestigt, graubeanzugt, weißbehemdet, buntkrawattiert, O.K. also saß in seiner Kneipe in der Ehrenfelder Landmannstraße und soff, 1 Kölsch,

1 Korn, 1 Kölsch, 1 Korn ..., wie ein Sack auf den klebrigen Thekenhocker gepflanzt, die Arme aufgestützt, Zigarette zwischen den Fingern, rechts der Aschenbecher, links ein Schälchen mit Salznüssen. Die Augen hinter den dicken Gläsern wie Stecknadelköpfe, betrachtete er sich im schmierigen Spiegel gegenüber, der die Reihe der Schnapsflaschen auf dem Regal fadenscheinig verdoppelte, Otto Kollonsch eine Flasche neben anderen, so sah er sich, so fühlte er sich, und das Gefühl war wie eine Wunde, eine tiefe, schmerzhafte Wunde, die seinen tauben Leib ausbrannte.

Er saß und soff und dachte nach, über dieses selbstverständliche Gehäuse, das er für sein Leben hielt, diesen so klaren, so normalen Alltag, diese stramme Haut aus fragloser Gewohnheit und beruhigender Wiederholung. Die Tage vergingen, von den Nächten geschieden, beide wohlbekannt, vertraut, ein wenig langweilig, doch ein zweifelsfreier Halt, ein Korsett, das das Dasein fest und ansehnlich machte (oder etwa nicht?).

Es hatte keine Sternstunden gegeben, das nicht, kein flammendes, wogendes Glück, sowenig wie frostiges, drückendes Leid – doch dergleichen war ohnehin nur den Stars vorbehalten, der Prominenz, den Filmen und Romanen (oder etwa nicht?).

Der Durchschnitt dagegen hatte seine Routine, seine Arbeit, die festen Termine, die kleinen harmlosen Vergnügungen, die kleinen harmlosen Sorgen. Und zu diesem Durchschnitt hatte O.K. sich stets gezählt, mit ein wenig Abweichung nach oben, nach unten, wie sie bei jedermann gegeben war, Abweichungen, die aber den Aufenthalt in der Goldenen Mitte nie ernstlich gefährdeten, diesem dichten, wohlgestrickten Gewebe aus Ein Wenig von allem: ein wenig Pflicht, Schlendrian, Beruf und Freizeit, ein wenig Freunde, Familie und Bekannte, ein wenig Landschaft, Politik, Kultur, ein wenig Sport, Auto und Sex.

Man kam zur Welt (nicht von schlechten Eltern), man wuchs auf, reibungslos, glatt, die Schulen klappten (durchschnittlich, aber das genügte schon), Ausbildung, Beruf, daneben die Hobbys, die Cliquen, ein paar nötige Liebschaften ... und allmählich konsolidierte sich alles, der Job (gutes Einkommen, Aufstiegschancen), die Beziehungen (stabil, die Kegelabende, der Skat, die Wochenenden im Grünen, die Urlaube), und aus der letzten Geliebten wurde die Ehefrau, und eine große Familie entstand, mit Schwiegereltern, Schwager, Nichten,

Neffen, das dichte Nest, in das man dann auch das eigene Kind legte, und eine Wohnung fand sich, gute Lage, mit ein wenig Grün und Garage, solide Einrichtung (für Essen, Trinken und geräuschlose Liebesnächte), reger Kontakt zu den Nachbarn, beim Einkaufen, beim Rasenmähen, beim Schneeschippen und Autowaschen. Und so weiter (oder etwa nicht?).

Trimmdichpfadleistungen, Sonntagnachmittagsspaziergänge (Kaffee und Kuchen), Beratungen über die neue Einbauküche, die neue Wohnzimmergarnitur, Geburtstagsfeiern, Namenstage, kopfzerbrechende Weihnachtsüberraschungen, bierstiere Betriebsausflüge, Karneval, kleine Kräche, prickelnder Klatsch, kataloggerechte Ferien (mit bunten Dias anschließend), Allerlei, Einerlei, ein Stein zum anderen, nach Maß, maßvoll, von der Stange, all die Stunden, Tage, Wochen, Monate, Jahre. Keine Höhenflüge, keine Tiefgänge, stattdessen: ein korrekter Lauf durch mitteilenswerte Ereignisse: Karte und Anzeige zur Geburt, Karte zur heiligen Kommunion, zur Heiligen Firmung, Karte zur Verlobung, zu jeder Hochzeit: weiß, grün, silber, gold, dann der Lorbeerkranz zum 25jährigen Berufsjubiläum und schließlich der Tod mit schwarzem Trauerrand.

... und was ist mit dem Gesang der Engel,
mit den Sonnenstrahlen auf den Tautropfen,
dem leichtfüßigen Gefühl im Bauch?
Was mit dem Brennen auf der Haut
beim Anblick zweier Augen
im Gesicht gegenüber?
Was ist mit den zaghaften Berührungen
der Finger zweier Hände?
Wie denn kann man streicheln,
wenn man die Arme
auf dem Rücken
verschränkt?

Das ist der Hocker.
Das ist die Theke.
Das ist das Glas.

Das ist der Schnaps im Glas.
das ist der Spiegel,
das ist die Brille,
das ist meine Hand.
Was ist LIEBE?

Otto Kollonsch fasste sich, zahlte, mühte sich vom Hocker herab, pendelte zur Kneipentür, inhalierte die kühle, unbewegte Luft, quetschte sich auf den Fahrersitz seines metallic-blauen, hochglanzpolierten BMW, lockerte die Krawatte, legte den Gurt an, löste ihn wieder, zog die Brille aus, klemmte sich eine Zigarette in den Mundwinkel, startete, schaltete das Radio ein, SWR 3, volle Lautstärke, gab Gas, fuhr an, beschleunigte, bog auf die Stadtautobahn, schob seine gesamten 84 Kilo aufs Pedal und ließ sie dort, bis er, nach sekundenlangem Schleudern und fünfmaligem Überschlagen, kurz vor der Zoobrücke um ALLES erleichtert zum Himmel flog.
(oder etwa nicht?)

Und ich? dachte Kant. Satt bin ich und hungrig auch. Satt der Dinge, die ich kenne, die mich begleiten, Tag für Tag, Nacht für Nacht, satt, übersatt des Alltagseintopfs aus Selbsterhaltung und Leerlauf, satt all die Mahlzeiten, die Waschungen, die Einkäufe, die Treppenhausgespräche, die Supermarktgespräche, die Telefongespräche, satt die ernsten Mienen, die fröhlichen Mienen, satt das Schweigen, satt das Sprechen, all die Verstellungen und eintrainierten Regeln.
Vielleicht 20 verschiedene Speisen vermag ich zuzubereiten (einschließlich delikater Variationen), 20 Tage folglich geht es gut, aber dann, am 21., beginnt der Kreis von neuem, wenn auch in anderer Abfolge, dennoch: irgendwann, das steht fest, werde ich essen, was ich schon einmal aß, zum zweiten, zehnten, hundertsten mal, ich schlucke es, wie es kommt, immer wieder, gestern, heute, morgen, nichts ist neu, alles habe ich längst getan, erlebt, gefühlt, und werde es wieder tun, todsicher, und wundere mich nur, dass ich es ertrage.
Das bin Ich, Ich, ein Besonderer, und als dieser Besondere mutterseelenallein, kein Wunder, denn Alles findet nur in mir statt, sitzend, grübelnd, nichts kommt

dabei heraus, nichts in Fluss, Ich ein Held des inneren Widerstands, und das besondere an mir in Wahrheit nur Absonderung (oder Absonderlichkeit), und das Heroische Verblendung, und nichts ist abenteuerlich daran, kein großes Gefühl dabei, nicht mal ein kleines, nur ein müdes Gähnen.

Kein guter Tag heute, das merkte Kant gleich. Mit dem Stoffwechsel haperte es (Verstopfung), und die Zigaretten schmeckten ekelerregend, darum rauchte er eine nach der anderen, hoffend, die nächste sei besser, und der Staub auf den Möbeln störte ihn so plötzlich als hätte er ihn hinterrücks überfallen, und der Abwasch von drei Tagen schloss ihn aus der Küche aus, die Bettwäsche stank und hätte gewechselt werden müssen (also mied er auch das Schlafzimmer), und selbst die Rollläden waren so schwer heute, dass er sie kaum hochbekam. Er fühlte sich stumpf und trist und verdammte erneut sein Schicksal, im Zeichen des melancholischen, galligen Saturn zur Welt gekommen zu sein, man kennt das: die Doppelgesichtigkeit des Januar, gut und böse, was sich an schlechten Tagen aufhebt und eine Null aus einem macht: das eine Augenpaar glotzt in die Zukunft, das andere in die Vergangenheit, mit der Folge, dass die Gegenwart uneinsichtig wird, wie nicht vorhanden, und dann ist das Heute ein Loch, in das man stürzt, ohne anzustoßen, bodenlos, wandlos, so dass sich der Sturz im Schweben verwandelt, traumhaft, oder wenigstens wäre es das, wenn man bloß aufzuwachen brauchte, um es zu beenden ... doch Kant war längst wach, und das Loch war die Wirklichkeit, und die war jämmerlich.

Merkwürdigerweise (das fiel mir auf) wünsche ich mir in solchen Augenblicken eine Frau, sehne sie herbei, keine beliebige, vielmehr die meines akuten Interesses, und sicher nicht nur wegen des Lochs.
Oder doch?
Vermisse ich vielleicht nur meine Mutter, ewiges Kind? Sind womöglich die Löcher in der Selbstverständlichkeit des Geschehens eine Art von Verbindungsrohre zum Ursprung, imaginäre Nabelschnüre, die uns ehedem mit allem verbanden?
Und heute: kein Anschluss unter dieser Nummer.

Und was ist mit den anderen Augenblicken, den besseren? Gibt es solche, in denen ich Frauen nicht nur BENUTZE? Brauche ich sie zu etwas anderem als zur Überbrückung meiner Abgründe? Und, wenn Nein: Ist das schlimm?

Im Altertum schickte man am Ende des Jahres einen Steinbock als Sündenbock in die Wüste, der stellvertretend für die Sünden ALLER die Vergebung der Gottheit bewerkstelligen sollte. Zugegeben, seit längerem zähle ich mich zu den Wüstenbewohnern. Jener Gott jedoch, dem ich laut Plan in die Arme zu laufen hätte, glänzt bislang durch Abwesenheit. Schön wäre, wenn er mich lediglich noch nicht bemerkt hätte – wahr hingegen ist, dass es ihn nicht gibt. Es gibt nur die Zurückgebliebenen, die Bewohner fruchtbarer Landstriche, die mich mit *ihren* Sünden davonjagten. Einer für Alle. Und für den einen: niemand.
(Oho, ein denkbarer Hauch von Tragik: was wäre, wenn i c h unschuldig bin, von Sünde frei, als e i n z i g e r?)

Kant, der Autor. Beileibe kein Avantgardist (ohnehin eine aussterbende Rasse eingedenk der Grenzen des Wachstums), doch immerhin Vertreter einer gemäßigt progressiven, unbequemen Literaten-Vorhut, die neue Maßstäbe zu setzen antrat.
Sein eigener Maßstab allerdings betraf eher die Literaten-VorHAUT, wie er es nannte – das lustvolle Zurückstreifen der schützenden, einengenden Haut der Ereignisse zugunsten der Freilegung des roten Kopfs der Dinge, des kreativen Speers, mit dem es sich zum Kern vorzukämpfen gelte. Voraussetzung dafür war natürlich eine anständige Erektion, also die Ausdehnung und Versteifung der eigenen vitalen Kräfte, die in die empfangende Welt eindringen und ihr Innenleben nachhaltig verändern sollte. Punkt. Schöne, geschliffene Worte, und wo gehobelt wird, fallen Späne.

Späne

1
Der Herr Mitglied, die Frau ohne.

2

Linguistik: Rom war, kurz vor der Zeitwende, wieder reif für die Monarchie. Cäsar, nicht faul, schielte auf den Königstitel – der aber den Römern dummerweise verhasst war. Also musste Cäsar sterben, um seinen Nachfolgern einen frischen monarchischen Titel zu liefern: Kaiser.

3

1 Bundestag, 2 Bundestage, 3 Bundestage ... 365 Bundestage pro Jahr, und dazu noch die Landtage + die Kreistage + die Ärztetage + die Juristentage, und auch Ella hatte ihre Tage, 5 bis 7 jeden Monat, und so summierte sich alles, häufte sich, kulminierte, Tag für Tag, nur die Nächte waren eine andere Sache, die Bundesnächte, die Landnächte, die Nächte der langen Messer, die Walpurgisnächte, und auch Ella hatte ihre speziellen Nächte, und die waren mindestens so bewegt wie ihre Tage.

4

Kaspar, gerade 20, hatte ein Gesicht wie ein Alter, mit Runzeln, Falten, grauer Haut, umrahmt von blassen, spärlichen Haaren.
Das Elend der Trotzkisten.
Kant hatte von einigen gehört, die in ihrer Identifikation mit dem Meister so weit gingen, dass sie eines Morgens mit gespaltenem Schädel erwachten.

5

Im Jahr 1938 wurde der Raubmörder Lord Michael Harley von einem englischen Gericht verurteilt. Zuerst erhielt er 20 Hiebe mit der neunschwänzigen Katze. Seine erste Bitte anschließend: eine Zigarette. Man gab sie ihm, er rauchte und verschwand dann für 20 Jahre im Zuchthaus.

6

Wird es ein Sohn oder eine Torte?

...

Wir halten fest:
1. Kant wiederholte sich, in seinen Verhalten, Gedanken, Gefühlen, Worten. Er war ein BÜRGER, was heißt: er spielte eine (miese) Rolle.
2. Der bürgerliche Schauspieler Kant l o g, insofern er nicht er selbst war, höchstens innen, und das war so gut wie nichts.

„Innen begegne ich keinem,
nur der Idee von ihm,
diesem Sitzpolster,
das zwei Hintern
verbindet,
gedanklich"

3. LIEBE dagegen war auf WAHRHEIT aus, indem sie verlangte, sich so weit zu öffnen, dass man die/den Geliebte(n) umfasste.
4. Es ging also auch (und gerade) hier um Abenteuer
5. und um Verletzlichkeit.

MERKE: LIEBE = WAHRHEIT = ABENTEUER

Jedenfalls geht es so nicht weiter, das ist klar. Wenn ich es recht sehe, bin ich am Ende, alle Fäden in einem Punkt verknotet, zusammengeschmolzen, nichts geht mehr, und da hänge ich nun an diesem Knoten, der ICH heißt, klammere mich fest, und weiß doch, dass er mich nicht hält, nicht auf Dauer, nicht lange mehr, und außerdem ist es der falsche.
Zwar ist es kein Abgrund, über dem ich baumle, kein Höllenschlund, nur der Boden, der gewöhnliche, normale Boden, bloß ein paar Zentimeter zwischen uns, keine Chance, den Hals zu brechen. Und wenn es nur um seine Höhe ginge, könnte ich meinem Sturz gefasst entgegensehen. Doch darum geht es nicht, es geht nur um ... die Berührung, den unausweichlichen Kontakt, und vielleicht auch darum, dass ich für den kurzen Fall eine Zeitspanne benötigen werde, in der andere bequem ihr gesamtes Leben unterbringen. Das macht mir

Angst (u.a.), diese Langsamkeit, ich bin zu ungeduldig, dann lieber wie ein Projektil auf der Stelle zerspringen, nicht wahr?

Und sogleich die rettende Idee: mit einem Kraftakt mich emporschwingen, die Fäden ergreifen und hochklettern, bis ans Ende. Oder den Anfang. Aus dem Ende den Anfang machen, für den Weg zurück, abwärts, vom Ich zum Wir. So wird die Rückkehr vielleicht kein Sturz, sondern ein Abstieg. Die Richtung jedenfalls steht fest: nach UNTEN, fort von der Schale, den Erhebungen, den eisigen Gipfeln, hinab in die Tiefe (die eigene wie die des Ganzen), endlich vom Kopf zu den Füßen zurück, einsteigen ins Dunkle, Feuchte, Warme, ins Reich der Schatten und unlösbaren Rätsel, aber auch der Fruchtbarkeit und Begrenzungen, kurz und gut: den Dingen auf den Grund gehen, ihre Wurzeln aufstöbern (auch die eigenen), radikal. Was habe ich schon zu verlieren? Nichts. Ich HABE-nichts, aber ich bin (und werde): meine Geschichte. Davon zehre ich.

(Hier, unter uns, eine Adresse: Ait, Angela-im-Tal) – incipit vita nuova

Ihr Leib: eine Landschaft. Mit Höhen und Tiefen. Mit Bergen, Schluchten, Höhlen, Tälern. Mit Licht und Schatten, Vulkanen und Gletschern, Wüsten und Oasen. Ihre Seele: in ihren Leib geschrieben. Ich kann sie nicht anschauen ohne den Wunsch, die Grenze zu überschreiten. Ein ganzer Kontinent vor mir, der einzig entdeckbare, eine unerforschte, brandneue Welt, el dorado. Was hindert mich, mein Glück zu machen? Bin ich feige? Hält mich mein Gewissen zurück? Oder mein Wissen, dass Eroberungen zerstören, was man suchte? Kann ich ein Konquistador sein? Will ich es überhaupt? Vielleicht fehlt mir der Glaube, eine gute Sache zu vertreten. Ich vertrete nur mich, das ist nicht viel, möglich, dass ich darum meinen Schritten nicht über den Weg traue. Es fehlt mir nicht an Rückgrat, das nicht, aber ich besitze nur mein eigenes, damit kommt man nicht weit. Ich wirke nicht größer als ich bin, ohne meine Rolle, und das hab ich nun davon: ich trau mir nichts mehr zu!

(aber mal im Ernst: bin ich wirklich SO ehrlich?)

Mit Ait über den SINN gesprochen.

Der Sinn (natürlich): Abenteuer.

Abenteuer: Vom Fleck wegkommen, der Enge (und Lüge) entwischen (da Leben = Bewegung + Begegnung), zur Not (oder als Ausgangspunkt) auch im Traum.

Das allergrößte Abenteuer (natürlich): Liebe. Oder: jedes Abenteuer ein Ausdruck von Liebe. Stets auf Wahrheit aus. Was solche Expeditionen verhindert: die Sucht nach Sicherheit, irrtümliche Existenzangst (die in Wahrheit Todesangst ist), Furcht also vor dem Risiko, sich zu verlieren, in der fremden Weite eines Menschen (einer Landschaft, einer Idee, einer Vision), Bequemlichkeit.

Staat und Gesellschaft mithin Gebilde, die zwar Sicherheit und Halt bieten, jedoch auf Furcht und Lüge fußen und damit LEBEN erschweren, beeinträchtigen, verhindern. Die Lustfeindlichkeit bürgerlicher Gemeinschaften.

Meine Schwierigkeit während des Gesprächs: dass das mir nächstliegende Abenteuer (Ait) nicht möglich ist, und nicht einmal aus Furcht, sondern weil von uns beiden nur *ich* liebe, sie. Und das heißt, dass es nicht allein von mir abhängt, ob Abenteuer zustandekommen, ebenso müssen sie mit mir einverstanden sein – womit sich ihre denkbare Zahl erheblich reduziert: nicht ALLE stehen für JEDEN bereit (Pech), man muss sich die passenden schon suchen, so wie sie sich ihre geeigneten Helden.

Die Kriterien der Auswahl (der Liebe, der Wahrheit) allerdings sind mir undurchsichtig.

Mein Gott, dachte Kant, ich liebe immer nur Unerreichbares, also liebe ich in Wahrheit nur den Schmerz, diesen Schmerz, nie dorthin zu gelangen, wonach ich mich sehne!

Anschließend noch im Kino, Werner Herzogs FITZCARRALDO. Es gibt keine Zufälle: der Film wie eine Illustration unserer Gespräche. Kinski, gealtert, klarer, durchsichtiger, mittlerweile in der Lage, seinen innewohnenden WAHN produktiver zu nutzen, dosiert ihn genauer und präziser, was ihn glaubwürdiger, realistischer macht.

Ait schien fasziniert, woraufhin ich (inwendig) zusammensackte angesichts des übermächtigen Eindrucks, gegen die Leinwand keine Chance zu haben, zugleich die Lächerlichkeit erkennend, sie gerade dort zu suchen. Neid und Eifersucht auf die, die Abenteuer nur darzustellen brauchen, um zu wirken, was nur gelingt, weil sie fern und unerreichbar bleiben. Der einsame Held. Der einsame Zuschauer.

Gegen Ende ein schöner Text Kinskis, er erzählt die Geschichte des ersten Weißen, der die Niagara-Fälle zu Gesicht bekam; zurückgekehrt zu seinesgleichen glaubt ihm niemand den Bericht über das gigantische Naturwunder, jeder verlangt Beweise; er antwortet: Mein Beweis ist, dass ich sie SAH!

(die Unteilbarkeit, Un-mit-teilbarkeit des individuellen Sehens. Der Einzelne bleibt mit seiner Wahrheit, seiner Liebe allein, und trotzdem verliert sie nichts von ihrer Maßgeblichkeit)

Oder doch?

Jedenfalls erschien mir in diesem Augenblick mein Verlangen, Ait (eine Handbreit neben mir) zu berühren (real, mit meinen Händen, meinen Lippen), erschreckend platt, unheroisch, peinlich. Oder auch nur undurchführbar.

Keine Chance.

No woman, no cry.

Oder etwa nicht?

(Aber es beginnt gleich mit der ersten: MUTTER Erde)

Trotzdem, Kant ging noch mit rauf zu ihr, klar, Sitzen am Tisch, ihr Gesicht gegenüber, das Strahlen in ihren Augen, die Wärme, vor ihm das Glas Wein, und in ihm, prompt, nach drei Gläsern wieder diese abwegige, ignorante Hoffnung (Gott weiß, woher), dass nämlich ... vielleicht ... unter Umständen ... dieser Abend (ja, ja) ... und dann klingelte es, aha, Thom, ihr Freund, bislang nur eine Legende, aber jetzt steht er da, unübersehbar, leibhaftig, okay, du hast gewonnen, Junge, Kant stand sofort auf, Pech, und der Schmerz ließ ihn wortlos aus der Wohnung hetzen, in die Nacht hinein, die Nacht, aber auch die war ein Weib, eine Frau, eine dunkle Höhle, weich, unauslotbar, unberechenbar, unbegreiflich, überall nur s i e, ihr nicht zu entkommen.

Und draußen ist Donnerstag, der 10. Juni 1982, ein paar Christen laufen in die Messen (Fronleichnam), dann mit den Prozessionen – und im Bonner Kanzleramt (linksrheinisch) hocken die hohen Herren der westlichen Welt überaus einsam auf ihrem kahlen, eisigen NATO-Gipfel, ganz nah der Sonne, die alles an den Tag bringt (meist zu spät), klein und unscheinbar hocken sie da, so klein und unscheinbar wie du und ich, doch tief gezeichnet von der Bürde ihrer Verantwortlichkeiten, speziell für den Frieden, unser aller Frieden, den Weltfrieden ... obschon der (die Schelme!) natürlich von niemandem sonst gefährdet wird als gerade von ihnen, den hohen Herren. Und so haben sie wirklich etwas Ergreifendes, diese grauen, vergrämten Schädel, diese gebeugten, überforderten Rücken, diese gefurchten, faltigen Gesichter ... ergreifend wie Oedipus, der king, der Verstrickte, den ehedem die alten Götter so schamlos in die Irre leiteten, auch dort Höhere Gewalt am Werk.

Oedipus allerdings wurde geheilt, verspätet, Freud tat sein Bestes.

Wer aber heilt u n s e r e Könige, und zwar unverzüglich, noch ehe sie weit mehr Unheil anrichten?

Würden sie doch wenigstens ab und an MEDITIEREN (statt Deklarationen formulieren zu lassen) oder es bei Gelegenheit mit einer SELBSTERFAHRUNGSGRUPPE versuchen (statt in den manipulierten Medienspiegel zu schauen) oder auch nur mal die richtigen Bücher lesen, wirkliche Geschichten (statt selbst Geschichte zu machen) ... wenn sie denn schon nicht das Gespräch mit denen suchen, die unten, in den Niederungen des gewöhnlichen Lebens, befürchten, von den Lawinen erschlagen zu werden, die die Gipfelherren mit ihren nervösen Füßen auszulösen drohen.

Ebenfalls heute, simultan, auf der anderen Rheinseite Bonns: die künftigen Opfer, 350 tausend, aus dem prominenten Zentrum der Ereignisse (dem Regierungsviertel) per richterlicher Verfügung auf die grünen Wiesen gegenüber verbannt, dort dürfen sie ihr Grundrecht auf Versammlungs- und Meinungsfreiheit unvermummt und unbewaffnet wahrnehmen.

Eigentlich sind ihnen die Wiesen auch angemessener, sie brauchen das Sonnenlicht nicht zu scheuen, ihr Protest gilt ja der Finsternis, die den künstlichen nuklearen Sonnen folgen wird.

Sie äußern ihre Meinung, ganz legal, nur: drüben, jenseits der Flussgrenze, die Volk und Herrscher teilt, zwischen ihren bodyguards, Polizisten und Hofschranzen haben 16 Schreibtischärsche das Sagen, ein jeder bis zur Unkenntlichkeit in seine Bedeutsamkeit vermummt und bis an die Zähne mit kleinen Notizblocks bewaffnet oder Taschenrechnern, um sorgfältig all die Sprengköpfe ordnen zu können, mit denen sich 16 Erdbälle rundum ent-pflanzen, ent-tieren, ent-menschen lassen.

„... auf jede Bombe, die ein Anarchist fabriziert, kommen viele Millionen von Regierungen hergestellter Bomben, und auf jeden Menschen, der durch anarchistische Gewalt getötet wird, kommen viele Millionen Menschen, die von der Gewalt der Staaten getötet werden." (Sir Bertrand Russell)

Rainer Werner Faßbinder tot in seiner Wohnung aufgefunden (36), vor zwei Wochen war es Romy Schneider (43). Pech.
Und im Libanon: Krieg.
Auf den Malvinen: Krieg.
Am Persischen Golf: Krieg.

Aber wunderbares Wetter heute, wirklich, blauer Himmel, wolkenlos, klar, die Luft gerade richtig, nicht zu feucht, mit leichter wohltuender Brise, und statt auf der Bonner Wiese liege ich auf meinem Kölner Balkon, bei Radiomusik und Nachrichten, die Fahrkarte zur Demonstration (5,00 DM) ungenutzt auf dem Schreibtisch, war zu kaputt heut morgen, doch ein schlechtes Gewissen habe ich nicht, zu Unrecht.

Lustlos quälte Kant sich vor die Schreibmaschine, spannte einen Bogen Papier ein und wartete. Er hielt es vier Stunden durch, in denen nichts anderes geschah, als dass sich der Aschenbecher fünfmal füllte und fünfmal geleert werden musste und die Kaffeetasse sich siebenmal leerte und siebenmal wieder

gefüllt werden musste. Dann gab er es auf, riss den leeren Bogen heraus, zer-
knüllte ihn und warf ihn in den Papierkorb.
Er legte sich aufs Bett und starrte zur Decke.

(1982)

Wende

6. März '83.

Sonntag. Mutter 19 Jahre tot. Fast ein Jubiläum.

Um 8 Uhr aufgestanden, Zigarette, Kaffee, Klo, wie immer.

Kurz nach 11 ins Wahllokal, die Stimmung dort so breiig wie das Wetter. Beim Kritzeln der zwei Kreuze auf den Wahlzettel der Eindruck, etwas unsagbar Lächerliches zu tun. Dachte dabei an Golgatha, doch ohne Jesus, nur die beiden Schächer schwebten über der Schädelstätte, fest ans Holz geheftet, tot und unerlöst.

(mit Lana war er noch immer nicht fertig. Zwar gab es jetzt Stunden, in denen er sie vergaß, doch traf ihn dann irgendein plötzlicher Gedanke an sie unvorbereitet wie ein Blitz, der die ganze verlorene Geschichte wieder ans Licht zerrte. War sie vielleicht noch garnicht beendet? Oder war lediglich seine Gegenwart so leer und hohl, dass die Vergangenheit sie mühelos okkupieren konnte?)

Am späten Nachmittag zu Christel und Jochen. Ein knappes Dutzend Gäste, Kaffee und Kuchen, Gespräche über Literatur, Kunst, Politik.

Anima, schmal und jungenhaft, verteilte und erläuterte Materialien zur anstehenden Volkszählung (April). In der letzten Woche war das Thema wieder in die Schlagzeilen geraten, wobei deutlich wurde, dass da mit dem kostspieligen Unternehmen weniger eine Zählung als ein Verhör geplant war. Die durch die codierten Fragen ermittelten (schätzungsweise 5 Milliarden) Persönlichkeitsdaten würden überdies von allerlei öffentlichen und privaten Stellen mitbenutzt werden können, als kleine Entscheidungs- und Kontrollhilfen für diverse Machtträger in Wirtschaft, Politik und Verwaltung.

– Und niemand kontrolliert die Kontrolleure!, empörte sich Anima, und ihre Empörung erinnerte mich daran, wie sich 1965/66 in den Unis und Schulen über die von der Großen Koalition durchs Parlament gejagten Notstandsgesetze empört und nach Mitteln des Widerstands gesucht wurde.

– Boykott, sagte jemand (die Große Verweigerung).

Schön, dachte ich und betrachtete Anima über den Tisch hinweg, erstaunt, festzustellen, dass sie mich sehr anzog, doch unschlüssig, was denn daraus folge.

Nichts.

Stellte mir mögliche Formen der Kontaktaufnahme vor, doch überstiegen sie allesamt meine aktuellen Mittel. Schon vor den vielen nötigen WORTEN schauderte mir, den Umwegen.

Schade.

Ab 18 Uhr im hinzugezogenen Fernsehen die Wahlberichterstattung, pendelnd zwischen ARD und ZDF. Gegen halb 7 die erste Hochrechnung. Fassungsloses Entsetzen: CDU/CSU satte 54 %, FDP über, Grüne unter 5 %, die SPD irgendwo Mitte 30. Man traute den eigenen Augen nicht, wiewohl die Köpfe es bereits zuvor wussten.

Woher nur, aller besseren Einsicht zum Trotz, immer wieder diese verwegene, kindliche HOFFNUNG (prinzipiell), wo doch, allgemein bekannt, jene Zeiten, da das Wünschen noch geholfen hat, der Historie angehörten?

Trotzdem, die Hoffnung flüchtete sich zu den EDV-Anlagen der konkurrierenden Anstalt, und siehe: sie vermittelte weniger extreme Ergebnisse, doch letztlich keinen Trost, da es nicht um 2 oder 3 Prozentpunkte ging, sondern um Sieger und Verlierer; und die Rechtskoalition hatte gewonnen, die SPD (das kleinere Übel) verloren. Dass der knappe Einzug der Grünen in den Bundestag ein relativer Erfolg war (zumal er die absolute Mehrheit der C-Parteien verhinderte), änderte daran nichts.

Die von Strauß schon Jahre zuvor in Sonthofen eingeleitete und von Kohl-Genscher im Herbst '82 vollzogene Große Wende war nun von der Hälfte der Wahlbürger abgesegnet. Was Aufschluss gab über den Stand des politischen Bewusstseins der Majorität (die Reagan-Superman gleich mitwählte) und zugleich offenbarte, wie sehr doch alle Arbeit an der Bildung eines autonomen, mündigen, kritischen Bewusstseins gescheitert war. Ein Versagen von Schulen, Medien und intellektueller Kultur. Oder etwa nicht?

Kohl. Genscher. Strauß. Unsere Führungsmannschaft in der Auseinandersetzung mit dem drohenden ökologischen Kollaps, mit den nuklear-moralischen

Kreuzzügen zwischen Washington und Moskau, mit dem freimarktwirtschaftlichen Völkermord der Industrienationen an den „unterentwickelten" Staaten, mit der Arbeitskraft-Aussonderung im Zuge der 3. Industriellen Revolution usf. Volksnähe und Weltferne, eine deutsche Mischung.

– Angst, konstatierte Klaus, Nichts als Angst. Zweieinhalb Millionen Arbeitslose und seit 2 Jahren wachsende Krisenhysterie, als ob es einem jeden im nächsten Augenblick an den Wohlstandskragen gehe, ans tägliche Brot. Eine irreale Dimension, den Hungertod zu fürchten auf 80 qm fernbeheizter Wohnfläche, zwischen Fernsehgerät, Urlaub, PKW, Kühlschrank usw. Ein langer Weg bis dahin, verhungern wird hier so bald niemand, das erledigen, stellvertretend, schon andere für uns, in der 3. und 4. Welt!

Das Ausmaß demokratisch-kritischer Intelligenz war in Deutschland untrennbar mit dem jeweiligen ökonomischen Befinden gekoppelt, ein Luxus gewissermaßen, den man sich nur dann leistete, wenn man ohnehin schon wohl dastand.

– Denkt nur an die späten 60er und frühen 70er Jahre, fuhr Klaus fort, Als die Mehrheit unversehens nach Links rückte und ungeahnte soziale und politische Reformen mittrug; man konnte es sich ja leisten, auf der Grundlage des fetten materiellen Polsters, das solch abenteuerlich-kitzelnde Träume erlaubte! Basta!

„Besteht nun die heutige Religion in der Geldwerdung Gottes oder in der Gottwerdung des Geldes?" (Heine, 1833)

Amen.

(mit Lana hatte er nie über Politik gesprochen, oder vielmehr war für Politik nie Platz zwischen ihnen gewesen, der Raum mehr als belegt mit anderen Fragen, Fragen des Zueinanderfindens, des Einanderausschließens, jede Ritze gefüllt mit Furcht, mit Zweifeln und Vorsicht, aber auch mit Sehnsucht und Träumen. Die Welt blieb draußen, scheinbar, denn in Wahrheit lief sie einfach weiter, unbeachtet und dennoch wirksam. Statt sie zu bekämpfen, hatten Lana und er nur einander bekämpft)

Die linke, kritische Tradition. Die Arbeiterbewegung. Die Kommunisten, auch die Sozialdemokraten, und nun die Alternativen.

Die Kommis diskreditiert durch den real existierenden Kommunismus. Die Sozis in dem Dilemma, für eine sozialistische Wirtschaftspolitik keine Mehrheit gewinnen zu können und andererseits, sofern sie sich zu weit zur Mitte öffneten, ihre sozialistische Identität zu verlieren.

Und die Grünen?

– Das ist ja sowieso ein Witz! rief Gundula, Heute sind ja gerade die progressiv, die sich dem bisherigen Fortschrittskonzept verweigern und bestimmte alte Werte wie Natur, Menschenwürde, Friedfertigkeit bewahren wollen. Eigentlich sind die Grünen die Konservativen und die einstmals Konservativen die Progressiven, lustigerweise, die glauben ja noch immer ans unbegrenzte Wachstum, an den wissenschaftlich-technischen Fortschritt, und wenn auch beides nur noch im Militärischen stattfinden kann. Wie soll sich denn da ein harmloser Mensch noch zurechtfinden! Zumal die konservativen Grünen nebenher auch noch die alten progressiven Ziele verfolgen, emanzipatorische, jenseits der Ökonomie ... und die progressiven Schwarzen noch immer die alten reaktionären Werte pflegen: Familie, Volk, Heimat, Rasse, Glauben, Nation. Wer blickt denn da noch durch?

Eben.

Jedenfalls schob sich das vorläufige amtliche Endergebnis der Wahlen zum 10. Deutschen Bundestag wie eine eisige schwarze Wolke über Kaffee und Kuchen. Ich dachte an Tolkiens grausamen Herrscher Sauron, dessen düstere Machtgelüste von Mordor her die Sonne über Gondor verfinsterten.

CDU/CSU	48,8 %
FDP	6,9 %
SPD	38,2 %
Grüne	5,6 %

– Jeder Zweite! verzweifelte Oskar, Dabei kenne ich solche Leute garnicht!
Demnach hatten wir etwas falsch gemacht in den letzten Jahren, in unseren klugen Zirkeln, unseren Bauchnabelanalysierstätten, wo ein jeder zu seinesgleichen sprach, obschon der ohnehin nicht gewonnen werden musste.
Die Artisten in der Zirkuskuppel: ratlos.

Versuche, der neuen Lage mit abgequältem Scherz zu begegnen: Wie wäre es, wenn wir Deutschland ein weiteres Mal teilten (Bayern), oder vielmehr die BRD in einen christlich-feudalen (Heiliges Deutsches Reich) und einen sozial-alternativen Staat schieden?

Und wo willst du da die Grenzen ziehen?

Die laufen doch durch jeden Einzelnen ...

(ein atemberaubendes Gefühl der Enge)

Bliebe noch Auswandern, als nächste und letzte Rettung, Neuseeland, oder auch Kuba, die sind ja in letzter Zeit nicht mehr so zugeknöpft. Alles kritische und kreative Potential einfach abziehen, dann wären die hier endlich unter sich, nicht?

Schweigen.

Okay, sagte Jochen (ein Fachmann in Sachen APO-Traumata), Halten wir fest: die 60er Jahre wurden heute endgültig beendet, es folgen die 50er Jahre, mal wieder. Nach ein bisschen Rebellion die Reaktion. Leistung statt sozialer Hängematte! Fühlen statt Denken (sprich doof bleiben)! Familie und Mutterschaft statt Beziehungsanarchie! Militärische Abschreckung statt politischem Dialog! Manchestertum statt Sozialpartnerschaft! Freiheit statt Sozialismus! Und so weiter.

Und dann? Was dann? Würden auf die 50er Jahre die braunen 40er folgen? Oder wieder die 60er?

Anima stand auf. Ich muss weg, sagte sie und kramte nervös ihre Sachen zusammen. Du rauchst zuviel, sagte ich. Ach, nur wenn ich so zornig bin! rief sie und zuckte die Achseln.

Sie fehlte, als sie fort war.

Gut, dass Christel vorschlug, die subjektive Wohnung mit einer objektiven Kneipe zu vertauschen. Die Überlegungen halfen ja nicht weiter. Es fehlte nicht an Einsichten, nur an Aussichten. Und in der Kneipe gabs wenigstens Bier.

Herzzerreißender Galgenhumor der alternativen Gäste dort, und aus dem Lautsprecher: KEINE MACHT FÜR NIEMAND, aber auch, etwas später: HOPE I DIE BEFORE GET OLD. My Generation. Jetzt nur noch Geschichte, rechts überholte. Versuchs mit Bewusster Schizophrenie, sagte ich mir. Das Große und Ganze lässt sich nicht verändern, also müssen wir, im Bewusstsein dieser Ohnmacht, im Kleinen und Partiellen arbeiten. Mit klarem Kopf sich teilen.

Kann man sich da nicht fürchterlich schnell verlieren? fragte ich.

Das ist das Risiko, antwortete ich, Ein Spiel, verstehst du?

Ja.

Die Artisten ...

Sehr spät, auf dem Weg zum Auto, musste ich plötzlich entsetzlich pinkeln. Brauchte eine Viertelstunde, ehe ich einen im Dunkeln versteckten Baum fand, im Schatten der Kirche. Die Pisse dampfte, Eiszeit, aber die Sterne am schwarzen Himmel leuchteten noch, sie hatten keine Wahl.

(1983)

Shatterhand revisited

Ich habe einen Entschluss gefasst.

Schon lange habe ich nicht mehr vor diesem Heft gesessen, in dem sich mein Leben abspielen soll. Als ich jünger war, habe ich fast täglich aufgeschrieben, was mir wichtig schien, aus der Angst heraus, ich könnte es ansonsten vergessen.

Jetzt, beim Nachlesen, bemerke ich, dass diese Angst unbegründet war. Und nicht nur das, mir fiel auf, dass ich damals nicht einmal das wirklich Wichtige notierte. Es wimmelt darin von Zahlen, Namen, Preislisten, penibel führte ich Buch über meine Einkünfte und Ausgaben, hielt fest, wie viele Felle (Biber/Füchse) ich im Winter 85/86 nach Counterville schaffte, rechnete die Sonnen- gegen die Regentage auf. Offenbar beachtete ich damals nur, was sich zählen, benennen und messen ließ. Und tatsächlich habe ich das meiste davon vergessen, aus gutem Grund, denn das so direkt Greifbare war gar nicht die Wirklichkeit, im Gegenteil: es war der Schein.

Vielleicht ist es nötig, an ihn zu glauben, wenn man jünger ist, vielleicht braucht man da diesen Halt außen, weil man innen noch zu schwach ist, um die Wirklichkeit zu ertragen – oder nicht zu schwach, nur umgeht man sie, weil man ihr noch nicht gewachsen ist.

Heute, als alter Mann, zählt für mich nur sie. In dem alten Tagebuch ist sie nirgends zu finden, verbirgt sich hinter der glatten Oberfläche und den unschuldigen Spielereien. Ich sehe jetzt tiefer, durch sie hindurch, der schöne Schein hat sich aufgelöst wie Nebel, so wie aus meinen Gesicht die blanke, unbekümmerte Abenteuerlust verschwunden ist. Jetzt sind darin die Schrunden und Kerben der tatsächlichen Abenteuer eingeschnitzt, und der aufrechte Gang eines stürmischen Himmelsbezwingers wandelte sich zur gebeugten Demut vor der Erde. Es ist leicht, aufrecht zu stehen, wenn das Leben sich erst ereignen wird. Hinterher steht man anders da. Und das ist gut so, sonst käme man nie an.

Ich bin auch jetzt nicht angekommen, nicht endgültig. Aber mein Entschluss war ein Schritt dorthin. Und weil er mich ruhig machte, geduldig und furchtlos, will ich, ehe ich ihn in die Tat umsetze, aufschreiben, was in meiner Geschichte wirklich zählte.

1

Ich muss weit zurückgreifen. Meine Familie mütterlicherseits stammt aus Sachsen, von Seiten des Vaters her aus dem Rheinland. Meine Eltern, Johanna und Joseph Mayer, heirateten im September 1832 in Hohenstein-Ernstthal bei Chemnitz, mein Vater besaß dort eine kleine Druckerei, er verlegte das örtliche Gemeindeblatt, erledigte Privatdrucksachen und bisweilen auch amtliche Aufträge. Mein Bruder Ferdinand kam wie ich in Hohenstein zur Welt, er im Mai 39, ich im Februar 41.

Im Frühjahr 1846 siedelte die ganze Familie nach Cöln am Rhein um, es gab dort Verwandte meines Vaters, die ihm eine lohnendere Anstellung in einer Großdruckerei verschafft hatten. Ein weiterer Grund war wohl seine Betätigung in einigen demokratischen Clubs, durch die er sich (speziell nach dem schlesischen Weberaufstand von 44) erheblichem Druck seitens der Behörden ausgesetzt sah. In Cöln knüpfte er diese Verbindungen weiter, saß gewissermaßen an der Quelle, denn die Verlagsdruckerei, in der er arbeitete, war eine Art Sammelpunkt der nationaldemokratischen Kräfte. So war dort zum Beispiel bis zum März 43 die „Rheinische Zeitung" erschienen, unter der Leitung von Karl Marx. Wie sehr mein Vater in die Vorbereitung der kommenden Ereignisse verstrickt war, wurde erst 1848 deutlich, im Verlauf der Revolution. Noch ehe in Frankfurt die Nationalversammlung zusammentrat, musste er sich, um der drohenden Verhaftung zu entgehen, nach Paris absetzen. Wir erhielten niemals eine Nachricht über seinen Verbleib, er blieb verschollen; ein sehr viel späteres Gerücht besagte, er habe sich als Anhänger Bakunins nach dem Bruch mit Marx solchen Verfolgungen ausgesetzt gesehen, dass er auch Frankreich verlassen musste. Aber dafür fehlte jeder Beweis. Meine Mutter verbot uns seit diesem Tag, in ihrer Gegenwart seinen Namen zu nennen, ich vermute, sie ahnte nichts von seinen politischen Aktivitäten und wurde von seiner Flucht völlig überrumpelt. Zumal sie nun allein eine Familie durchbringen musste, was in Deutschland kein Zuckerschlecken war.

Sie kehrte mit mir nach Sachsen zurück, während mein Bruder Ferdinand bei unseren Verwandten in Cöln blieb; er sollte uns folgen, sobald wir eine ausreichende Existenzgrundlage besäßen. Es kam nie dazu; als es materiell möglich gewesen wäre, mochte Ferdinand Cöln nicht wieder verlassen. Er hatte sich mittlerweile in der Kontorei unseres Verwandten eine gewisse bescheidene Stellung erarbeitet und in eine angesehene Cölner Familie eingeheiratet. Ich unterhielt seltenen brieflichen Kontakt zu ihm, der nach meiner Auswanderung vollends zum Erliegen kam.

Meine Mutter fand Anstellung in einer Ledermanufaktur und ehelichte 1854 deren Besitzer, einen viel älteren, groben Mann namens Schulze. Im Jahr zuvor war mein Vater amtlich und kirchlich für tot erklärt worden.

2

Ihr sozialer Aufstieg ermöglichte mir allerdings, eine Lehrerausbildung zu absolvieren. Nach dem Abschluss, 1861, trat ich eine Hilfslehrerstelle in Plauen an, die ich bis zu meiner Entfernung aus dem Schuldienst im Jahre 1871 innehatte. Grund für meine Entlassung wurden meine kurzfristige Mitarbeit bei der „Neuen Oder-Zeitung", meine Verbindungen zum Allgemeinen Deutschen Arbeiterverein, auch ein kurzer Briefwechsel mit Lassalle und vor allem eine kleine Schrift, die ich 1868 als Privatdruck herausgab, betitelt „Die allgemeinen Menschenrechte und die deutschen Feudalherren". Es war eine ungelenke, naive Weiterführung von Büchner's „Landboten", die mit voluminösem Zahlenmaterial den Blutfürsten eine demokratische Abrechnung präsentierte. Kurzum, ich war in die Nähe des Sozialismus geraten. Und dazu stehe ich noch heute – wer vor dem Unrecht der Ausbeuter und der Willkür der Regenten nicht die Augen verschließt, der wird Sozialist, wenigstens in dem einen Sinn, dass er die ökonomischen Ursachen für menschliches Leiden durch die Sozialisierung des Eigentums und der Produktionsmittel zunichte machen will. Zwar trifft es zu, dass der Mensch nicht allein vom Brot lebt, doch so lange die Frage, wovon er denn darüber hinaus noch lebt, nicht verbindlich beantwortet ist, sollte man zumindest für das Brot sorgen. Oder wie Fichte schrieb: „Es sollen erst alle satt werden und fest wohnen, ehe einer seine Wohnung verziert!"

Nach dem Französischen Krieg und der Reichsgründung 1871 verschärfte sich der staatliche Druck auf die demokratische Opposition noch. Es begann nicht erst 78 mit den Sozialistengesetzen, da bekamen die Pressionen nur ein öffentliches Gesicht. Vom Schuldienst ausgeschlossen, gelang es mir im folgenden nur mit Mühe, mein tägliches Brot zu verdienen.

Ich ging auf die Wanderschaft, auf die Walz, wie es die Bürger schimpften, und übernahm unterwegs die verschiedensten kurzfristigen Beschäftigungen. Doch ich bettelte auch, in schlechten Zeiten, vor allem in den Wintern, oder stahl mir bei Gelegenheit das eine oder andere. Es waren keine angenehmen Jahre, doch äußerst lehrreiche. Wahrscheinlich lernt man ein Land am gründlichsten zu Fuß kennen und gerade diejenigen seiner Bewohner, die am tiefsten und elendsten dastehen; sie sind nicht durch Pferd, Kutsche oder Palast dem Blick enthoben. Als ich gegen Ende meiner Wanderschaft in einem kleinen badischen Ort einen Sekretärsposten im örtlichen SPD-Verein fand, hegte ich keine Illusionen mehr über Deutschland, im Gegenteil, ich erwartete das Schlimmste. Die Gründung des Kaiserreichs erschien mir als verhängnisvoller Irrtum, und noch heute meine ich, dass die deutsche Junker- und Kapitalistennation allem äußerem Glanz und Gloria zum Trotz nur ein künstlicher, gipsener Popanz ist, der bald zerbrechen wird. Nun gut, schon da war mein letztlicher Abgang vorbereitet, im Innern, die Verkündigung der Sozialistengesetze 1878 und ihre unmittelbaren Folgen für die Arbeiterbewegung machten das Maß nur voll. Ich sah in diesem Land für meine vage Idee von menschenwürdigem Leben keine Chance mehr.

Darum verkaufte ich meine sämtliche Habe und reiste im Februar 1879 nach Marseille. Dort heuerte ich auf einem der letzten holländischen Gewürzsegler an, als Quartiermeister, für eine Passage nach New Orleans, USA. Am 6. März stand ich zum letzten Mal auf europäischem Boden, am 7. morgens um halb Vier lichteten wir bei trübem, feuchtem Wetter die Anker.

3

New Orleans war beides: eine Verheißung und eine Enttäuschung. Zuerst verschlug es mir den Atem. Ein unübersehbares Gewimmel von Menschen jeder Hautfarbe, ein Dutzend verschiedener Sprachen, ein chaotisches Gemisch von

Klängen, Gerüchen, Farben. Ein Ort, dessen Bauten wahllos durcheinandergewürfelt schienen, von lieblos zusammengehämmerten Hütten bis zu prachtvollen steinernen Residenzen, verbunden durch ein Gestrüpp von Straßen, Alleen, Wegen, Pfaden, teils kunstvoll gepflastert, von Bäumen beschattet, teils ein Morast aus Schlamm und Abfall. Es gab gepflegte, großangelegte Parks, vor allem im Westen der Stadt, aber auch riesige Areale, auf denen die Häuser so dicht aneinander klebten, dass kein Grashalm mehr dazwischen Platz fand. Gemessen an den reinlichen, engen und stummen Ortschaften Deutschlands wirkte New Orleans wie die fleischgewordene Anarchie, prall, brodelnd, vital, auf gewisse Weise urdemokratisch, als ob es hier nichts Trennendes zwischen Menschen gäbe.

Diesen ersten Eindruck musste ich allerdings bald berichtigen. Da ich niemanden in der Stadt kannte, versuchte ich, Kontakt zu Landsleuten herzustellen, die hier ansässig waren. Vom badischen Arbeiterverein hatte ich eine Liste mit den Anschriften anderer Emigranten erhalten, einige suchte ich nun auf und stellte fest, dass sie sich zu einer Art deutscher Kolonie zusammengeschlossen hatten, in einem festumrissenen Bezirk. Und ähnlich stand es mit den anderen Bewohnern, es gab ein französisches, ein englisches, ein irisches, ein polnisches Viertel, ganz zu schweigen von den Ghettos der Schwarzen, der Juden und Chinesen. Ein ungeschriebenes Gesetz untersagte jeden anderen als geschäftlichen Kontakt zwischen den Nationalitäten. Dennoch gab es natürlich Mischlinge aller Rassen und Farben, und auch sie lebten in einem eigenen Bezirk, dem „Schmelztiegel", denn derlei Gesetzesbrecher wurden zumeist aus der „reinen" Kolonie verstoßen.

In Wahrheit jedoch war es um die moralische Reinheit sehr zweifelhaft bestellt, denn die Bordelle, Spielsalons und anderen lustbaren Etablissements der Stadt holten sich ihre Beschäftigten mit Vorliebe aus dem Mischlingsghetto, es waren wunderschöne Frauen und Männer darunter, an denen sich die rechtschaffenen Bürger insgeheim gegen Bezahlung erfreuten. Noch in Unkenntnis dieser Sachlage hatte ich mir nach meiner Ankunft eine billige Unterkunft im Schmelztiegel gemietet, in einer Herberge gleichen Namens. Ich fühlte mich sehr wohl dort, es schien mir der lebendigste und bunteste Fleck der Erde. Zu meiner Rechten wohnte ein Franzose mit seiner Frau, die aus Santo Domingo gebürtig war, links ein Engländer aus Wales, der eine Chinesin geehelicht hatte. Indianer sah ich nicht in der Stadt.

Bei meiner Suche nach Arbeit stieß ich auf einen Düsseldorfer Bierbrauer namens Vogeler, der mit seiner Familie Deutschland schon vor 12 Jahren verlassen hatte und hier mittlerweile sein Handwerk im großen Stil äußerst einträglich betrieb. Sein Privathaus lag am Rande der Stadt, ein großes Gebäude mit Stallungen, Schuppen und Anbauten, bewohnt von Vogeler, seiner Frau, den beiden Töchtern sowie einer zehnköpfigen Schar schwarzer und gelber Bediensteter. Die Brauerei und das Kontor befanden sich im Stadtinnern, so dass Vogeler täglich unterwegs war. Ich lernte ihn in einem Bordell gegenüber meiner Herberge kennen, wo mir Yang-Gue-Fe, die Schwester meiner chinesischen Nachbarin, bisweilen abends ein kostenloses Essen zukommen ließ, manchmal auch einen Platz in ihrem Bett.

Ich mochte Vogeler nicht, er hatte etwas von einem preußischen Bankier, feist, borniert und hinterhältig. Trotzdem nahm ich sein Angebot an, im Rahmen einer Hauslehrerstelle seine beiden Töchter in deutscher Sprache und Geschichte zu unterrichten. Er bot mir ein hohes Salär, das ich nicht ausschlagen konnte, da meine geringen Ersparnisse schon zur Neige gingen.

Ein dreiviertel Jahr hindurch kam ich nun dreimal wöchentlich in Vogelers Haus, erledigte meinen Unterricht, aß anschließend mit der Familie zu Abend, beteiligte mich mühsam an den Plaudereien um den Backsteinkamin, über die örtliche Politik (die ich nicht verstand), über europäische Politik (die mich nicht mehr interessierte), über einfältige Kultur-Almanache, die Vogeler in großer Zahl subskribierte und seine Frau ergötzten. Ab und an liebäugelte ich auch mit der älteren Tochter Agnes, einem hübschen, zwanzigjährigen Kind mit braunen Locken, vollen Lippen und fülligem Busen. Doch wusste ich ihre Reaktionen nicht zu deuten, und ohnehin vergaß ich sie, sobald ich wieder in meinem Viertel war und mir mit meinen gemischten Nachbarn die freien Tage und Nächte um die Ohren schlug.

Alles in allem war ich zufrieden, führte ein sorgloses und geregeltes Leben, ohne große Höhepunkte, aber auch ohne Niederlagen. Die Tage flossen mir durch die Hände, ich ließ sie gewähren und empfand keinen Ehrgeiz, es zu ändern. Diese geschlossene Betulichkeit zerbrach, als eines Morgens Agnes in mein Zimmer trat, sich ihrer Kleider entledigte und zu mir ins Bett kroch. Ich sah keinen Anlass, sie daran zu hindern, war sie doch eine erwachsene Frau, ihres Verstandes und ihrer Sinne mächtig.

Es blieb ihr einziger Besuch, doch acht Wochen später bestellte mich ihr Vater zu einem persönlichen Gespräch in sein städtisches Kontor, unterbreitete mir, dass seine Tochter sich in guter Hoffnung befinde, und erwartete von mir, als einem Ehrenmann, die gebotenen Schritte.

4

Noch am gleichen Tag buchte ich eine Kabine auf dem nächsten Dampfer nach St.-Louis. Mir blieben 48 Stunden bis zur Abfahrt, ich nutzte sie, um meine Reisevorbereitungen zu treffen und Abschied von Yang-Gue und meinen Hausgenossen zu nehmen. Dann schiffte ich mich ein.

Und erst als sich am nächsten Morgen der Dampfer langsam vom Kai löste und sein gewaltiges Rad rauschend das braune Wasser umschaufelte, begriff ich, dass ich in Amerika war. Bis dahin hatte ich mich noch in Bereichen bewegt, die mir vertraut waren. Auch New Orleans war nur eine Stadt, wenn auch eine schillernde. Aber hinter der bewegten Oberfläche hütete sie die alten, abstoßenden europäischen Werte: das Handeln und Schachern, das Kämpfen um Macht, den ungerechten Reichtum und das ungerechte Elend, die doppelten, dreifachen, fünffachen Moralitäten, die die Menschen in Herren und Knechte teilte, in Stände, Hautfarben und Klassen. Das städtische Amerika war nur ein raueres Europa, noch dazu ohne ernsthafte Kultur, die dem groben Oberflächentreiben ein wenig Tiefgang verschafft hätte.

Und erst jetzt, als der Dampfer sich den schwerfälligen Mississippi hocharbeitete, fühlte ich mich von Deutschland befreit, von aller flachen, ranzigen Enge. Das Atmen fiel mir leichter, die modrige Ausdünstung des Flusses löste Krämpfe in mir und erregte mich. Es war als stürzte ich in einen Traum hinein, der keine Grenzen besaß und ungeahnte Erlebnisse versprach.

Ohnehin war mein tiefster Eindruck die jähe Entdeckung der ungeheuren Weite dieses neuen Kontinents. Ich fand, dass darin seine eigentliche demokratische Qualität lag, es gab hier keine Enge, und wenn sie sich einstellte, konnte man ihr jederzeit entfliehen. Dieses Gefühl veränderte mich, zuerst außen, auf der

Haut. Einem mitreisenden Advokaten aus Mayfield verkaufte ich, mit Ausnahme einer Garnitur, meine gesamte Garderobe, die steifen Anzüge und Hemdbrüste, die lackierten Schuhe, die gestärkten Hüte. Stattdessen besorgte ich mir während eines Aufenthalts in Hickman Kleidungsstücke, die mir Platz ließen, weite Baumwollhemden, weiche lederne Hosen, flache Stiefel, einen leichten Hut mit breiter Krempe und eine warme Jacke aus Ziegenfell.

Meine Verwandlung löste ungeheure Heiterkeit unter meinen Mitreisenden aus, brachte mich aber auch mit ihnen ins Gespräch, denn nun galt ich als einer von ihnen. Von jedem erfuhr ich Wissenswertes über das Land, dem ich entgegenfuhr, und mit jeder Einzelheit wuchsen meine Begierde und Ungeduld, es kennenzulernen. Besonders William Haskett, ein 40jähriger Büchsenmacher aus Lafayette, bot meinem Wissensdurst eine unerschöpfliche Quelle. In jüngeren Jahren hatte er Siedlertrecks in den Westen begleitet, als Scout, zweimal gar über die Rocky Mountains bis nach Kalifornien, während des Bürgerkriegs. Er war ein ruhiger, eher wortkarger Mann, der genau und knapp zu erzählen wusste. Seine Schilderungen der verschiedenen Landstriche und ihrer Bewohner gaben meiner vagen Vorstellung von der unermesslichen Ferne konkrete Konturen, ohne doch die Weite zu beeinträchtigen.

Er war auch der erste, von dem ich Näheres über die Eingeborenen erfuhr. Überraschend beredt sprach er von ihnen mit Hochachtung und Trauer, und beides erstaunte mich, trug ich doch von ihnen ein grelles Bild blutrünstiger, barbarischer Primitivität im Kopf – wie es die europäischen Magazine und auch manche Bekannte in New Orleans gezeichnet hatten. Haskett hingegen beschrieb sie beinahe als Hüter kostbarer menschlicher Tugenden, die uns Weißen seit langem fremd geworden seien, als Bewohner einer verlorenen Welt, deren Schätze wir blind unter unseren Erobererstiefeln zertrampelten. Er hatte Shoshonen, Irokesen, Algonkin, Creeks, Cheyenne, Dakota, Apachen und Komanchen kennengelernt und war kein einziges mal auf größere Feindseligkeit gestoßen.

Ich weiß nicht mehr, ob ich seinen Berichten uneingeschränkt Glauben schenkte, doch zumindest schufen sie ein Gegenbild zu den kolportierten Bildern in mir. Und zwischen beidem entstand eine Spannung, die mich auflud. Abenteuerlust breitete sich aus, eine unstillbare Neugier, auch Sehnsucht –

Gefühle, die mir bis dahin nahezu unbekannt waren –, vereint mit dem Drang, über alle Grenzen zu fliegen. Sie waren von maßloser Zuversicht begleitet, von leichtsinnigen, beglückenden Träumen und Hoffnungen. Vielleicht kam, verspätet, etwas wie Jugend über mich, ein Überschäumen, das mir in Deutschland, als es an der Zeit gewesen wäre, entgangen war. Jedenfalls infizierte Haskett mich (so wenig er dies gewiss beabsichtigte) mit dem amerikanischen Mythos des Aufbrechens, des Entdeckens und Eroberns. Dass ich einige Jahrzehnte zu spät gekommen war, um das Große Glück zu machen, hinderte mich nicht daran, gefesselt zu sein.

5

Ich hatte New Orleans ohne Pläne für meine Zukunft verlassen, und die lange Fahrt nach St.-Louis machte das Kommende womöglich noch ungewisser und offener. Trotzdem verspürte ich keine Furcht, im Gegenteil, gerade die Offenheit stimmte mich zuversichtlich, ließ sie doch alle denkbaren Möglichkeiten zu. Des öfteren habe ich die Erfahrung gemacht, dass Leben, wenn man sich ihm ohne Vorbehalte und Ängstlichkeit überlässt, stets die zutreffendste Lösung findet – wenn auch nicht in jedem Fall die angenehmste.

Mir wurde sie durch Haskett zuteil. Wir blieben in St.-Louis zusammen und quartierten uns im nämlichen Hotel ein. Die Stadt war kein Ort zum Bleiben, das wusste ich sogleich. Sie hatte etwas penetrant Frömmelndes, Reinliches, Biederes, eine stolz umhergetragene Solidität und Ehrbarkeit, die mich abstießen. Es lebten sehr viele Deutsche hier, vor allem Handwerker und kleine Geschäftsleute, die meisten in irgendeinem Bezug zur Eisenbahngesellschaft. Sie war ein hochkarätiges Unternehmen, von dem sehr wenige profitierten, das aber Vielen Arbeit bot, auf der Strecke, in den geschlossenen Niederlassungen oder in der Verwaltung.

Eines Abends nun bot Haskett mir an, ihn bei seiner weiteren Reise zu begleiten. Sein Ziel war das Indianerterritorium zwischen Rio Grande und Rio Pecos, ein Dorf der Mescalero-Apachen. Dort hatte er, zweieinhalb Jahre zuvor, bei der Rückkehr aus Arizona einen ganzen Winter zugebracht und währenddessen eine junge Eingeborene namens Taina kennen und lieben gelernt. Jetzt befand er sich gewissermaßen auf Brautfahrt, er plante, mit der Indianerin eine Familie zu gründen und künftig bei ihrem Stamm zu leben. In den Osten war er zurückgekehrt, um sich die erforderlichen Brautgeschenke zu verschaffen, da es bei den Apachen Sitte war, die Werbung mit einem angemessenen Geschenk an die Familie der Braut zu unterstreichen. Es handelte sich dabei nicht um einen Kauf, wie Haskett mir erklärte, nur darum, zu verdeutlichen, welches Maß an Liebe und Achtung der Mann der auserwählten Frau entgegenbrachte. In der Regel galt eine Anzahl Pferde als hinreichender Beweis, doch hatte Haskett sich entschieden, Taina's Clan stattdessen mit Gewehren und Munition zu versorgen, weil sie dessen weit eher bedürften.

Von all dem berichtete Haskett mir so nüchtern und knapp wie ich es hier wiedergebe, und erst allmählich begriff ich, dass da jemand im Begriff war, innerhalb dieses Neuen Kontinents auszuwandern, von der weißen in die rote Sphäre hinein. Ich gebe zu, es befremdete mich oder verletzte mich sogar, denn ich empfand den Umstand, dass Haskett aus jenem Land floh, das mein Zufluchtsort sein sollte, wie einen persönlichen Angriff, der mich in Frage stellte. Er erschien mir plötzlich wie ein Fremder, und ich ahnte, dass ich trotz unserer zahlreichen Gespräche nicht mehr als ein paar Äußerlichkeiten von ihm kannte. Doch all meine Fragen, Einwände, Bedenken ließ er unbeachtet, er weigerte sich, sein Vorhaben zu diskutieren, und drängte nur auf meine Entscheidung. Und trotz aller Zweifel zögerte ich nicht, einzuwilligen – ich zweifelte an Haskett, nicht an mir; meiner Bereitschaft, mich den Dingen zu überlassen, war ich sicher.

In den folgenden Tagen trafen wir die Vorbereitungen für die lange Reise, Haskett stellte sachkundig die nötige Ausrüstung zusammen, Reitpferde, Mulis, Kleidung und vielerlei mehr. Wir gingen dabei sehr vorsichtig zu Wege und vermieden es, Aufsehen zu erregen, denn Waffenlieferungen an Indianer waren strengstens untersagt und wurden mit langen Haftstrafen bedacht. Haskett hatte die Waffen in einem Magazin der Dampferlinie gelagert, in einem Dutzend schwerer Holzkisten. Am zehnten Tag nach unserer Ankunft verluden wir sie vor Tagesanbruch auf die Mulis und hatten St.-Louis verlassen, als die Sonne aufging.

Nahezu drei Monate sollten verstreichen, ehe wir unser Ziel erreichten, denn wir mieden, wenn es nur möglich war, die bestehenden Reisewege ebenso wie den Aufenthalt in Städten und Dörfern. Lediglich in Muskogee, Seymour, Fort Sumner und El Paso verbrachten wir einige Tage, vor allem zum Auffrischen unserer konservierten Lebensmittel. Ansonsten lebten wir in der Wildnis, ohne einer Menschenseele zu begegnen.

6

Ich hatte bis dahin Natur nur als schmückendes Beiwerk zur städtischen Zivilisation kennengelernt, in Deutschland war sie selbst schon zivilisiert, parkähnlich, geordnet, entschärft, wie geschaffen zum bürgerlichen Lustwandeln und Schwärmen. Hier war sie die Regel und die Zivilisation ein Fremdkörper. Als solcher wenigstens fühlte ich mich anfangs, und mein stärkstes Gefühl war das der Angst – vor den Geräuschen, den Tieren, dem Wetter, den Ausmaßen ohne Ende, ob nun der Wälder, der Gebirgszüge, der Flüsse, der Steppe, der Wüste, der Prärie. Nichts davon war mir vertraut, und noch weniger wusste ich, wie ich mich darin zu verhalten hatte, ich fühlte mich hilflos und unfähig. Die einfachsten Dinge waren mir ein Rätsel, etwa die räumliche und zeitliche Orientierung am Sonnenstand, das Aufspüren von Wasserstellen anhand des Baumbestands und Wildwechsels, die Einschätzung der Wetterverhältnisse durch Beobachtung der Vögel, der Wolkenformen und Lichtveränderungen, ja, selbst die rasche Herstellung eines Regenschutzdaches aus Zweigen, das rauchlose Betreiben eines Feuers oder das Anpflocken der Pferde, vom Jagen, Fallenstellen und Fischen ganz zu schweigen.

Das Reiten zwar hatte ich in meiner Jugend erlernt, doch allenfalls als sonntägliches Vergnügen ausgeübt. Was wir nun zwölf Stunden lang täglich betrieben, erinnerte mich höchstens daran, dass mein Körper in keiner Weise auf solche Strapazen vorbereitet war.

Allerdings fand ich in Haskett einen aufmerksamen und geduldigen Lehrmeister, der mich weder schonte noch schikanierte. Bereitwillig führte er mich Schritt für Schritt in diese neue Welt ein, gab mir von seinem Wissen und seinen Kenntnissen ab, was immer ich wünschte. Es war eine harte Schule, doch fühlte ich mich mit jedem weiteren Tag sicherer in dieser ursprünglichen, natürlichen Umgebung, sie verlor ihre Schrecken und Geheimnisse, je genauer ich sie und den Umgang mit ihr kennenlernte. Und das gelang nur, indem ich selbst wieder ein Stück zum Ursprung und zur Natürlichkeit zurückkehrte, ein Teil von ihr wurde. Die Zivilisation, die Kultur (zumindest unsere) taugten hier nicht, waren fehl am Platze, und ich erkannte, dass sie zu einem großen Teil weniger eine Errungenschaft als eine leere Gewohnheit waren, das regelmäßige Waschen, das Wechseln der Kleider, das Frisieren, Rasieren, das tägliche Herrichten und Pflegen des Wohnraums – Gewohnheiten, die nur den Zweck erfüllten, Veränderungen zu verhindern, Dauer und Sicherheit zu schaffen.

Die Natur jedoch veränderte sich unablässig, und wir waren noch immer ein Teil von ihr, auch wenn wir danach trachteten, diesen Umstand durch unsere zivile Ausstattung vergessen zu machen. Diese Abnabelung war ungesund, ich bemerkte es nun, einfach weil ich mich, je länger wir unterwegs waren, umso gesünder fühlte, an Leib und Seele. Meine Sinne schärften sich, meine Muskeln und Sehnen wurden kräftiger und beweglicher, mein Wahrnehmungsvermögen stieg und damit die Fähigkeit, auf jeden Eindruck unmittelbar zu reagieren. Es tat mir wohl, diese Veränderungen an mir zu bemerken, zumal sie mich in die Lage versetzten, Haskett bei den anfallenden Arbeiten und Besorgungen zunehmend zu entlasten, so dass wir uns zuguterletzt die laufenden Aufgaben teilen konnten.

So erreichten wir schließlich ohne ernstliche Schwierigkeiten Fort Stockton am östlichen Rand der Davis-Mountains. Tainas Dorf, unser Ziel, lag etwa 50 Meilen westlich davon, an einem kleinen Nebenfluss des Pecos, gute zwei Tagesritte entfernt. Es blieb nicht aus, dass wir in der kleinen, abseits gelegenen weißen Niederlassung unfreiwillig Aufmerksamkeit erregten, auch Misstrauen, da wir die vielen neugierigen und aufdringlichen Fragen nach unserem Ziel und den Waren, die wir mitführten, unbeachtet ließen. Darum brachen wir schon am nächsten Tag wieder auf.

Kurz vor Sonnenuntergang suchten wir uns einen Rastplatz am Eingang eines kleinen Canyons. Haskett übernahm die erste Wache, hockte sich in die Nähe des Feuers, ich wickelte mich in meine Decken und schlief ein. Das Dröhnen von Schüssen und ein entsetzter Schrei weckten mich. Ich sprang auf, erblickte Haskett reglos neben dem Feuer liegen, wollte zu ihm hin, als mich ein harter Schlag am Hinterkopf traf und hinstreckte. Einen winzigen Moment lang spürte ich noch das Blut in meinem Nacken, dann schob sich wie eine harte Welle der

Schmerz vor meine Augen und schloss mich in eine Dunkelheit, in der ich nichts mehr fühlte.

7

Mein Erwachen war eine Geburt, anders lässt es sich nicht beschreiben, in Tainas Hütte erblickte ich erneut das Licht der Welt, und diese neue Welt war die des kleinen Mescalero-Dorfes in den Bergen. Lange noch fehlte mir die Erinnerung an meine frühere Zeit, oder vielmehr: die Erinnerung war da, aber ich konnte sie nicht mit meiner Person in Einklang bringen.

Wir waren überfallen worden, Haskett getötet und unsere gesamte Ausrüstung geraubt, die Pferde, die Maultiere, die Waffen, sein Brautgeschenk. Nichts war von seinem Besitz übrig geblieben als die zwölf Patronen in meinem Gürtel, jede mit seinen Initialen versehen. Meine Rettung verdankte ich dem Umstand, dass er seit längerem in Tainas Dorf erwartet worden war; die Apachen hatten darum auf halbem Weg eine Art Empfangslager eingerichtet, das von einigen jungen Männern besetzt war. Durch die Schüsse aufgeschreckt, waren sie zum Ort des Anschlags geeilt, hatten uns in unserem Blut gefunden und ins Dorf geschafft, wo ich mich, unter Tainas Pflege und der Obhut des Medizinmanns, von meiner schweren Verletzung erholte.

Ich fand in die fremde indianische Umgebung recht mühelos hinein, vielleicht begünstigt dadurch, dass zuerst nur mein Körper Gegenstand der Berührung war, während ich noch in einem nebelhaften, halb bewusstlosen Zustand dahindämmerte. Die Hände des Medizinmanns betasteten mich. Tainas Hände wuschen und fütterten mich, dies schuf eine unmittelbare Vertrautheit, die durch Worte und Überlegungen nicht herzustellen war.

Als ich nach zwei Wochen wieder klare Gedanken fassen und äußern konnte, waren sie frei von Furcht und Misstrauen und dienten allein noch der praktischen Verständigung, nicht mehr dem Kampf um Absicherung und Profilierung. Nie zuvor und nie wieder später empfand ich solche Sicherheit und solchen Frieden.

Zu Anfang hatte ich vorwiegend mit Taina und ihrer Familie zu tun, da ich infolge meiner Verbindung zu Haskett als ihr Gast galt. Wie selbstverständlich wurde ich in den familiären Alltag einbezogen. Mit meiner Genesung eröffnete sich mir auch das Leben außerhalb, das Jagen und Fischen, die Spiele, die Herstellung von Haushaltsgeräten, Kleidung und Waffen, die heiligen und profanen Feiern und Feste.

Bei all dem war Taina meine Begleiterin und Lehrerin. Sie kannte einige Brocken Englisch, vermittelte mir aber sehr rasch ihre Sprache, ein äußerst bildhaftes, wohlklingendes und klares Idiom, das wir bald bei unseren Unterhaltungen vorzogen. Es wunderte mich anfänglich, dass man mich der Fürsorge einer Frau anvertraute, doch schnell erkannte ich, dass dies eher einer Auszeichnung gleichkam, da die Frauen im Dorf vorzügliche Achtung genossen. Ihr Rang stand dem der Männer in nichts nach, auch wenn ihnen andere Aufgaben zufielen. Im übrigen war ich sehr glücklich über das häufige Zusammensein mit Taina, sie war eine junge, überaus reizvolle, ja, schöne Frau, wobei mich verwirrte, dass ihre Schönheit weniger ihrem Äußeren erwuchs als vielmehr der Unverzerrtheit und Unverbogenheit ihres Wesens. Sie war schön, weil sie mit sich im Einklang stand, von einer natürlichen und spielerischen Würde und Stimmigkeit, die ihr eine Tiefe verliehen, die sie mit den Wurzeln allen Lebens verband.

Ich suchte nichts so sehr wie ihre Nähe und verspürte schon bald den heftigen Wunsch, mein künftiges Leben mit ihr zu teilen. Dem stand vor allem Haskett entgegen. Man sprach in meiner Gegenwart nicht von ihm und überließ es mir, die Rede auf ihn zu bringen. Taina half mir aus dieser Verlegenheit, indem sie mich eines Tages an sein Grab führte. Er war nicht in unserem Sinn bestattet, seine Leiche lag vielmehr, fest in Häute verschnürt, auf einem hohen Holzgerüst am Rande des Dorfs, durch ein Stangengeflecht vor den Aasvögeln geschützt. Es war ein merkwürdig unwirklicher Anblick, dem das Grauen fehlte, das für uns der Tod oft hat. Es blieb nur Platz für wirkliche Trauer, Haskett war zugleich greifbar nahe und weltenweit entrückt. Der Tod hatte hier einen festen Ort im Leben, ganz sichtbar, er stand ihm zu, denn vor ihm die Augen zu verschließen, hätte einen Mangel an Respekt bedeutet. Es schien mir ehrlicher und erwachsener als die weiße Sitte, die Toten aus dem Leben zu verbannen. Und plötzlich wusste ich, dass zwischen Taina und mir nicht Haskett stand, sondern sein Mörder.

Gleich am nächsten Tag ritt ich nach Stockton. Ich suchte den kommandierenden Offizier des Forts auf, einen Oberst Benson. Zu meiner Überraschung war
er über den Überfall bestens unterrichtet, denn ein Armee-Scout namens Calley
hatte ihm davon Meldung gemacht. Gemeinsam mit vier Freunden sei er uns
damals von Stockton aus gefolgt, da er den Verdacht hegte, dass wir den
Apachen Waffen zu verkaufen gedächten. Er habe mit seinen Leuten dieses
schmutzige Geschäft im allerletzten Augenblick verhindern können, indem sie
uns während der Übergabe angegriffen und die Indianer vertrieben hätten.
Während des Kampfes seien Hasketts Pulvervorräte in Brand geraten und hätten bedauerlicherweise die gesamte Ladung vernichtet.

Ich fand keine Gelegenheit, diese Darstellung zu korrigieren, denn der herbei-
gerufene Calley identifizierte mich als Hasketts Begleiter, worauf Benson mich
festnehmen und im Gefängnis des Forts arretieren ließ.

So hätte mein Vergeltungszug ein rasches Ende gefunden, wäre es mir nicht
noch am gleichen Abend geglückt, mich aus der Zelle zu befreien. Um es kurz
zu machen: ich lauerte Calley auf, schlug ihn nieder, nahm seine Waffen an
mich, zwang ihn, zwei Pferde zu satteln, und gelangte unbemerkt mit ihm aus
dem Fort.

Er zählte zu jenen Feiglingen, die – inmitten einer großen Schar, bis an die
Zähne bewaffnet und aus dem Hinterhalt heraus – jeder Heldentat fähig sind,
sich jedoch, dieser Deckung beraubt, wie Würmer winden. Ohne Schwierigkeit
erfuhr ich von ihm, dass er und seine Partner Hasketts Maultiere bereits verkauft, die Waffen jedoch in einer verlassenen Silbermine unweit des Chayute-
Canyons versteckt hätten. Bereitwillig führte er mich dorthin, ich prägte mir den
Ort ein, dann ritten wir zu den Apachen.

Am folgenden Tag beriet Tainas Familie über Calleys weiteres Schicksal. Das
Urteil war rasch gefunden: da nicht nachzuweisen war, dass Haskett von Calleys
Hand gestorben war, musste dem Scout gestattet werden, um sein Leben zu
kämpfen. Tainas Bruder bot sich an, für die Familie einzutreten, doch mir war
bewusst, dass dies meine Aufgabe war, wenn ich je Tainas würdig sein sollte.

Der Urteilsspruch wurde dem Chief unterbreitet, der ihn bekräftigte und als
Waffen zwei Kriegskeulen bestimmte. Calley lebte bei dieser unerwarteten

Wende sichtlich auf, er war ein kräftiger, erfahrener Waldläufer und rechnete sich mit gutem Grund einige Chancen aus. Zwei Krieger unternahmen es, uns im Gebrauch der Waffen zu unterweisen, zudem wurde dafür gesorgt, dass es Calley weder an Nahrung noch an Ruhemöglichkeit fehlte. Man stellte ihm ebenso wie mir eine luftige Rindenhütte zur Verfügung, worin wir uns durch Zwiesprache mit dem, was uns heilig war, auf den Kampf vorbereiten sollten. Ich hatte noch nie eine Waffe gegen einen Menschen benutzt und noch nie mein Leben gegen einen anderen verteidigen müssen. Ich konnte es mir nicht vorstellen.

Nach einigen Stunden führte man uns zum Dorfplatz, wo sich unterdessen sämtliche Bewohner versammelt hatten. Sie bildeten einen weiten Kreis um einen hohen geschmückten Pfahl, zu dem man Calley und mich leitete. Wir entkleideten unsere Oberkörper, dann wand man uns je ein kurzes Seil um die Hüfte, dessen zweites Ende in einer Öse am Pfahl befestigt wurde, die in einem lockeren, beweglichen Ring hing. Damit war der Raum für den Kampf äußerst knapp bemessen, auf einen Kreis von vielleicht 10 Ellen Durchmesser, zugleich bot der Pfahl eine gewisse Deckung. Nun reichte uns der Häuptling die Keulen, während sich eine Schar junger Burschen mit Pfeil und Bogen in unserer Nähe aufstellten; sie sollten im Fall, dass einer der Kämpfenden die Gebote der Fairness verletzte, den Unwürdigen auf der Stelle töten.

Der Häuptling trat zurück und gab mit einer Armbewegung das Zeichen – und Calley begann sogleich, am gedehnten Seil den Pfahl auf dem äußersten Rand der Kampfzone zu umkreisen, leicht vorgebeugt, die Keule in seiner rechten Hand drehend. Ich wusste mir nicht anders zu helfen als seine Bewegung meinerseits nachzuvollziehen, darauf bedacht, den Pfahl zwischen uns zu halten. So floh ich eine Weile vor ihm oder folgte ihm auch, es ließ sich nicht feststellen, und dieser Eindruck vertrieb meine Furcht. An ihre Stelle trat ein Gefühl der Ferne, der Befremdung, der Unernsthaftigkeit, beinahe betrachtete ich die Situation wie ein Zuschauer, neugierig und distanziert. Dies machte mich, ohne dass ich es bemerkte, leichtsinnig, meine Schritte verlangsamten sich. Calley, der mich aufmerksam beobachtete, nutzte die Gelegenheit sogleich für einen Angriff, hob die Keule und sprang mit einem Aufschrei auf mich zu. Sein Schrei traf mich zuerst, ich warf mich zu Boden, Calley stolperte über mein Seil, und seine Waffe riss ein Stück Fleisch aus meiner Schulter. Der jähe Schmerz weckte mich vollends, kräftig ruckte ich mein Seil wieder hoch, es zog Calley die Beine fort, er stürzte rücklings zu Boden, lag nun ausgestreckt, die Keule mit beiden Händen hinter seinem Kopf umfassend. Doch ehe er sich erheben konnte, schlug ich zu und fühlte in meinen Händen das Zersplittern seines Schädels.

Als ich das Seil von meiner Hüfte gelöst hatte, trat Tainas Vater heran, umarmte mich, nahm meine Hand und führte mich ans andere Ende des Dorfs. Dort stand, ein wenig abseits, eine neuerbaute Hütte mit einem Büschel frischge-schnittener Zweige über dem Eingang. Lächelnd sah er mich an und sagte: „Meine Tochter erwartet dich."

9

Nahezu zehn Jahre verbrachte ich mit Taina bei den Indianern, und ich kann sagen, dass nur die Zeit mit ihr die Mühe meines schwierigen Lebens lohnte und rechtfertigte, wenn denn Lohn und Rechtfertigung von Leben darin liegen sollten, glücklich zu sein. Ich war glücklich, wobei dieses Glück nicht gleichbe-deutend war mit Annehmlichkeit, aber mit dem unverfälschten Erleben von Wirklichkeit. Sie war teils schön und leicht wie eine Feder, doch nicht selten auch hässlich und schwer wie eine Gewitterwolke.

Es war nicht so, dass ich danach strebte, ein Indianer zu werden, ein solcher Ehrgeiz wäre dumm und anmaßend gewesen, denn ich blieb ein Weißer mit einer weißen Vorgeschichte, von der ich mich nicht trennen konnte. Keiner mei-ner roten Begleiter erwartete dergleichen von mir, im Gegenteil, ich lernte von ihnen, dass alles, was einen Menschen ausmacht, ein kostbarer Wert ist, der zu erhalten war, selbst wenn er es erschwerte, zu anderen zu gelangen. Und man-che Tür zur indianischen Welt blieb mir verschlossen, weil ich weiß war, vor allem die geheime Gemeinschaft der Männer und ihre Kultstätte, die Kiva, worin sie sich nach einem strengen Reglement den Riten ihres Glaubens unterzogen. Allerdings war dies nur ein formeller Verlust für mich, denn der indianische Glaube durchwirkte auch den gesamten Ablauf des profanen Lebens, so dass ich seiner durchaus teilhaftig wurde.

Es war ein sehr freundlicher und fruchtbarer Glaube, er beruhte auf einer tiefen Achtung all dessen, was in dieser Welt vorhanden war, von der Erde bis zu den

Wolken, vom Wasser bis zum Stein, von der Pflanze bis zum Menschen. Zwischen allem sahen die Indianer einen sinnvollen, harmonischen Zusammenhang, in dem jedes Glied den gleichen Rang einnahm und damit der gleichen Anerkennung wert wurde. Dieser Zusammenhang war der Große Geist, sie verehrten keine personalen Götter, die häufigen Masken, Bildfiguren und Schnitzwerke waren nur spielerische Symbole, die bei den Tänzen und den kultischen Abläufen den Großen Geist zu einem greifbaren Partner machten. Ihr spielerischer Umgang mit dem Glauben hatte keineswegs etwas Oberflächliches oder Naives, vielmehr ging jedes Spiel in seinem Kern um Leben und Tod, als eine Antwort auf die Fragen, welche die Vergänglichkeit aller Dinge eröffnete.

Das Spiel war immer auch Kampf, doch nicht mit dem Ziel des Siegens, sondern in dem Wunsch, sich zu bewähren, so wie sich die Sonne in ihrem täglichen Lauf bewährte oder die Bäume in den Jahreszeiten oder ehedem die Bisonherden bei ihren langen Wanderungen. Man war es dem Großen Geist schuldig, dass man sich durch Spiel und Kampf des eigenen Lebens würdig erwies.

Um die Harmonie der Zusammenhänge aufrechtzuerhalten, war es nötig, dass kein Glied die Grenzen des eigenen Raums auf Kosten anderer überschritt. Das bedeutete für die Menschen, dass sie sich nicht über das Maß des Lebensnotwendigen hinaus der Natur, des Bodens, der Tiere und Pflanzen bemächtigen durften. Die Indianer strebten nicht danach, sich die Erde untertan zu machen, sie fühlten sich nicht dazu berechtigt. Darum waren sie bemüht, in respektvollem Einklang mit ihr zu leben, und diesem Wunsch entsprechend hatten sie ihr zivilisatorisches Leben eingerichtet, einfach, unaufwendig, behutsam und friedlich.

Es war dies meine erstaunlichste Entdeckung, dass die Eingeborenen sich nicht, wie wir anmaßend meinten, auf einer niederen, primitiven kulturellen Entwicklungsstufe befanden, sondern gewissermaßen entschieden hatten, sich mit dem Erreichten zu begnügen – weil jedes Mehr eine Störung oder gar Zerstörung der Harmonie bedeutet hätte. Sie hatten tatsächlich aus der Geschichte, den Überlieferungen gelernt, das Beispiel der großen Indianerreiche des Südens genügte ihnen, um auf einen Missbrauch ihrer Kräfte zu verzichten, aus der Gewissheit heraus, dass zuguterletzt sie selbst die Opfer sein würden. Sie weigerten sich, zu herrschen, weder über die Natur noch über ihresgleichen.

Machtstrukturen erübrigten sich ebenso wie monumentale Residenzen, solange die Mitglieder der vielen kleinen Stämme und Gemeinschaften fähig waren, den Stimmen des Großen Geistes zu lauschen und ihnen mit achtungsvollem, kundigem Handeln zu antworten.

10

Dieses Wissen wurde in langwierigen, schwierigen Unterweisungen von Generation zu Generation weitergegeben, die umfassende körperliche Ausbildung der Krieger war nur der äußere, sichtbare Teil der Erziehung, lediglich eine Entsprechung zum eigentlichen magischen Gehalt.

Diesen Gehalt in Kürze wiederzugeben, fällt mir sehr schwer. Vereinfacht ließe sich von fünf Schritten des Lernens und Lehrens sprechen, die aber nicht streng aufeinander folgten, sondern miteinander verknüpft waren.

Dem Heranwachsenden fiel es zu, seinen ORT zu finden, womit die Stelle seines Hauses ebenso gemeint war wie sein Aufgabenbereich innerhalb der Gemeinschaft, sein Platz in der Versammlung und – nicht zuletzt – sein heiliger, ureigener Fleck, an dem er der Harmonie des Ganzen zunächst stand und den sichersten Schutz vor üblen Einflüssen genoss, etwa im Fall einer Krankheit oder Verletzung.

Diese vielerlei Orte, die eine gemeinsame magische Mitte besaßen, musste der junge Lehrling sich ERTASTEN. Dieses Tasten umfasste eine Vielzahl unterschiedlicher Methoden und Vorgehensweisen, vom tatsächlichen manuellen Erspüren bis zum intuitiven Absuchen, wozu auch anregende oder betäubende Gesänge, Tänze und Pflanzen hinzugezogen wurden, ebenso Formen der kurzfristigen Askese und Läuterung. Grundlegend jedoch waren dabei drei Schritte, die schon die Meisterschaft des Erwachsenen vorwegnahmen: das Träumen, das Pirschen, das Kämpfen. Diese drei Fertigkeiten bildeten den Kern des indianischen Denkens und Handelns, sie fanden Anwendung in Bezug auf das Lebensganze wie auf die meisten alltäglich anfallenden Aufgaben.

Es begann damit, dass man sich seinen TRAUM suchte, der das Ziel bezeichnete, ein Ideal gewissermaßen, das den Maßstab bildete. Diesem Ziel nun hatte man sich unter Anwendung zahlreicher Mittel zu nähern, man pirschte sich heran, geduldig, listig und kundig, so wie der Jäger das Wild beschlich.

Sofern man das Pirschen auf bestmögliche Art erledigte, gelangte man damit an eine Stelle, von der aus der Kampf um das Ideal am erfolgversprechendsten zu beginnen war und zugleich der Achtung des Gegners Genüge getan. Denn der eigene Traum war immer auch ein Gegner, der sich mit Recht der Aneignung widersetzte. Doch wer die nötigen Vorbereitungen getroffen hatte, konnte mit reinem Gewissen und besten Kräften in den Kampf gehen.

Auf diese Weise erfolgte der Erwerb des eigenen Schutzgeistes und Namens ebenso wie das Fällen eines Baums, die Werbung um eine Frau oder einen Mann, der Meinungsstreit in der Versammlung, die Heilung eines Kranken, der Kampf mit einem Feind, die Jagd, das Fischen, das Zureiten der Pferde, die Herstellung der Waffen oder das Anfertigen von Kleidungsstücken.

Nur der, welcher den Geist und die Praxis dieses Vorgehens beherrschte, fand Aufnahme in den Kreis der Erwachsenen und Zugang zu ihren Pflichten und Verantwortlichkeiten, erwarb sich das Recht, eine Stimme zu sein, die Beachtung verdiente. Ich traf im Dorf einzelne, die trotz hohen Alters dieses Ziel nicht erreicht hatten, und andere, die es garnicht erst anstrebten, um der Verantwortung zu entgehen. Sie wurden nicht ausgeschlossen, gemaßregelt oder benachteiligt, befanden sich eher im Rang von Kindern, die man nicht mit größeren, schwierigen Aufgaben belastete, sondern dem Spielen mit kleineren Dingen überließ. Niemand wurde gezwungen, erwachsen zu werden, wenngleich es die meisten freiwillig übernahmen.

So hatten die Indianer, statt sich prahlerisch und gewalttätig in die Breite zu zivilisieren, ihr Augenmerk darauf gerichtet, die kleinen, inneren Bezüge ihres Lebens menschenwürdig, annehmlich und freundlich zu gestalten, das Wohnen, die verwandtschaftlichen, freundschaftlichen und Liebes-Bindungen, die Kleinigkeiten des alltäglichen Umgangs. Dabei hatten sie eine Kultur der Lebensfreude entwickelt, gegen die mir die unsere, die weiße, primitiv und barbarisch erschien. Indem sie auf den Krieg um die Unterwerfung der Außenwelt verzichteten, blieb ihnen ein ungeahntes Maß an Zeit und Muße, um die inneren Bereiche lebens- und liebenswert herzurichten. Dabei entstand zwischen denen, die miteinander auf engstem Raum lebten, eine unmittelbare Nähe und Vertrautheit, die das Beisammensein frei von Angst, Misstrauen und Berechnung machte.

Nie war ich einem Menschen näher als Taina, in jedem denkbaren Bezug. Ich war heil an Leib und Seele, weil beide fruchtbar wurden und im gemeinsamen Kern meiner Liebe zu ihr erblühten. Nur so wurde sie lebbar, frei von dem Zwang, einander besitzen zu müssen, um sich nahe zu sein.

Wir führten keine Ehe im weißem Sinn, vielmehr lebte ich als Gast in Taina's Haus, mit gewissen Pflichten und Rechten, die unser Zusammensein zu beiderseitigem Vorteil regelten. Wenn eine solche Gemeinschaft scheiterte, war es bei den Apachen üblich, dass die Frau das Gastverhältnis beendete, indem sie den Mann anwies, ihr Haus zu verlassen. Mein glückliches Leben mit Taina endete jedoch auf andere Weise.

11

In den Jahren meiner Anwesenheit bei den Apachen blieb unser Dorf von kriegerischen Auseinandersetzungen mit den Weißen verschont, vor allem darum, weil wir unseren Standort oftmals verlegten, in immer unwegsameres, kargeres Gelände hinein, an dem die weißen Siedler, Minengesellschaften und Soldaten wenig Interesse zeigten, solange sie lohnenderes Land fanden oder anderwärts ihren Raub noch durch mühsame und blutige Kämpfe zu sichern hatten. Allerdings erreichten uns vielerlei Nachrichten von dem langwierigen und opferträchtigen Krieg, den andere Apachen-Gemeinschaften gegen die weißen Eindringlinge führten; und manche unserer Krieger verließen das Dorf, um sich den Kämpfenden um Cochise und Geronimo anzuschließen. Und wenn wir auch selbst vorerst nicht betroffen waren, so veränderte doch die stets lauernde Bedrohung allmählich unser Lebensgefühl; die drückenden Wolken des Untergangs und der Hoffnungslosigkeit fanden auch in unsere Reihen hinein und verdunkelten den Horizont. Jedem war bewusst, dass sich die Tage der indianischen Freiheit unwiderruflich dem Ende zuneigten. Und die weiße Zukunft versprach nur Verderben, denn die Eroberer traten den Großen Geist mit Füßen und zerrissen rücksichtslos die geschlossene Harmonie der Zusammenhänge, in denen die Indianer Geborgenheit fanden.

Wir hörten von den Reservationen, in die die weißen Sieger die überlebenden Roten weitab von ihrer Heimat sperrten, wo ihnen verboten war, zu arbeiten,

zu jagen, ihrem Glauben zu folgen. Man gab ihnen Decken und karge Lebensmittelrationen, sie wurden krank, müde, schwach und siechten dahin.

Einige in unserem Dorf ertrugen die Gedanken an die Zukunft nicht und berei-
tetem ihrem Leben selbst ein Ende. Und es erfüllte mich mit Schuld, Scham und
Trauer, einer Rasse anzugehören, die einer anderen grundlos so viel Elend
brachte. Das Ende kam 1877, als auch die letzten kämpfenden Apachen mit
den weißen Truppen Frieden schließen mussten. Sie waren unbesiegt geblieben, hatten aber ebensowenig selbst siegen können. Die Stämme rieben sich
bei den jahrelangen Kämpfen nur auf.

Die Überlebenden wurden nun wahllos in gemeinsamen Reservationen zusam-
mengefasst, oft ohne Rücksicht auf ihre Sprachzugehörigkeit, ihre kulturellen
Eigenarten und Lebensgrundlagen.

Auch unsere Dorfgemeinschaft wurde von der Armee aufgelöst, ein Teil in die
Apachen-Reservation eingegliedert, ein anderer, zu dem Taina's Familie und ich
zählte, ins weit entfernte Pine-Ridge-Reservat überführt, wo die Teton-Dakota,
ein Sioux-Stamm, gesammelt waren. Sie hatten 1876 unter der Führung von
Crazy Horse am Little Big Horn Oberst Custer besiegt und doch nicht der letzt-
lichen Unterwerfung entgehen können. Ihre nachfolgenden Führer, Red Cloud
und Sitting Bull, waren bemüht, zu einem friedlichen Ausgleich mit den Weißen
zu kommen. Sie hatten Verträge abgeschlossen, in denen ihnen die selbstän-
dige Verwaltung des Reservats und die ausreichende Versorgung mit Lebens-
notwendigem zugesagt worden war.

Die Apachen fanden nicht leicht Zugang zur Gemeinschaft der Dakota, die beiden Stämme hatten sehr unterschiedliche Entwicklungen genommen, entspros-
sen andersartigen Landschaften und sprachen verschiedene Sprachen. Auch
meine Verbindung zu den Mescaleros war unseren Gastgebern kaum verständ-
lich, ihre Erfahrungen mit den Weißen schlossen dergleichen Annäherung aus.

Für Taina und mich war es eine traurige Zeit der Isolation, in der die Gefühle
Einzelner sehr wenig zählten angesichts des Umstands, dass die Gefühle so
Vieler so schändlich von denen, die meine Hautfarbe trugen, verletzt wurden.

1888 und 89 spitzte sich die Lage im Reservat mit jedem Tag zu. Entgegen den
Vereinbarungen formierte der übergeordnete Reservationsvorstand eine eigene
Indianerpolizei, die willkürlich und auf den eigenen Vorteil bedacht in die

Belange der Indianer eingriff. Dann wurden auch die Lebensmittelzuweisungen drastisch gekürzt, so dass die meisten im Reservat Hunger litten und einige Kinder und Kranke elend starben. Der Zorn, die Trauer und die Ohnmacht der Misshandelten fand Zuflucht in einer heftigen, visionären Erlösungsbotschaft, die von den Stämmen Nevadas und Kaliforniens zu uns fand: Im Geistertanz, einer ekstatischen Flucht aus den drückenden Verhältnissen, wurden die früheren, glücklicheren Zeiten beschworen und die baldige Befreiung von den weißen Eroberern prophezeit. Der Große Geist stand auf Seiten der Indianer, des Friedens, der Freiheit, also würde er ihnen auch zu ihrem Recht verhelfen.

12

Inmitten dieses tiefen Elends und gleichzeitiger Heilssehnsucht überschlugen sich die Ereignisse. Am 15. Dezember 1890 wurde Sitting Bull in der Reservation von Indianerpolizisten überfallen und ermordet. Die Nachricht verbreitete sich wie ein Lauffeuer, einzelne Gruppen der Dakota sammelten sich und griffen die Niederlassungen der Weißen im Reservat an, die Handelsposten, die Polizeistation und die Missionsschule. Am nächsten Tag rückten amerikanische Truppen aus dem benachbarten Fort an, es kam zu kurzen, vergeblichen Scharmützeln, und ein Teil des Stammes zog sich unter Führung des Häuptlings Big Foot mit Frauen und Kindern in die nahegelegenen Berge der Badlands am Wounded Knee zurück. Taina's Familie hatte sich den Kämpfenden angeschlossen, mir wurde gestattet, ihr zu folgen. Wir verschanzten uns in den schneebedeckten Felsen und richteten ein notdürftiges Lager her.

Am folgenden Tag rückte amerikanische Kavallerie an, umstellte uns und forderte uns zur Kapitulation auf. Big Foot und den Ältesten blieb keine Wahl, wir besaßen weder hinreichend Waffen noch Vorräte, um kämpfen zu können. Darum wurde mit dem kommandierenden Offizier, Oberst Forsyth, für den kommenden Tag unsere Entwaffnung und Rückkehr ins Reservat vereinbart.

Im Morgengrauen errichteten die Soldaten eine Batterie von Schnellfeuer-Kanonen rings um unser Lager, dahinter postierte sich die Kette der Kavallerie. Taina stand neben mir, blickte sich um und sagte: „Wir werden heute sterben."

Es war eine unverrückbare Feststellung, und ich wusste, dass sie zutraf, und wollte es doch nicht glauben. Nie versagte ich mehr als in diesem Augenblick, nie betrug ich mich schändlicher. Todesangst befiel mich, und in dieser Angst erinnerte ich mich daran, dass ich ein Weißer war. Ich stammelte: „Ich werde mit dem Oberst sprechen, er darf euch nichts antun!", und Taina sah mich an, nickte und lächelte. Ich lief zu den Soldaten hinüber, und nur mit Mühe konnte ich sie davon überzeugen, dass ich ein Weißer war. Schließlich führten sie mich hinter ihre Reihen, doch zu Forsyth wurde ich nicht vorgelassen.

Nun wollte ich wieder zurück, doch man ließ mich nicht, ich wurde zwei Sergeanten übergeben, die mich bewachten.

Unterdessen hatten die Soldaten begonnen, die Indianer zu entwaffnen. Dies geschah in völligem Schweigen, das sich wie eine getrocknete Haut über das ganze Lager spannte. Plötzlich fiel ein Schuss und zerriss die Stille. Und als ob sie auf ihn gewartet hätten, eröffneten die Kanonen sogleich ihr hämmerndes, rasendes Feuer, unterstützt von den Gewehren der Kavalleristen. Es dauerte nur wenige Minuten, und dem Lärm der explodierenden Geschosse folgte wieder Stille und dann nur das dünne, klagende Wimmern der Handvoll verletzter Überlebender. Taina war nicht darunter. Sie war tot, eine der 200 toten Frauen, Kinder, Männer. Ich fand sie zerfetzt über ihrem Bruder liegen. Sie hielt ein Gewehr in der Hand.

13

Ich hatte das Massaker ohne eine Schramme überlebt. Und doch starb auch ich an diesem Tag, wie Taina es vorausgesagt hatte. Es war ein innerer Tod, das machte ihn zu einer Qual. Mein Fleisch weigerte sich, zu sterben, ohne mich doch ins Leben zurückzubringen. Ich empfand es wie eine gerechte Strafe und hasste mich dafür, so schwach zu sein, noch weiter essen, trinken, schlafen zu können. Von Wounded Knee wurde ich ins nächste Militärgefängnis geschafft. Einige Wochen später wurde meine langjährige Verbindung zu den Indianern Gegenstand einer gerichtlichen Untersuchung. Sie endete ohne einen Urteilsspruch, fand aber in den örtlichen Zeitungen soviel Interesse, dass mir nach meiner Freilassung eine Vielzahl der merkwürdigsten Angebote zukam: man lud mich zu Vorträgen ein, in Privathäuser, Schulen, Kirchen; eine Zeitschrift forderte mich auf, ihr gegen ein hohes Entgelt meine Erlebnisse mit den Wilden anzuvertrauen; ein Verleger gar überwies mir gleich einen großzügigen

Vorschuss auf ein Buch, das ich verfassen sollte. Ich nahm den Vorschuss an mich und setzte mich nach Beatrice in Nebraska ab.

Und dann stand eines Tages Cesar Smithbelly in meinem Zimmer in der kleinen Pension, in der ich mich einquartiert hatte. Ich hatte seine Plakate in der Stadt gesehen: Cesar Smithbelly's One & Only Western Circus!

Er ging es sehr geschickt an, bat bei seinem ersten Besuch nur darum, dass ich ihm erzähle, von mir, von den Apachen, von Wounded Knee. Ich weiß nicht, weshalb ich seiner Bitte Folge leistete, vielleicht lag es daran, dass ich seit Taina's Tod kaum ein Wort über die Lippen gebracht hatte und nun bereitwillig die Gelegenheit nutzte, mich wieder zu öffnen. Smithbelly unterbrach meine Erzählung nicht, hörte aufmerksam und geduldig zu und dankte mir mit warmen Worten, als er sich nach vielen Stunden verabschiedete.

Erst bei seinem zweiten Besuch eröffnete er mir sein Anliegen. Er hatte unterdessen meine Geschichte in eine Art Schauspiel verwandelt und legte mir nun ein dickes Manuskript vor. Sein Plan war, die Ereignisse um Wounded Knee in seine Circensische Show einzufügen, neben die anderen Attraktionen: die Schlacht am Little Big Horn, den Tod von Kit Carson, das Rodeo der Cowboys, eine Marterpfahl-Episode sowie Goldgräber-, Postkutschen- und diverse Trapperszenen.

Smithbelly hatte aus meiner Geschichte ein verlogenes, einfältiges, gefühlvolles Märchen gemacht, worin ein Weißer, von Indianern gefangen, in Liebe zur Tochter des Häuptlings Big Foot entbrennt. Weil ihre Familie ihr nicht gestattet, ihn in die weiße Zivilisation zu begleiten, bleibt er bei ihr und teilt fortan das primitive Leben der Indianer, bis zum Aufstand am Wounded Knee. Dort kommt es zum dramatischen Höhepunkt: der barbarische Häuptling schlägt alle Friedensangebote des weißen Generals aus und raubt dessen Tochter, die er zum Martertod verurteilt. Der weiße Held, in seinem Gewissen aufgerüttelt, befreit sie in der Nacht vor der Entscheidungsschlacht und flieht mit ihr durch die roten Linien zu den Soldaten. Am folgenden Tag tötet er während der Schlacht in einem erbitterten Duell den Häuptling und führt so die weißen Truppen zum Sieg über die Indianer. Im letzten Augenblick rettet er noch seine frühere indianische Geliebte aus dem Kampfgetümmel, wird schwer verwundet und wieder gesund, erhält aus der Hand des Präsidenten eine hohe militärische

Auszeichnung, ehelicht die Tochter des Generals und nimmt die Indianerin als Dienerin in sein Haus. Ich kann nicht sagen, dass mir Smithbellys Version gefallen hätte, doch er selbst gefiel mir, in seiner bunten, übersprühenden Leidenschaft, die Wirklichkeit in ein Spiel zu verwandeln, das er den sensationshungrigen Zuschauern verkaufte. Hinzu kam, dass er mich bat, in seine Circus-Mannschaft einzutreten, und mir anbot, in seiner Wounded-Knee-Parade die Rolle des weißen Helden zu übernehmen.

Vielleicht hätte ich mich nicht darauf einlassen dürfen, doch ein unbestimmtes Gefühl sagte mir, dass ich, wenn überhaupt, in dieser Welt nur noch als Schauspieler einen Platz finden könnte. Ich sah keinen Weg mehr, der mich wieder in die Sphäre der Bürger, der Schulmeister, der Krämer und Eroberer hätte zurückführen können. Der Weg in den Circus schien mir dem Irrsinn der Wirklichkeit angemessener.

14

Ich komme zum Ende.

Wir befinden uns seit drei Wochen mit dem Circus in New Orleans. Ich hätte nicht damit gerechnet, die Stadt noch einmal wiederzusehen, aus der ich vor fünfzehn Jahren so überstürzt floh. Sie hat sich sehr verändert, nicht im Kern, aber in den Ausmaßen. Ich ging gestern ein paar Stunden durch die Straßen und fand mich kaum mehr zurecht. Die Gegend aufzusuchen, in der ich ehedem wohnte, unterließ ich, es ist nicht gut, der Vergangenheit zu folgen, es genügt, dass man sie erlebte. Dass ich dennoch diese Aufzeichnungen anfertigte, hat einen anderen Grund: ich wollte mich dessen vergewissern, was von meiner Zeit hier übriggeblieben ist. Ich bin so nackt, so leer, fast wie ein Neugeborenes, dem alles noch bevorsteht. Nur die Unschuld fehlt mir zum Kindsein, und meine Schuld hat sich in meinen Körper eingeschrieben. Das bleibt übrig, ein Kind in einem alten Leib. Und es ist so, dass ich auf diese Blätter nur übertrage, was auf meiner Haut steht, in eine andere Sprache, damit ich es begreife.

Unsere Shows hier sind gut besucht, das Wounded-Knee-Spektakel erfreut sich noch immer großer Beliebtheit. Ich spiele darin schon lange nicht mehr jenen gefangenen, misshandelten Weißen, der in letzter Minute dem Tod entrinnt. Ich wurde zu alt für diese Rolle, konnte die Aufmerksamkeit der Zuschauer nicht mehr fesseln. Für eine Weile übernahm ich die Darstellung eines beliebigen Indianers aus dem Fußvolk, kurzfristig auch die des Oberst Forsyth; seit vier Monaten jedoch bin ich der martialische, uneinsichtige Häuptling selbst, Big Foot, der unnachgiebig bis zur letzten Kugel kämpft und schließlich fällt. So infam und falsch diese Rolle auch immer ist, sagt sie mir dennoch zu, mehr als die des Weißen. Ich fühle mich zutreffender dabei. Smithbelly meinte gar, mein Gesicht habe in den vergangenen Jahren etwas absonderlich Indianisches bekommen – aber er übertreibt immer, wenngleich es mir gefiele, falls es zuträfe.

Gestern Abend nach der Vorstellung wartete überraschender Besuch auf mich, Yang-Gue-Fe saß in meinem Wagen. Sie ist sehr alt geworden, klein, dürr, schmal, wie ich, doch viel klüger, auch würdevoller. Sie gefiel mir, so geschickt geschminkt und dezent gekleidet. Das Bordell, in dem ich damals manche Nacht bei ihr zubrachte, gehört nun ihr. Vogeler, der Bierbrauer, sei vor einigen Jahren gestorben, erzählte sie, und Agnes, deretwegen ich New Orleans verlassen hatte, habe tatsächlich ein paar Monate nach meiner Flucht ein Kind zur Welt gebracht, wenngleich eines mit dunkler Haut. Ich erinnerte mich an die schwarzen Bediensteten in Vogelers Haus und spann mir zurecht, was wohl geworden wäre, hätte ich Agnes zur Frau genommen.

Yang-Gue saß neben mir auf dem Kanapee, wir sprachen kaum, hielten uns die Hände und betrachteten unsere Gesichter, als ob wir etwas darin suchten, nichts Vergangenes, nur die Gegenwart, denn sie ist das Ergebnis.

Als sie ging, sagte sie: „Eigentlich wollte ich dich bitten, bei mir zu wohnen, aber ich sehe, dass du stirbst und niemanden mehr brauchst." Und mit winzigen Schritten, aufrecht und leise, verschwand sie in der Dunkelheit.

Woran sah sie es? Ich habe ihr nichts von meinem Entschluss erzählt.

Morgen steht unsere Abschiedsvorstellung an, sämtliche Karten sind bereits verkauft, die nächste Station soll St.-Louis sein, Smithbelly ist überaus guter Dinge, die Tour war ein voller Erfolg. Es tut mir leid, seine Freude trüben zu müssen, doch morgen Abend wird das Gewehr des Häuptlings Big Foot mit scharfer Munition geladen sein. Das Spiel muss ein Ende finden. William Hasketts letzte Patronen stecken in meinem Gürtel, zwölf an der Zahl.

(New Orleans, 1895 / Köln, 1983)

Winnetou revisited (1983)

Staatsgefängnis v. South-Dakota, Sioux Falls, 1973

Liebe Alma,

ich hoffe, dass dieser Brief dich erreicht. Mach dir bitte keine Sorgen, mir geht es den Umständen entsprechend, aber nicht so übel wie sie es sich vielleicht wünschen. Sie nahmen wohl an, mich fertigmachen zu können, indem sie mich von den anderen Gefangenen trennten; wenn sie wüssten, dass d a s wirklich das einzige ist, das mir keine Schwierigkeiten bereitet: allein zu sein – diese Lektion habe ich gut gelernt. Aber sie sehen alles aus ihrer Sicht, und für sie wäre es das Schlimmste. Sie wissen nichts von uns.

Beinahe ist es sogar gemütlich hier, seit Larry bei seinem letzten Besuch Papier und Kugelschreiber mitbrachte. Er sagte übrigens, er habe dich noch nicht getroffen, du wärst mal wieder „unterwegs". Das bist du wohl immer, glaube ich, unterwegs, aber es ist gut so, dann erwischen sie dich nicht so bald. Ruh dich nur ab und zu aus.

Über Wounded Knee lass dir von Russell berichten[1], ich kann nicht abschätzen, was da eigentlich vor sich ging, mir fehlt noch der Abstand. Auf jeden Fall ist etwas geschehen.

Als Grund für meine Festnahme nannte man mir den dringenden Verdacht, dass ich einer militanten Vereinigung angehöre, die die Beseitigung der demokratischen Staatsform in diesem Land anstrebe. Interessant ist, dass es für diesen Fall gar kein amerikanisches Gesetz gibt, also wird es auch keine Untersuchung geben, keine Anklage, keinen Prozess. Worauf sollten sie ihn stützen? Es gab nur die vier Polizisten, die mich festnahmen, und ich werde einfach für eine Weile im Knast sitzen, das ist alles. Dann wird man mich freilassen, mit der

---

[1] Im Februar 1973 besetzten Indianer der Bürgerrechtsbewegung AIM die kleine Ortschaft Wounded Knee, um, neben anderem, auf die seit 1868 üblichen Vertragsbrüche der weißen Regierungen gegenüber den Eingeborenen aufmerksam zu machen. Nach zweimonatiger Belagerung durch Polizei und FBI, mit zwei Toten und mehreren Verwundeten, traf das Weiße Haus mit AIM eine schriftliche Vereinbarung, die u.a. eine erneuerte Aushandlung der alten Verträge versprach. AIM beendete die Besetzung, woraufhin die Vereinbarung von weißer Seite sogleich als ungültig erklärt wurde.

Erklärung, der Verdacht habe sich als unbegründet erwiesen. Entschuldigen werden sie sich nicht, sie wissen ja, dass ich weiß. Soviel dazu.

Erschrick nicht, Alma, aber sofern nichts dazwischenkommt, werde ich dich noch mit ein paar dicken Briefen eindecken. Mir kam nämlich die Idee, Larrys Papier dazu zu benutzen, dir meine Lebensgeschichte zu erzählen. Beklag dich nicht, es hat den entschiedenen Vorzug, dass wir uns, wenn wir wieder zusammen sind, eine Menge Worte sparen können. Einverstanden? Der eigentliche Grund ist natürlich, dass ich noch nie soviel Zeit für mich hatte wie jetzt und nie die Gelegenheit, mich so ausgiebig mit mir zu befassen. Immer war anderes wichtiger, dringlicher.

Aber hier hat man mir eine Pause verordnet, eine Quarantäne, vielleicht wird sie ein unbeabsichtigtes Geschenk. Sovieles ist in letzter Zeit mit mir geschehen, ohne dass ich es mir angeeignet hätte – dich eingeschlossen, du schöne Squaw, du bist mir noch immer ein Rätsel, ich gebe es zu.

John

Brief 2

Du fragtest einmal nach meiner Kindheit, Alma, und es fällt mir nicht leicht, etwas von ihr zu greifen. Meine Erinnerungen an diese Zeit sind seltsam verschwommen und ungenau, kaum eine wirklich konkret und plastisch, die meisten beschränken sich auf atmosphärische Eindrücke, wie wenn man aus weiter Ferne ein Bild betrachtet und keine Einzelheiten, keine feste Form darin ausmachen kann, nur vage, verschwimmend blasse Farbflächen.

Du weißt, dass ich meine ersten neun Jahre in der Reservation zubrachte. Die erste Farbe: Gelb-Braun. Es war die Farbe des kargen Bodens, auf dem die schäbigen Häuser der Ansiedlung klebten. Er war im Sommer so trocken, dass er riss, im Winter so hart und kalt als sei er aus gefrorenem Stahl gegossen. Außer etwas blassem, verrenktem Gestrüpp wuchs hier nichts. Es gab kein Wasser, oder nicht genug, der Brunnen am Rand des Dorfs versiegte regelmäßig, wenn die Sonne ab April wärmer wurde, und zweimal die Woche kamen Tankwagen aus der nächsten Stadt und teilten den einzelnen Familien begrenzte Wasserrationen zu.

Nur am Horizont schimmerte etwas Grün, ein dünner Streifen Gras, Buschwerk und Wald. Dorthin kam ich nie.

Die restlichen Farben waren die der Bierdosen, der Schnapsflaschen, Konservenbüchsen und Zigarettenschachteln. Bei den meisten Männern und auch bei vielen Frauen des Dorfs war Trunkenheit ein Dauerzustand. Der Grund war vor allem, dass fast niemand eine Arbeit hatte. Es gab ja keine Felder, keine Gärten, die man hätte bewirtschaften können, keine Wiesen, um Vieh zu halten, keine Wälder für die Jagd, ganz zu schweigen von Fabriken, Handwerksbetrieben, Dienstleistungsstätten usf. Das alles gab es in der nächsten weißen Stadt, die war 80 Meilen entfernt, und dort stellte man nur selten Indianer ein, damit nicht Weiße ihre Stellung verlören. Einige Männer arbeiteten in anderen Gegenden, monatlich schickten sie ihren Familien etwas Geld ins Reservat, zwei- oder dreimal im Jahr brachten sie es selbst, blieben einige Tage und verschwanden wieder.

Wir lebten hauptsächlich von den schmalen Lebensmittelrationen, die der Indianeragent uns monatlich lieferte, Armeekonserven und Trockenmilch. Daneben gab es noch ein kleines Fürsorgegeld, das zum größten Teil für Alkohol und Tabak draufging.

Der extreme Alkoholismus stülpte eine Glocke verbissener Betäubung über die Siedlung, eine Atmosphäre der Stumpfheit, Lähmung und Apathie. Die Trinker lagen entweder in ihren Häusern oder schlichen geduckt und stumm umher oder saßen stundenlang schweigend und bewegungslos im Schatten der Dächer. Ich erinnere mich nicht, je einen stärkeren Eindruck von Verkümmerung und Isolation erfahren zu haben als in diesen ersten Jahren meines Lebens.

Meine Mutter, Maria Santee, gehörte zu den Trinkerinnen, sie starb 1958, kurz nach meiner Adoption, gerade 38 Jahre alt. Nie war mir ein Mensch ferner als sie, sie schien in eine durchsichtige Mauer eingeschlossen, durch die hindurch ich sie sehen, aus der heraus jedoch sie keinen Blick werfen konnte. Tagtäglich erledigte sie unendlich langsam und müde ihre wenigen hausfraulichen Arbeiten, immer mit dem gleichen unlustigen Pflichtgefühl, mit den gleichen Gesten und Handgriffen, nach dem gewohnten, immer gleichen Plan, völlig unberührt von dem, was um sie herum geschah, unberührt auch von anderen Menschen, ob das nun eine Nachbarin war oder mein Vater bei seinen seltenen Besuchen oder ich, der mit ihr unter einem Dach lebte. Wir wechselten kaum ein Wort miteinander, sie sagte mir: Iss dein Brot, wasch deine Hände, deine Füße, nimm dir eine Dose Bohnen. Das war alles. Sie stopfte meine Kleider, machte mein Bett, versorgte kleine Wunden, die ich mir beim Spielen zuzog. Mehr nicht. Darüberhinaus gab es nichts, das uns verband, sie erschien mir wie ein unerlöster Geist, der dazu verurteilt war, immer und immer wieder seine festumrissenen Aufgaben unter den Menschen zu erfüllen, an denen ihm nichts gelegen war. Ich wusste damals nicht, dass sie an ihrer Erlösung arbeitete, indem sie sich allmählich zu Tode soff, dass also doch noch etwas in ihr geschah, ganz tief verborgen. Sie war eine gleichgültige Fremde, nicht freundlich, nicht feindselig.

Mein Vater, Ted Blake, oder Blue Cloud, die Blaue Wolke, wie man ihn nannte, war ein anderer Fall, wenn mir auch nicht vertrauter als meine Mutter. Das lag zum großen Teil daran, dass er so gut wie nie zuhause, im Reservat, war, er war Berufssoldat, schon vor meiner Geburt war er zur Armee gegangen. Seinen Urlaub ließ er sich einmal im Jahr geschlossen geben, so wurden knapp 2 Monate daraus, von denen er 3 oder 4 Wochen bei uns verbrachte. Den Rest der Zeit arbeitete er in seiner Garnisonsstadt, um etwas Geld hinzu zu verdienen. Ich erinnere mich an seine rauhe, steife Uniform und den Geruch seiner schwarzen Stiefel. An sein Gesicht erinnere ich mich nicht, es blieb verborgen im Schatten eines tief in die Stirn gezogenen weißen Huts, den er beständig trug. Einesteils machte er mir Angst, er wirkte auf mich wie ein Fels, der hinter seiner undurchdringlichen Schale todbringende Kräfte verbarg; andererseits bewunderte ich ihn, eben weil er so hart und groß war; er musste ein bedeutender Mann sein, vermutete ich, wenn sein Gesicht so unsichtbar hoch oben fast in den Wolken verschwand.

Er fiel in Korea, 1953. Irgendwo soll es ein weißes Kreuz geben mit seinem Namen, eines auf einem endlosen, ordentlichen, gepflegten Feld, das voll ist von Kreuzen in Reih und Glied. Er liegt darunter, ein armer, zerfetzter Held für die falsche Sache. Er war nur ein blasses, blaues Wölkchen, das aus dem Pfeifenkopf irgendeines verrückten Generals quoll, einen Moment in der Luft stand und dann in ihr entschwand. Man schickte meiner Mutter seine Orden zu, sie verkaufte sie für ein paar Dollar dem Indianeragenten.

Es gab nicht viele Kinder im Dorf, die meisten wurden frühzeitig in den Internaten untergebracht, oft in anderen Bundesstaaten. Häufig sahen Eltern ihre Kinder erst wieder, wenn sie nach vier oder fünf Jahren die Schule beendet hatten. Manche kamen auch nie mehr zurück, falls sie erst einmal in irgendeiner Stadt einen Job gefunden hatten. Nur die kehrten wieder, die krank waren oder ohne Arbeit blieben, einige Ältere auch zum Sterben.

Wir, die wir im Reservat blieben, wurden unregelmäßig von einem umherreisenden Baptistenprediger in die harte Schule des Christentums genommen, lernten ein bisschen Schreiben, Lesen, Rechnen; für manche blieb es die einzige Ausbildung, die sie je in ihrem Leben erhielten.

Unser größtes Problem war es, dass es in der öden Landschaft weit und breit nichts gab, das dazu ermunterte, als Spielzeug benutzt zu werden. Ab und zu fingen wir Spinnen und Eidechsen, die einzigen, die in dem ausgelaugten Boden noch Essbares fanden. Aber man konnte mit ihnen nichts anderes machen als sie fangen und genüsslich zu Tode quälen. Ansonsten orientierten wir uns an dem, was die wortkargen und untätigen Erwachsenen uns vorlebten. Wir spielten Erwachsensein, hingen wie sie lustlos und stumpf herum, schlugen die Zeit tot, unterbrochen nur vom Bau und Unterhalt einer Hütte, die wir am Ortsrand nach dem Beispiel der Häuser errichteten, aus Brettern, Wellblech, Pappe, und innen mit Flaschenetiketten und Zeitungen tapezierten. Darin verbrachten wir zahllose Tage, blätterten alte Illustrierte durch, prügelten uns, schwiegen, tranken ein gepanschtes, schales Bier, das wir aus den Resten in den weggeworfenen Flaschen zusammenschütteten und rauchten Zigarettenstummel, die wir täglich vor den Häusern einsammelten.

Der Langeweile und Stumpfheit ließ sich nur an einen einzigen Ort entfliehen: zum Tipi des Vaters meines Vaters, einem uralten Mann, der sein geflicktes, verblichenes Stangenzelt etwas abseits von der Siedlung neben dem einzigen Baum, einer schmalbrüstigen Zeder, aufgestellt hatte. Oder genauer: zuerst hatte er wohl sein Zelt errichtet und erst danach den Baum gepflanzt. Beide hatten im Laufe der Zeit die gleiche Höhe erreicht: das Zelt war ein wenig geschrumpft, der Baum ein wenig gewachsen.

Mein Großvater verwendete die Hälfte seiner Wasserration darauf, den Baum am Leben zu erhalten, was ich als Ursache dafür sah, dass er der vertrocknetste, verschrumpelste Mann war, der sich denken lässt. Er wirkte baumhafter als die Zeder, mit seiner dürren, biegsamen Gestalt, die eine faltenzerrissene Haut mit unzähligen Sprüngen, Rissen, Schorfstellen zusammenhielt. Sie war wie Rinde, und sein sprödes, hartes weißes Haar umstand wie eine Krone den spitzen Schädel. Seine Arme und Beine, Finger und Zehen waren dünn und knotig wie absterbende Zweige.

Am meisten beeindruckte mich allerdings, dass er stets guter Laune war, oft sogar übermütig, und unablässig in Bewegung; selbst wenn er saß, war mindestens ein Teil seines Körpers pausenlos beschäftigt, die Arme zeichneten Bilder in die Luft oder erledigten eine imaginäre Arbeit, der Rumpf wiegte sich wie im Tanz, und die Augen kreisten in ungeheurer Schnelligkeit als ob sie in der Lage wären, den Dingen, die sie sahen, zu folgen.

Im übrigen wusste niemand genau, was er den lieben langen Tag draußen in seinem Zelt trieb, abgesehen davon, dass auch er trank, mit Vorliebe ein dunkles, süßes Malzbier, das eigens für ihn jeden Monat mit der Post eintraf, Spende einer weißen Hilfsorganisation, die sich auf die Betreuung der Stammesältesten spezialisiert hatte. Und das war mein Großvater zweifelsfrei: der Älteste unseres Stammes, wenn auch sein genaues Alter niemandem (auch ihm selbst nicht) bekannt war. Wenn er betrunken war, erkannte man es nur daran, dass er unsere Muttersprache sprach, Chippewa, die Sprache der Ojibwa. Nüchtern redete er englisch, wie alle, auch darum, weil sonst niemand im Dorf indianisch sprach. Wahrscheinlich beherrschten noch einige andere die Sprache, unterließen es aber, sie zu benutzen, der Kinder wegen. Denn in den Internaten war es verboten, indianisch zu sprechen. Erst sehr viel später erfuhr ich, dass meine Mutter als Kind im Internat, weil sie neugierigen Mitschülern ein paar Brocken Chippewa vorführte, bestraft wurde, indem man ihr Säcke mit Murmeln vor die Knie band und sie dann zwang, kniend mit einer Zahnbürste den Boden des Klassenzimmers zu reinigen.

Unaufgefordert durfte niemand meinen Großvater besuchen, auch wir Kinder nicht. Wenn man an seinem Zelt erschien, ohne dass er darum gebeten hatte, würdigte er den Besucher keines Blicks oder Worts. Stattdessen verschickte er, falls er jemanden zu sehen wünschte, Einladungen, in Form kleiner, mit seltsamen Einkerbungen versehener Rindenstückchen, die sich morgens unerwartet auf den Schwellen der Haustüren befanden. Uns Kinder lud Großvater nie einzeln ein, ebensowenig jedoch alle zusammen, immer waren es kleine Grüppchen zu viert oder zu sechst, die in den Genuss kamen, und stets zu gleichen teilen Mädchen und Jungen. „Männer ohne Frauen, Frauen ohne Männer sind nur halbe Menschen", erklärte er uns.

„Bist du denn ein halber Mensch?", fragte ihn einmal einer eingedenk des Umstands, dass er selbst ja ohne Frau war.

„Nein", lachte er laut, „ich bin ja kein Mann mehr! Als ich es war, da hatte ich viele Frauen."

„Und was bist du jetzt?", fragte ein anderer.

„Jetzt bin ich ein Zauberer", antwortete er, „und Zauberer sind immer ganze Menschen."

Und tatsächlich zauberte er, nur für uns, denn es musste wohl Zauber sein, wenn er es schaffte, uns in den paar Stunden, die wir in seinem Zelt um ihn herumhockten, die ganze Eintönigkeit, Leere und Ödnis unseres alltäglichen Lebens vergessen zu machen. Und nicht nur das. Indem er uns mit seinen Erzählungen, Geschichten, Gesängen, Tänzen eine Welt eröffnete, die es draußen, im Reservat, nirgends gab, schütz er uns davor, träge in dem, was wir kannten, zu versinken. Von ihm erfuhren wir, dass es auch Anderes gab, und damit wurde die Gegenwart zu etwas Vorläufigem, Vergänglichem, dem Schöneres folgen musste.

Oft erzählte er uns vom großen, unsichtbaren Geist, der uns beschützte, und zeigte uns Tänze und Spiele, an denen dieser Gefallen fände. Ich erinnere mich an den Tag, als er uns das Rauchen mit der Pfeife lehrte und wir der Reihe nach mit ernstem Gesicht kleine runde Wölkchen in die vorgeschriebene Richtung bliesen, um dem Großen Geist die gehörige Achtung zu erweisen. Erregt beobachteten wir, wie sich die Rauchfiguren langsam verflüchtigten und schließlich auflösten. „Seht ihr, der Große Geist hat euren Rauch angenommen", erklärte der Großvater feierlich, und wir waren froh, dass uns etwas mit dem geheimnisvollen, unsichtbaren Mann verband.

Vermutlich weißt du, Alma, dass es in den 50er Jahren soetwas wie einen Schwarzen Markt für Indianerkinder gab, die von cleveren Agenten an kinderlose weiße Ehepaare verscheuert wurden. Man spricht von „Kopfprämien" zwischen 200 und 2000 Dollar, und der Vermittler, häufig ein Angestellter des Indianerbüros, besorgte dafür ein passendes Objekt, meistens einen Sozialfall, also ein Kind aus zerrütteten Familienverhältnissen, die – wenigstens in unserer Reservation – die Regel waren. Er erledigte auch den formellen Kram und holte das Einverständnis der Sozialgerichte und Vormundschaftskammern ein – in meinem Fall, bei einer verwitweten Säuferin als Mutter, kein Problem.

Für mich kam es völlig unvorbereitet und überraschend. An einem frostigen Herbstnachmittag 1956 rief meine Mutter mich ins Haus. Sie war betrunken. Langsam beugte sie sich zu mir herab, nahm meinen Kopf zwischen ihre Hände und küsste mich auf die Stirn. Dann drückte sie mir einen kleinen Koffer in die eine, einen dicken Briefumschlag in die andere Hand. „In dem Koffer sind deine Sachen", sagte sie leise, „in dem Briefumschlag deine Papiere und etwas Geld. Geh jetzt zum Großvater." Sie wendete sich ab, legte sich aufs Bett und schloss die Augen.

Ich ging langsam durch das Dorf und begegnete niemandem. Ich wunderte mich, dass ich zum Großvater durfte, ohne von ihm eingeladen zu sein. Diesmal hatte kein Rindenstück vor der Tür gelegen. Irgendwie spürte ich, dass etwas Wichtiges im Gang war, aber ich kam nicht darauf, was es sein könnte. Eine mir bis dahin unbekannte Furcht vor den Erwachsenen wuchs in meinem Magen, und ich überlegte, ob ich mich nicht verstecken sollte. Aber meine Neugier auf den Großvater war stärker als diese vage Idee.

Er erwartete mich vor dem Zelt, nahm mir die Sachen ab, griff meine Hand und führte mich hinein. Wir setzten uns, er reichte mir eine Flasche Malzbier, dann stopfte er schweigend die Pfeife, gab sie mir, ich erledigte das Ritual, dann rauchte er selbst, löschte sie und legte sie beiseite.

„Vielleicht merkst du es", begann er, „heute ist nicht alles so wie sonst."

„Ja", antwortete ich bedrückt.

Er nickte und dachte nach. „Du wirst uns heute verlassen", sagte er dann, „für sehr lange Zeit, glaube ich. Dein Vater ging damals freiwillig hier weg, das war das Dumme daran. Du gehst nicht freiwillig, du wirst weggeholt, ohne dass wir es verhindern können. Es ist nicht richtig, dass das so ist, aber vielleicht wirst du so vor dem Irrtum bewahrt, den dein Vater beging. Ich hoffe es. Aber jetzt komm, wir setzen uns vor das Zelt und warten auf den Wagen, der dich holt."

Ich wollte weinen, aber es gelang mir nicht, wollte etwas sagen, aber es gab keine Worte in mir dafür. Darum schwieg ich und folgte ihm hinaus. Großvater ging nochmal hinein und kehrte mit einer Flasche Malzbier zurück. Wir setzten uns auf zwei Kisten, warteten und schwiegen. Ab und zu nahm er einen winzigen Schluck.

Ein paarmal schaute er mich von der Seite an, ich tat, als bemerkte ich es nicht, und starrte stur geradeaus, in die beginnende Dämmerung hinein. Fast sehnte ich den Wagen herbei, nur um das, was auf mich zukam, schneller hinter mich zu bringen. Das Alte war zuende, das spürte ich genau, etwas anderes würde kommen, und zwischen beidem, in diesen Augenblicken vor dem Zelt, war nichts. Und dieses Nichts war schlimmer und schmerzlicher als alles Sein.

Wir standen beide auf, als die Scheinwerfer noch weit entfernt das flache Land wie mit ausgestreckten Armen abtasteten. Es war ein Wagen des Indianerbüros. Der Agent stieg aus und kam zu uns herüber. Vom Rücksitz kletterten ein Mann und eine Frau, sie blieben am Auto stehen.

„Ist er das?", fragte der Agent meinen Großvater und deutete auf mich.

„Das ist er", antwortete der alte Mann.

„Los, Junge", sagte der Agent zu mir und klopfte mir auf die Schulter, „geh zum Wagen, da sind deine neuen Eltern, begrüß sie artig!"

Wie aufgezogen trottete ich los, ohne den Großvater noch einmal anzusehen.

„Sind das seine Sachen?", hörte ich hinter mir den Agenten fragen.

„Das sind seine Sachen", antwortete der Großvater.

Ich trat zu den beiden Menschen neben dem Wagen, ohne sie anzusehen, und blieb vor ihnen stehen. Eine Weile standen wir da, niemand sprach.

Dann kam der Agent zurück, warf meinen Koffer in den Kofferraum und reichte dem Mann den Briefumschlag. „Hier sind seine Unterlagen, Sir", erläuterte er, „sie sind in Ordnung."

„Danke", sagte der Mann mit einer dunklen, tiefen Stimme.

„Können wir?", fragte der Agent.

„Natürlich", antwortete der Mann, „Steig ein, John", forderte er mich auf, ich kletterte auf den Rücksitz, die Frau setzte sich neben mich, hinter ihr warf der Mann die Tür zu und setzte sich nach vorne zu dem Agenten.

Als wir anfuhren, drehte ich mich um und schaute durch die hintere Scheibe zum Zelt zurück. Großvater stand steif am gleichen Fleck wie zuvor und blickte uns nach, die Bierflasche in der Hand. Er war schon sehr klein, als er plötzlich den Arm hob und die Flasche mit einem heftigen Ruck auf den Boden schmetterte. Dann verschwand er in der einbrechenden Nacht.

„Warum müssen die Indianer nur soviel trinken!", seufzte die Frau neben mir und zündete sich eine Zigarette an. Im kurzen Aufflammen des Streichholz sah ich, dass die Haut ihres Gesichts und ihrer Hände so fahl war wie das Weiße in den Augen meiner Mutter.

Brief 2

Du bist unter Weißen aufgewachsen, Alma, und weißt, was das heißt.

Fast 15 Jahre lang war Weiß die Farbe, von der mein gesamtes Glück und Unglück abhing. Nicht nur die Mastertons, meine neuen Eltern, waren weiß, nein, auch ihr Haus, in dem ich lebte, die Bettwäsche, die Unterwäsche, die Hemden, die Tischdecken, das Porzellan, die Handtücher, der Pontiac, der Rasenmäher, der Swimming-Pool, der künstliche Schnee auf dem Weihnachtsbaum, das Papier in den Büchern, die Gewänder des Priesters, die Trikots der Footballmannschaft – alles war rein und weiß, und es reichte bis ins Innere hinein, in die Gedanken, die Gefühle, die Träume, auch sie mussten strahlend sauber sein, gestärkt, gebügelt, Kniff auf Kniff zusammengelegt.

Charles E. und Teresa waren schon in den Vierzigern, als sie mich aufnahmen, und blickten auf ein schnurgerades, blütenweißes Leben zurück. Er war der angesehenste Rechtsanwalt in Reidsville (N.C.), ein gebildeter, liberal-konservativer Christ und Demokrat, penibel, unbestechlich, fleißig. Der Maßstab seines Rechtsgefühls waren die Verfassung und die Menschenrechtserklärung, und sie zwangen ihn gewissermaßen dazu, bisweilen auch die Interessen schwarzer Kläger und Beklagter zu vertreten – womit er allerdings die Chance verspielte, eine politische Karriere zu machen, lange sein eigentliches Ziel. Als er es aufgeben musste, zog er sich zutiefst verletzt in sich selbst zurück und verschloss sich unerreichbar in einen dicken Panzer aus Pflicht und Arbeit, fernab vom schmutzigen Alltagstreiben. Nur Teresa konnte ihm noch nahekommen, wohl darum, weil sie rigoros dafür sorgte, dass er von den niederen, banalen

Angelegenheiten des Lebens unbehelligt blieb. Sie schuf ihm eine Umgebung, in der er trotz seiner Verletzung weiterleben konnte, indem sie alle äußeren Belastungen von ihm fernhielt: den Haushalt, Geldsachen, Ämtergeschichten, Personalfragen, Repräsentationspflichten usw. Es wurde ihre Lebensaufgabe, und sie bewältigte sie mit einer Tatkraft, Geschicklichkeit und Strenge, die ich noch immer bewundere. All die Jahre hindurch schaffte sie es, den Alltag in einen Zustand der absoluten Ruhe, Ordnung, Makellosigkeit zu zwingen, so dass er Charles niemals befleckte.

Der einzige Makel im weißen Lebensbuch der Mastertons war, dass sie keine weißen Nachkommen zustandebrachten. So geriet ich zu ihnen – und meine Erziehung ganz folgerichtig in Teresas kräftige Hände. Charles blieb immer nur ein dunkles, ungreifbares Idol im Hintergrund, dem ich, ohne es je kennenzulernen, nacheifern sollte.

Das war nicht leicht, denn ich trat ja als völlig verkommene, schmutzige kleine Rothaut in diesen magischen weißen Zirkel, in jeder Hinsicht ungenügend, von der Hygiene, den Manieren, der mangelnden Schulbildung und fehlerhaften Sprache bis hin zu den abwegigen Gedanken und Einfällen in meinem Hinterkopf. Für Teresa war ich ein einziger Schmutz- und Schandfleck, und sie begann sogleich, mich umzukrempeln, zu reinigen, zu weißen. Sie fand kein gutes Haar an mir, also musste sie mir jedes ausreißen und mich neu bepflanzen. Das war äußerst schmerzhaft, darum wehrte ich mich ein Jahr hindurch mit Händen und Füßen dagegen, in der unerklärlichen Furcht, dass ihre energischen Maßnahmen vielleicht nicht bloß meinen Schmutz, sondern mich gleich mit vertilgen würden. Dieser tägliche, heiße Krieg verlief unentschieden, bis Teresa schließlich, am Rand eines Zusammenbruchs, Charles vor die knappe Alternative stellte: „Entweder kommt der Junge weg oder ich gehe!"

Zugegeben, einen Moment hoffte ich auf ihn – doch Charles, aus seinem Vakuum aufgeschreckt, begriff nichts und beschwichtigte nur. Und da wurde mir klar, dass ich an seiner Stelle Teresas Ultimatum erfüllen und verschwinden musste – nicht räumlich (denn ins Reservat wollte ich nicht zurück), aber ich verbarg von nun an den, der bei Teresa so sehr anstieß, tief in mir und stülpte über ihn die Haut dessen, den sie sich wünschte. Ich erlog einfach die Ordnung, Ruhe und Sauberkeit, die sie verlangte, stellte sie dar. Und sogleich klappte das

Zusammenleben reibungslos, außen. Innen störte mich noch eine Weile eine Art Schuldgefühl angesichts meiner rundum praktizierten Lüge, oder wahrscheinlich war es Furcht, dass mir ein Patzer in der weißen Rolle unterlaufen und die ganze jämmerliche Wahrheit auffliegen könnte.

Diese Angst wurde so groß, dass ich eines Morgens eine Flasche Essig-Essenz aus dem Kühlschrank mit ins Badezimmer nahm und ein paar kräftige Schlucke daraus trank. Siedendheiß brannte mir die scharfe Flüssigkeit durch Mund und Kehle, und sogleich durchfuhr mich ein fürchterlicher Schreck: ich wollte doch garnicht sterben, plötzlich wusste ich es, aber spürte zugleich die Säure in mir, ohne zu wissen, was sie dort anrichtete. Irgendein Instinkt ließ mich zum Wasserhahn stürzen, hastig sog ich die kalte, frische Flüssigkeit in mich hinein, und mir schien, ich tränke um mein Leben. Schließlich ließ der stechende Schmerz im Bauch nach, ich stützte mich auf den Beckenrand und betrachtete mein Gesicht im Spiegel. Tränen rannen mir aus den geröteten Augen, die Haare klebten an der Stirn, die Haut war bleich und glänzte wächsern. Mein Gaumen, der Rachen, die Zunge fühlten sich taub und rauh an, von gelblich-weißem Schleim überzogen, in Mund und Nase lag der widerliche Essiggeschmack, der Essiggeruch, beißend und ätzend. Mir wurde schwindelig, ich setzte mich aufs Klo, beinahe schlief ich ein. Aber ich riss mich zusammen, stand zitternd auf und verließ das Bad.

Draußen erschrak ich: Teresa war schon auf, saß am Küchentisch und trank Kaffee. Ich verbarg die Essigflasche in meinem Schlafanzug. Als ich ihr den Morgenkuss gab, bemerkte sie meine Blässe. „Gehts dir nicht gut?", fragte sie besorgt. Ich schluckte und antwortete: „Nein, ich fühle mich nicht besonders, hab Kopfschmerzen und übel ist mir auch." Teresa legte ihre Hand auf meine Stirn. „Du hast Fieber", sagte sie, „am besten, du legst dich wieder hin. Kurier dich aus, wir machen es uns gemütlich."

Ich nickte, ging in mein Zimmer und legte mich ins Bett. Teresa brachte mir ein köstliches Frühstück und setzte sich zu mir. Sie hielt die Gelegenheit für günstig, mich endlich darüber aufzuklären, wie es um die menschliche Sexualität bestellt sei, immerhin sei ich schon elf. Zuvor erkundigte sie sich allerdings, ob nicht etwa Charles das schon erledigt habe. Er hatte nicht. So erfuhr ich an diesem seltsamen Morgen auf Umwegen über Vergleichbares in der Tierwelt (Hühner,

Bienen) das Allernötigste über die Wunder der Vermehrung des Lebens. Ich gab mich sehr aufmerksam, tat als sei mir alles völlig neu und unbekannt. Einmal meinte Teresa, ich wirke so verlegen, das sei doch nicht nötig, es handle sich um ganz natürliche Dinge.

In der Tat war ich verlegen, wenn auch nicht wegen Teresas Eröffnungen (über das Thema war ich längst bestens informiert), nur verwirrte mich die Frage, ob überhaupt noch irgendetwas auf der Welt „natürlich" sei. Jedenfalls fühlte ich mich von diesem Tag an vor mir sicher. Offenbar saß die Rolle. Wenn mir nicht einmal die Nähe des Todes anzumerken war, brauchte ich nichts mehr zu befürchten.

Brief 3

Durch meine weiße Zeit flatterte ich wie ein unbeschriebenes, leeres Blatt Papier. Meinem Lebenslauf stand nun nichts mehr im Wege, er wurde dem von Charles E. nachgezeichnet, mit zwei Zielschwerpunkten: Wohlstand zu erwerben und Einfluss zu erringen. Der Weg dorthin bot sich an: Jurist zu werden, wie Charles, um später, wenn er abträte, seine Kanzlei in Reidsville zu übernehmen.

Fünf Jahre wurde ich privat unterrichtet, bis ich den Anschluss an die High-School fand. Dann das College und die Universität. 1970 war meine Ausbildung abgeschlossen, ich zog nach Los Angeles und trat in ein Anwaltsbüro ein, das ein Studienfreund von Charles leitete. Dort sollte ich mir die nötige praktische Routine aneignen, die volle juristische Bandbreite, der Charles in Reidsville sein Renommee verdankte.

Das alles klappte reibungslos, ich war ein Musterknabe, der weißeste Amerikaner, der sich denken ließ (wie Larry mal spottete), beinahe eine Karikatur, schon in den ersten Jahren.

Zwar war bekannt, dass ich Indianer war, und jeder, mit dem ich zu tun bekam, begegnete mir zunächst mit einer gewissen Neugier – aber niemand konnte Indianisches an mir entdecken, sogar meine etwas schärferen Gesichtszüge ebneten sich im Lauf der Jahre ein und mein volles dunkles Haar verdünnte sich zu einer graumelierten Halbglatze.

Als Kind, bei unseren Wildwest-Spielen, stellte ich immer den bekannten rauh-beinigen Cowboy dar, der seinen indianischen Widersacher (meist Larry) mit allen erlaubten und heimtückischen Mitteln zur Strecke brachte. Bei den Western im Fernsehen oder Kino stand ich stets auf Seiten der weißen Pioniere und Soldaten und vertrat mit ihnen den verruchten Grundsatz: Nur ein toter Indianer ist ein guter Indianer!

Später, während der College- und Universitätszeit, repräsentierte ich inmitten der wogenden, farbenprächtigen Jugendrevolte die finsterste Reaktion: Meine Kommilitonen ließen sich die Haare und Bärte wachsen – ich schor mir einen igeligen Eisenhower-Schnitt. Sie kamen in Jeans, T-Shirts und indischen Hemden einher – ich zwängte mich in Anzug und Krawatte. Sie verfielen der Musik der Beatles, der Byrds und Bob Dylans – ich lauschte verbissen den klassischen Meistern und allenfalls mal Frank Sinatra und Dean Martin. Sie verehrten die Kennedys und Martin Luther King – ich trug Nixon, Wallace und Billy Graham in meinem Herzen. Sie soffen und rauchten – ich gestattete mir höchstens ein paar Gummibärchen. Sie demonstrierten gegen den Vietnam-Krieg und den Wirtschaftsimperialismus der USA – ich meldete mich freiwillig zur Army (wurde aber gottseidank wegen meiner Kurzsichtigkeit abgewiesen) und belegte Harvard-Fernkurse für Moderne Führungskräfte. Sie verbrüderten sich mit den diskriminierten Schwarzen – ich klebte auf meinen schneeweißen Buick eine Plakette mit der Aufschrift: NUR FÜR WEISSE! (Larry würdigte mich 6 Wochen lang keines Blicks, bis ich sie wieder abnahm). Und sie verbrannten ihre Diplome und Doktorhüte, während ich die meinen stolz hinter Glas in meiner Wohnung aufstellte.

So ging es querbeet: je bunter meine Umgebung geriet, umso weißer wurde ich. Je mehr sie sich bewegte, umso mehr erstarrte ich. Und am Ende war meine Reinheit so extrem und vollkommen, dass sie gerade das Gegenteil von dem bewirkte, was sie eigentlich bezwecken sollte. Statt mich nahtlos in die weiße Welt zu integrieren, hob sie mich meilenweit aus ihr heraus. Ich wurde nahezu unberührbar, wie eine jungfräuliche Nonne, und gehörte nirgends dazu.

Das wurde mir erst deutlich, als Sex und Frauen immer wichtiger wurden und meine Altersgenossen sich allmählich als mehr oder minder feste Paare zu gruppieren begannen. Das lief ganz offen ab, How to pick up girls, auf Parties und

Ausflügen balzten sie herum, verschwanden kichernd im Nebenzimmer oder hinter einem Busch, und manchmal war nicht einmal das nötig. Unbeschreiblich lüstern erlebte ich das ganze Treiben von Ferne mit – und flüchtete mich unter kalte Duschen, in endlose morgendliche Waldläufe. Denn das schien mir das Unmöglichste überhaupt: eine Freundin zu finden, jemandem so nahe zu kommen, um berührt zu werden und selbst zu berühren. Ein sicherer Instinkt sagte mir, dass bei einem tieferen emotionalen Engagement zwangsläufig mein verborgener roter Kern zutage treten und den Schutzmantel meiner weißen Rolle beflecken und zerreißen würde. Liebe konnte ich mir nicht leisten, also ging ich ihr aus dem Weg.

Dieser Rückzug hatte allerdings zur Folge, dass plötzlich das Gerücht grassierte, ich sei schwul. Es versetzte mich in Angst und Schrecken, denn schwul zu sein erschien mir noch verwerflicher als Indianer zu sein. In meiner Panik verfiel ich darauf, mich nun geradezu auf die Frauen zu stürzen, brutal, cool, gefühllos, ein paar Monate lang, bis ich allseits als rigoroser Aufreißer bekannt war, der jeden Rock auf dem klappbaren Beifahrersitz seines Autos ohne Umschweife verschlang. Damit war meine Normalität zweifelsfrei bewiesen und ich konnte mich behutsam wieder zurückziehen, ohne dass sich noch jemand daran stieß. Zurück blieb nur das Problem meiner eigenen Lust, die sich nicht einfach beseitigen, ignorieren ließ, sondern unablässig nach Verwirklichung drängte, nach Außen. Aber da durfte sie nicht hin, darum wählte ich den verbreiteten Ausweg, sie im Dunkeln, heimlich, auszuleben, allein mit mir. Ich wurde zum Gewohnheitsonanierer, besonders nachdem ein paar halbherzige Experimente mit Nutten überaus kläglich gescheitert waren: ich bekam bei ihnen keinen mehr hoch. Mein Appartement in Los Angeles wurde ein Masturbationsschlachtfeld und zugleich eine einträgliche Adresse für jedweden Porno- und Sexartikelversand, meine Schränke füllten sich mit Magazinen, Fotoserien, Tonbändern und Filmen. Einmal besorgte ich mir sogar eine aufblasbare Plastikfrau, die aber gleich bei der ersten Benutzung zerplatzte.

Aber im Grunde war es kein lustiger, eher ein gefährlicher, schizophrener Zustand. Das schlechte Gewissen darüber, dass ich mich insgeheim so schamlos befleckte, ließ mich nach außen umso strenger und weißer auftreten. Ich wurde ein gefürchteter Anwalt bei den Prozessen, die man mir überließ, hauptsächlich

Scheidungssachen und kleinere Wirtschaftskriminalität, meine Kontrahenten hatten keine Chance. Trotzdem gelang mir die geplante glanzvolle Karriere keineswegs, meine Unbedingtheit und Härte hatten gar kein Ziel und erschöpften sich auf der Stelle. Nur der Name der Mastertons, dem ich mich verpflichtet fühlte, brachte mich in eine relativ gute Position und hielt mich auch darin. Aber dem folgte nichts, ich besaß nicht diese aufmerksame Wendigkeit, nicht die angenehme Biegsamkeit, um weiter und höher zu gelangen. Ich war nur korrekt, ein penetrant korrekter Erfüller der Funktion, die man mir zugewiesen hatte, voller unumstößlicher Prinzipien, doch ohne Verve, Elan und Habichtsschwingen. Mein Ehrgeiz reichte nur so weit, wie ihm der Weg vorgezeichnet war. Und das genügte nicht.

Brief 4

Manchmal versuche ich mir vorzustellen, Alma, ob jemand ein Leben, wie ich es führte, tatsächlich bis zum Ende durchhalten kann, ungebrochen, zweifelsfrei, in dieser tödlichen Kluft zwischen Innen und Außen, ohne dass sein Ich jemals zum Zuge käme.

Vermutlich hält es niemand auf Dauer durch; und wer es nicht schafft, sich zu retten und die Kluft zu überbrücken, der krepiert wahrscheinlich frühzeitig an Krebs oder landet in der Irrenanstalt. Ich wüsste gern mal die jährliche Quote der Krebstoten und die Belegzahlen der Psychiatrie.

Diese beiden grauenvollen Perspektiven habe ich übrigens schon sehr früh gespürt, die immense Angst vor ihnen war das Hauptmerkmal meiner letzten weißen Jahre. Wahnsinnig oder von Krebs zerfressen zu werden – andere Alternativen sah ich nicht.

Meine schlimmste Zeit. Alles spitzte sich zu. Angst rund um die Uhr, vor Krankheiten, Überfällen, Unfällen, Angst zu vertrotteln, auszuflippen, zu sterben, Angst vor dem Alleinsein, vor der Gemeinschaft.

Ich stürzte mich in psychologische Literatur (zum Psychiater traute ich mich nicht), aber fand darin nur zahllose Krankengeschichten, mit denen ich mich mühelos identifizieren konnte. „Eine ausgebliebene Vater-Mutter-Bindung, ergänzt durch kulturellen Identitätsverlust" hatte meine Sozialisation verhindert, ich lebte asozial und beziehungslos, in verkrampfter, verknoteter Frustration, all meine Lust-, Wärme-, Austauschbedürfnisse blieben unerfüllt. Hinzu kamen in schöner Regelmäßigkeit die Sensationsnachrichten von täglich neuentdeckten krankheitserregenden Substanzen, in den Nahrungsmitteln, den Baustoffen, der Kleidung, in Luft und Wasser. Wo ich auch hinsah: Gift, Müll, Dreck, innen, außen, überall. Und kein Gegenmittel. Wer seinen Kummer ersoff, ging kaputt, wer sich mit Drogen betäubte, ging kaputt; wer im vollen Leben mitmischte, den erwischte der Stress des vollen Lebens, wer sich verkroch, den machte der Stress der Leere fertig. Wer krank wurde, schluckte Pillen, und die Pillen erfanden eine neue Krankheit. Wer sich anpasste (wie ich), schrumpfte zu einem belanglosen Nichts, wer sich nicht einfügte, geriet ins Abseits und wurde klein gemacht.

Zwar entstanden da bei mir die ersten Fragen nach den Ursachen, nach dem gesellschaftlichen, politischen Hintergrund. Aber die wenigen Antworten, die ich fand, lieferten mir keinerlei Handhabe, um die eigene Situation zu ändern, im Gegenteil: errichteten nur eine weitere, noch engere Wand um mich, gegen die anzugehen mir ebenso vergeblich erschien wie gegen jede andere. Irgendwie spürte ich genau, dass meine Lage immer unhaltbarer wurde, nur fehlten mir die Mittel, mich daraus zu lösen.

Insofern kam das Erdbeben im August '72 tatsächlich einer Erlösung gleich, übermenschliche Methoden waren nötig, um meine weiße Fassade, die zu einem Gefängnis meiner vitalen Rechte geworden war, endlich aufzubrechen.

Ich habe nie an einen Gott geglaubt, aber als an diesem Abend der 12. Stock unter meinen Füßen zitterte, ruckte, ächzte, begleitet von einem dumpfen, tiefen Grollen und dem Zerscheppern der Bilder, Vasen, Gläser und Flaschen, da erinnerte ich mich mit Schrecken an den Großen Geist, von dem mein Großvater mir als Kind erzählt hatte. Mir war als schüttele er das riesige Haus zwischen seinen Händen, voller Unmut darüber, dass ich dieses kleine Stück von ihm, das ich in mir trug, so elend missachtete. Und zum ersten Mal in meinem Leben betete ich, bettelte ihn an, mich nicht sterben zu lassen, nicht jetzt, nicht so, argumentierte, dass mein Tod in diesem Augenblick doch sinnlos sein, weil mein Leben bisher ja noch garkeinen Sinn gehabt habe, und versprach, mich unverzüglich zu bessern, wenn er mich nur verschone. Als das Beben nach ein paar

Sekunden verebbte, war meine Wohnung ein Trümmerfeld. Aber die Wände standen noch und trugen die Decke, und ich lebte noch. Hastig packte ich im Dunkeln einen kleinen Koffer mit Wäsche, Papieren und Geld und rannte durch das dunkle Treppenhaus zwölf endlose Stockwerke hinab auf die Straße.

Draußen drängten sich die Menschen – in Schlafanzügen, nackt oder nur in Mänteln – zu den Parks hin, von den Häusern weg. Der ganze Stadtteil lag im Dunkeln, der Strom war ausgefallen. Manche weinten, einige jammerten hysterisch, die meisten waren stumm vor Entsetzen. Sirenen von Polizei- und Krankenwagen heulten durch die Nacht, sie kamen auf den verstopften Straßen nicht weiter.

Noch immer an allen Gliedern bebend suchte ich mir, wie alle, einen Platz im Grünen, stand unschlüssig herum, kam mit den Leuten ins Gespräch, staunte über die Mütter, die ihre Kinder versorgten, und half einer Familie, die sich eine behelfsmäßige Unterkunft aus Decken und Campingsachen herrichtete.

Jemand reichte mir ein Sandwich, ich bedankte mich mit einer Zigarette, gab Feuer und erkannte – Larry. Sofort brach ich in Tränen aus und fiel ihm um den Hals. Seit er '69 das Studium hingeschmissen und sich in eine Landkommune abgesetzt hatte, war jeder Kontakt zwischen uns ausgeblieben. Sachte nahm er mich nun bei der Hand und führte mich in eine abgelegene, ruhigere Ecke des Parks. Er hatte dort an einem Baum ein Zelt aus Ästen und Decken aufgeschlagen, nach Art der Indianer. Davor flackerte ein kleines Feuer, darüber hing an einer Stange auf zwei Astgabeln ein Topf mit heißem Kaffee. Gwen, Larrys Freundin, hockte daneben auf dem Boden und reichte uns, als wir uns setzten, zwei dampfende Becher.

Dann erst sprachen wir. „Ich gehe nicht mehr zurück", sagte ich und schaute zu den Häusern hinüber. Larry sah mich an und nickte. „Wozu auch?", fragte er grinsend, „Es geht ja sowieso alles kaputt."

Am nächsten Morgen erfuhren wir aus dem Radio, dass das Beben harmloser verlaufen war als wir angenommen hatten. Nur ein paar ohnehin abbruchreife alte Häuser im Norden der Stadt waren eingestürzt, es gab keine Verletzten, bloß ein paar Herzattacken und einen Haufen Autounfälle. Und bei meiner Wohnung, als einziger im Haus, brach nachmittags noch die Decke ein, ein Baufehler, wie man später feststellte.

Ich blieb vorerst bei Larry, er wohnte mit Gwen in einem Holzhaus etwas außerhalb. Sie waren von dem Beben während eines Besuchs bei Bekannten überrascht worden.

Schon eine Woche später nahm er mich zu einer Versammlung des AIM mit,
ein Bericht stand an, eine Apachin sollte erzählen, wieweit die Vorbereitungen
für die Überlebensschulen gediehen seien. „Eine tolle Frau", kündigte Larry mir
an, und da hatte er Recht, das bist du, Alma.

Sioux Falls, 8. Sept. 1973

Liebe Alma,

Larry ist gerade hier. Er erfuhr, dass ich in den nächsten Tagen, vielleicht noch
heute, in den Gemeinschaftstrakt verlegt werde. Offenbar steht meine Entlassung an, würde mich freuen, deinetwegen. Andererseits hätte ich gegen ein
paar zusätzliche Solo-Tage nichts einzuwenden gehabt, denn ich bin ja mit meinen Erinnerungen noch nicht ganz fertig. Und Larry deutete an, dass die Arbeit
während meiner Abwesenheit nicht weniger geworden sei (wie seltsam!), ich
hoffe, du hilfst mir. Aber Unsinn, du hast ja genug Eigenes zu tun, zum Beispiel
meine dicken Briefe lesen, nicht? Werden wir darüber sprechen? Würde mich
interessieren, ob du mit meiner Selbstbespiegelung etwas anfangen kannst.
Und überhaupt: Was ist mit dir? Deine Geschichte möchte ich auch erfahren,
hörst du, ich muss doch wissen, wem ich meine Geheimnisse anvertraue! Aber
natürlich weiß ich das längst, auch ohne Psycho- und Soziogramme.

Gott, Alma, wie durcheinander ich bin! Wahrscheinlich nur, weil ich mich so
sehr auf dich freue. Ich kann mir gar nicht vorstellen, wieder bei euch zu sein,
es macht mich nervös wie mich als Kind Weihnachten nervös machte (White
Christmas!). Ich bin doch froh, hier raus zu kommen, das Schreiben lohnt den
Knast nicht. Darum höre ich jetzt auf und packe nur noch meine Küsse in das
Kuvert, Larry wird dir beides überbringen. Wir sehen uns morgen oder übermorgen oder überübermorgen,

John

Sehr verehrter Herr Masterton!

mit Bedauern muss ich Ihnen vom Ableben Ihres Adoptivsohns John Harlan Masterton, Sohn des Ted Blake und der Maria Santee, Nachricht geben.

Wie Ihnen bekannt sein wird, befand er sich im Rahmen der Untersuchungen gegen den harten Kern des AIM in Nachfolge der Ereignisse um Wounded Knee vom März dieses Jahres in unserer Anstalt. Aus Gründen des Schutzes Dritter nahmen wir ihn in den Isolationsvollzug, gaben aber am 8. dieses Monats dem letzten seiner zahlreichen Anträge auf Aufhebung der Einzelhaft statt und verlegten ihn in den Gemeinschaftskomplex. Ich muss nicht betonen, dass wir diese Entscheidung aus humanitären Gründen trafen, Ihnen als Anwalt werden unsere Bemühungen um eine Reform des Strafvollzugs geläufig sein. Leider entschieden wir in diesem Fall falsch. Noch am Abend seiner Verlegung zwang ihr Adoptivsohn seine drei Mitgefangenen in eine polemische Diskussion über das Indianerproblem; als sie ihr Desinteresse bekundeten, griff er den Gefangenen Joshua Walter tätlich an, verletzte und würgte ihn; im letzten Augenblick gelang es Walter, sich zu befreien, allerdings stürzte Blake dabei so unglücklich auf eine Bettkante, dass er infolge Genickbruchs auf der Stelle starb. Die medizinische Hilfe, die ihm sofort zuteil wurde, blieb ohne Erfolg. Zu Ihrer Einsicht lege ich diesem Schreiben den Obduktionsbefund, die beeidigten Aussagen Walters und der beiden Mitgefangenen Clark und Highsmith sowie den amtlichen Totenschein bei. Blake wurde am 12. um 04.30 pm im hiesigen Krematorium eingeäschert, seine Urne um 05.30 pm auf dem Methodisten-Friedhof von Sioux Falls beigesetzt, wir hoffen, damit in Ihrem Sinn gehandelt zu haben.

Die Einleitung einer Untersuchung gegen Walter erübrigt sich aufgrund der Unterlagen, wie Sie sicher einsehen werden.

Ich weiß, dass die Betreuung und Aufzucht adoptierter Kinder äußerst schwierig und mühsam ist, und umso mehr bedauere ich, dass Ihre Mühe nicht den Lohn fand, den sie verdient hätte. Ich hoffe jedoch, es ist ein Trost für Sie, dass Blake nicht Ihr leiblicher Sohn war, und verbleibe hochachtungsvoll, Ihr

i.A. ...

Staatsgefängnis von South Dakota
Sioux Falls, 15. Sept. 1973
Der Direktor
(An den Bezirksrichter)

Lieber ...,

die Sache mit Blake ist erledigt, es klappte reibungslos. Jetzt bist du an der Reihe. Ich habe Walter, Clark und Highsmith Freisprüche für ihre Verhandlung nächste Woche zugesagt, faktische, d.h. Clark und Highsmith wären schon zufrieden, wenn sich der Strafspruch mit ihrer U-Haft deckte, Walter musst du allerdings die Absolution erteilen, damit er ein paar Dollar Entschädigung bekommt. Er hat sie verdient, denn sie mussten ihn übel zurichten, damit es glaubhaft wirkte. Ich hoffe, du machst keine Schwierigkeiten, vergiss mal deine juristische Moral und versuch es mit der Gerechtigkeit. Sicher, die drei haben eine Frau vergewaltigt und halbtot geschlagen. War es nicht eine Negerin? Aber wir sind auch diesen Indianer los, bedenke das, er hätte uns mit Sicherheit noch eine Menge Ärger bereitet, mit seiner weißen Ausbildung. Ich habe übrigens seinem Vater einen rührigen Brief geschrieben. Er ist ein Weißer. Du siehst, ich tue was ich kann, jetzt erledige du deinen Teil,

God bless America, dein ...

(1983)

Lena oder **Erste und letzte Dinge**

Es war nicht mehr aufzuhalten. Auch sein Traum hatte ihm das klargemacht, mit einem körperlosen Schmerz, der in seinem Kopf saß, als er die Augen aufschlug. Gern hätte er das Erwachen verschoben, auf einen glücklicheren Moment, in dem er den Dingen vielleicht gewachsen sein würde – wenn er auch wusste, dass man im Schlaf nicht wuchs und der Traum die Wirklichkeit nicht veränderte. Trotzdem wäre er diesem Tag gern entgangen.

Er schob sich bis zur Hüfte aus dem Schlafsack und setzte sich. Einen Steinwurf vor ihm lag das Meer wie eine glatte, faltenlose Folie in der grauen Dämmerung. Ein paar Möwen segelten träge darüber hinweg, und sehr weit draußen klebten vereinzelte kleine Boote in der matt schimmernden Fläche. Die kühle Luft roch salzig und modrig.

Auf der staubigen Küstenstraße in seinem Rücken, etwas oberhalb des Strands, dröhnten Lastwagen in Richtung Cannes, dessen monströse Prunkbauten sich fernab am Ende der Bucht düster aus dem Dunst schoben.

Kant schaute zur Seite, wo Lena schlief. Sie lag ihm zugewandt, doch nur ihre Augen, ihre Stirn und ein paar Locken lugten aus dem Schlafsack hervor. Er wagte kaum, sie zu betrachten, fast schien es ihm ungehörig, oder auch der Eindruck schreckte ihn, wie falsch es war, dass sie dort lag, neben ihm, so nah, dass er sie hätte berühren können. Gern hätte er sie angefasst und gestreichelt. Doch das war das Unmöglichste von allem. Sie mochte nicht von ihm berührt werden. Das war alles.

Plötzlich glitt ein Schatten über ihr Gesicht, beinah zornig presste sie die Lippen aufeinander und drehte sich zur anderen Seite. Selbst im Schlaf wendet sie sich von mir ab, dachte Kant und fühlte wieder das ganze Elend der letzten Tage.

Er begriff es nicht, das war das Schlimme daran. Vielleicht hätte er nicht mitfahren sollen. Aber es wäre nur ein Aufschub gewesen, irgendwann hätte Lena bestimmt herausgefunden, wie es um ihn stand. Du hast mich betrogen, hatte sie ihm gestern gesagt, bei dieser unseligen Unterhaltung in dem scheußlichen Bistro in Nizza. Ich dachte, endlich mal ein souveräner, klarer Typ, hatte sie gesagt, und dann sowas! Ein paar nette Tage in Frankreich hatte sie gewollt, nicht mehr, mit einem Freund, unkompliziert, lustig, entspannend. Surfen,

Schwimmen, Sonnenbaden. Und dann kam er mit seiner Liebe. Und benahm sich wie ein Kind, als er bemerkte, dass Lena nicht entflammt war. Nein, er war nicht ihr Traummann, gewiss nicht. Aber war das ihre Schuld? Und musste er darum gleich zusammenbrechen? Schon bei der Anfahrt?

Tatsächlich war es grotesk. Vorigen Mittwoch hatte sie angerufen und gesagt: Ich will ein paar Tage nach Frankreich, fährst du mit? Und in fremder Spontaneität hatte er gesagt: Ja, gern – weggeschwemmt von einem plötzlichen Hochgefühl, das für klare Gedanken keinen Platz ließ. Denn bedeutete ihr Angebot nicht, dass auch sie ihn liebte, ganz unerwartet? Er hatte darauf gehofft, ja, doch nie damit gerechnet, in den kühnsten Träumen nicht. Und nun wollte sie mit ihm nach Frankreich, mit ihm, nicht mit Mac, nicht mit Frank oder Uwe, nein, mit ihm: Kant. Ihn hatte sie erwählt, trotz seiner mannigfachen Handicaps, trotz der Halbglatze, trotz seines glanzlosen Alltags, trotz seines kaputten Lebens. Also musste etwas an ihm sein, das selbst einer Göttin wie Lena Eindruck machte. Sie musste ihn e r k a n n t haben, wie er sie, den eigentlichen, inneren Wert.

Und mit einem Mal, innerhalb von Sekunden, bahnte sich in Kants Kopf Zukunft an, und nicht allein für zwei Wochen Frankreich (Provençe oder Côte d'Azur), nein, sie reichte weiter, sehr viel weiter, bis in die Unendlichkeit hinein, denn da er nun Lenas Liebe sicher war, würde es kein Ende mehr geben können. Seine stand ja außer Frage, was wollte man mehr?

Und auch anderes würde sich nun ergeben, bislang Missglücktes, das Geldverdienen etwa. Denn natürlich würde er wieder schreiben, auch malen, vielleicht noch ein bisschen Musik und Theater, wer weiß, zu zweit war alles möglich, selbst eine bescheidene Karriere (wenn man wusste, wofür). Nie beachtete Perspektiven entstanden jählings, ja, allen anderslautenden Gerüchten zum Trotz war die Welt noch zu erobern, der Dornröschenschlaf vorüber, das Tor zum Paradies erneut geöffnet. Nun, da Lena ihn liebte, waren alle Hindernisse fortgeräumt. Auch ihrer körperlichen Begegnung würde nun nichts mehr im Weg stehen, wonach er sich sehnte, seit er sie kannte. Denn war ihr Angebot, mit ihm zu verreisen, nicht zugleich auch Ausdruck ihres Wunsches nach Vereinigung mit ihm, im Bett, nach soviel platonischer Union?

Kurz: Kant hatte nichts verstanden, weder Lena noch sich selbst, jetzt war es ihm klar. Allerdings hatte er sie gewarnt, telefonisch: Wahrscheinlich bin ich nicht der ideale Begleiter für einen sonnigen Urlaub im Süden. Überleg es dir, hatte sie gesagt, es macht nichts, wenn du nicht willst, ich fahr auch allein. Wäre vielleicht besser, hatte er geantwortet, wenngleich in der Hoffnung, sie würde energisch auf seiner Begleitung bestehen. Aber sie hatte es akzeptiert, Okay, nur sag meinen Eltern nichts davon, dann bekäm ich den Wagen nicht. Dieser Hinweis veränderte nun wieder alles, denn daran hatte Kant nicht gedacht, wie riskant ein Urlaub auf eigene Faust für Lena sein könnte, Hunderte Kilometer entfernt, in einem fremden maskulinen Land. Wenn nun etwas Schlimmes geschah? Unfall, Vergewaltigung, Mord? Sie war erst neunzehn.

Er rief sie an. Ich fahre mit, sagte er.

Schon eine Stunde hinter Köln war er der Verzweiflung nahe. Es war ein Irrtum. Lena wollte Frankreich, nicht ihn. Seine Euphorie war eine Täuschung gewesen. Und auch Lena hatte er getäuscht, indem er ihr vorspiegelte, dass es auch ihm nur um Frankreich ginge. Von seiner Liebe hatte er nicht gesprochen. Aber nun, während der unaufhaltsamen Fahrt, sah er sich außerstande, den Schein aufrecht zu erhalten. Den er darzustellen beabsichtigt hatte, den Liebenden, den wollte sie nicht; und den sie wollte, den konnte er nicht darstellen. So oder so: er würde versagen, das fühlte er deutlich, doch konnte das Gefühl nicht ertragen, denn wenn Lena es bemerken würde, würde er sie verlieren. Sie schätzte Versager nicht. Und sie würde es bemerken, auch das wusste Kant, es ließ sich nicht verbergen.

Stück um Stück, mit jedem Kilometer, gewann seine ohnmächtige Verzweiflung etwas Wahnhaftes hinzu. Schon fühlte er sich wie auf einem Richtplatz, zur Urteilsvollstreckung vorgeführt, in Ketten, entkleidet, nackt, ohne Chance zur Flucht, ohne Versteck und Deckung. Und Lena, die allwissende Göttin, war sein Richter, sein Henker, die ihn in seiner ganzen missratenen Blöße erlebte. Er schrumpfte vor ihrer Anwesenheit, wurde kleiner und kleiner, so als fiele unter ihren Blicken seine ganze Geschichte von ihm ab, nichts blieb von ihr, weil nichts von ihr wert war zu bleiben, und kein fiktives inneres, eigentliches Wesen machte den Verlust wett, nichts, womit er Lena hätte gewinnen können, um sein Leben zu retten.

Es war die pure Gegenwart, so empfand es Kant, allen Beiwerks beraubt, und mit entsetzlicher Deutlichkeit sah er sein Scheitern in ihr. Es traf ihn völlig unvorbereitet, nichts hatte er, um sich vor der plötzlichen Wahrheit, die ihn mit ihrer ganzen Kraft packte, zu schützen.

Du hast dein Leben nur geträumt, Kant, hielt sie ihm nun vor, nie warst du zur Stelle. Entweder träumtest du von Vergangenem, von deinen längst vergessenen Heldentaten, deinen Büchern, deinen Bildern, deinen Gedanken. Oder aber du träumst von dem, was noch kommt, von deinen künftigen großen Heldentaten, von noch herzustellenden Büchern, Bildern und Gedanken. Aber das Heute hast du immer überschlagen, hast dich davongemacht und noch gewundert, dass du nichts Maßgebliches erlebst, nicht einmal die große, seligmachende, immerwährende Liebe, die du doch für den Schlüssel hältst zu allem Lebenswerten. Wer denn sollte dich lieben können, wo du doch garnicht vorhanden bist im Hier und Jetzt und nichts von dem, was hier und jetzt zu erledigen wäre, schaffen könntest? Was denn könntest du irgendwem geben, um berechtigt zu sein, Liebe zu empfangen?

Zwanghaft lauschte Kant auf das, was er für Wahrheit hielt, für den zweifelsfreien Spruch einer übergeordneten Instanz, die ihm den Spiegel vorhielt. Und je weiter sie in ihrem Urteil gelangte, umso heftiger wurde zugleich die Strafe wirksam: sie bestimmte ihn dazu, ein Kind zu sein, jedoch ein Kind in einem erwachsenen Leib, behaftet also mit aller Schuld des Erwachsenen, kurz: ein Krüppel, ein Gnom – was die Situation noch unhaltbarer machte; ein hässlicher, abstoßender Krüppel, zurückgeblieben, unansehnlich, hier neben Lena, der wunderschönen, der erwachsenen, der wunderschön gewachsenen Frau ... Wer würde da nicht den Kopf schütteln? Lena mit einem Krüppel an der Côte d'Azur? am blauen Meer? in der strahlenden Sonne?

Nein, auch Kant schüttelte den Kopf, jener Rest von ihm, der wahrnahm, was mit ihm geschah. Aber der Krüppel Kant konnte die Wahrnehmung nicht nutzen, denn er war ja ein missratenes Kind, das jetzt eigentlich eine Mutter brauchte, die ihn an der Hand nähme, die ihn durch diese Krise hindurchgeleitete und tröstete, Klein-Kant. Und Groß-Lena war das nicht, war nicht seine Mutter, konnte das auch nicht leisten, nicht einmal ersatzweise, schließlich war sie auf dem Weg in die Ferien, und außerdem bemerkte sie bis kurz hinter Mulhouse nicht, dass mit Kant etwas nicht stimmte. Wie hätte sie es auch bemerken sollen, da er sich nicht äußerte. Schweigend und etwas ungelenk saß er neben ihr auf dem Beifahrersitz und starrte zum Fenster hinaus.

Erst als er sie am Steuer ablöste, fiel es auf. Er stellte sich ungeschickt an beim Fahren, schaltete nervös und falsch, ließ die Kupplung flitschen, fuhr einmal zu langsam, dann wieder zu schnell, überholte in halsbrecherischen Lagen oder zockelte eine halbe Stunde lang mit 60 auf freier Straße hinter einem Lastwagen her. Lena wurde unruhig. Was ist los? fragte sie. Nichts, fuhr er sie mit grimmigem Gesicht an, Was soll los sein? Sie schwieg und wartete, vielleicht musste er sich an den fremden Wagen erst gewöhnen. Dann fuhr er in einem kleinen Alpennest mit 100 über eine rote Ampel. Pass doch auf! rief sie erschrocken, und mit schweißnassem Gesicht brüllte er, dass er seit zehn Jahren Auto fahre, sie habe damals in der Volksschule lesen gelernt!
Daraufhin sprach auch Lena nicht mehr, rauchte stattdessen eine Zigarette nach der anderen, was Kant mit Entsetzen registrierte, das Unglück nahm also seinen Lauf, und es half nichts, dass er sich ein „Entschuldigung" abquälte, Lena reagierte nicht, übernahm vielmehr an der nächsten Tankstelle, während er auf dem Klo saß, wieder das Steuer – was Kant zwar erleichterte, doch andererseits war es ein schlagender Beweis seiner Untauglichkeit, nicht einmal also das Fahren konnte er ihr abnehmen, sie fuhr *ihn* nach Frankreich, nicht *mit* ihm.
Noch mehrmals versuchte er im folgenden, sich wieder aufzubauen, schwang sich mit Überwindung erneut auf den Fahrersitz, aber immer rascher musste er aufgeben, wollte er sie nicht beide in den Tod chauffieren.
Klein-Kant war eben diesen Dingen nicht gewachsen, der Technik, der Straße, den Verkehrszeichen, dem Leben, beide wussten nun, wie es stand, folglich konnte er sich das Spielen schenken, brauchte sich nicht länger zusammenzureißen, die Sache war gelaufen, er hatte Lena verloren, das war klar, und nur durch ein Missverständnis saß sie noch neben ihm, oder er neben ihr, in diesem rollenden Schuldturm, sie hatte ihn erkannt, ja, als der scheußliche Krüppel, der

er war, nun konnte er sich ungehemmt seiner Verzweiflung überlassen, seinem wildwütigem Glück der Verzweiflung, immer ein Fremder, immer ein Zuschauer, ein Beifahrer, wenn ihm auch die poetische Verbrämung misslang.

Bemerkenswert waren noch die Pausen, die sie einlegten, halbstündig in irgendeinem Café an der Straße, einem Bistro, einer Gaststätte. Da blühte Kant beinah auf, denn da kannte er sich aus, sitzend, kaffeetrinkend, redend, da gewann er seine Fassung annähernd wieder, war Lena nicht länger so grässlich unterlegen, bemühte sich auch, ihr seinen Zustand zu erklären, erleichtert, dass er endlich Worte dafür fand, und seine vertrauten Worte ließen ihn fast glauben, er habe die Misere überstanden. Und auch Lena schien es so, vielleicht würde es ja doch noch gelingen, und frohgemut setzten sie jedesmal die Fahrt fort und wussten doch nach wenigen Minuten, dass nichts geschafft und überstanden sei, denn sogleich war Kant wieder der kleine Krüppel, das Auto transportierte die Wahrheit, die Pausen waren der Schein, und es nutzte nichts, dass er Lena immer häufiger drängte, irgendwo anzuhalten und einen Kaffee zu trinken. Dem Schicksal war nicht zu entrinnen, selbst wenn sie, der zahllosen Stopps wegen, die azurne Küste erst in drei Jahren erreichen würden.

Die zweite Hälfte der Strecke steuerte Lena allein, bleich, übermüdet, nur noch der Straße verbunden und dem Ziel, während Kant, zur Winzigkeit geschrumpft, dahindämmerte. Kein Wort mehr fiel zwischen ihnen, Hinweise auf die üppige Pracht, durch die sie rasten, verboten sich, sie waren ja Feinde, bis auf den Tod, gnadenlos zueinander verurteilt. Also hatte auch Lena Schuld auf sich geladen, dachte Kant plötzlich, und nüchtern konstatierte er, dass auch ihr Fahrfehler unterliefen; hämisch wies er sie darauf hin, und seine unerwartete Bosheit verwirrte sie.
Im übrigen hätte er es nur sinnvoll gefunden, wenn sich der Wagen unter der unerträglichen Spannung in seinem Innern selbständig gemacht und ein anderes Ziel gesucht hätte – eine dieser herrlichen provencalischen Platanen etwa oder eine dieser jäh abfallenden Schluchten beidseits der malerischen, engen Passstraße. Es hätte noch etwas von Größe gehabt, dachte er, im Tod vereint, Lena und er, ihr Blut mit seinem vermischt, ihre Asche und seine Asche, allen

verlegen Hinterbliebenen ein Anlass zur Legendenbildung: die heimliche Liebe, von der niemand wusste, die Hochzeitsfahrt in den blühenden Süden, Auftakt zu gemeinsamem Lebensglück, und schließlich die tragische, vorzeitige Vollendung im absurden Tod. Niemand hätte je die Wahrheit erfahren.

Es hätte etwas gehabt, ohne Zweifel, etwas Bedeutsames, und Kant hätte es gefallen, zumal in dieser Landschaft, die einst die Troubadoure durchzogen, in glühender Verehrung ihrer hohen, unberührbaren Damen, entsagend, unglücklich, aber aus ihrem Unglück glühende Verse schmiedend, die dem prallen, wahrhaftigen Licht, das der Mistral mit sich trug, standhielten.

Kant allerdings war kein Troubadour, ebensowenig brachte er werbende Verse zustande – und Lena fuhr den Wagen keineswegs in eine Schlucht, sondern geradewegs nach Monte Carlo, das am späten Abend wie eine Märchenstadt dalag, edel, nobel, lichtdurchtränkt, limousinenbefahren, von erfolgreichen, gesunden, schönen Menschen bewohnt. Und Lena passte hierher, fand Kant, aber seine Anwesenheit hinderte sie, mit ihresgleichen Kontakt aufzunehmen, also weiter nach Nizza, doch auch dort soviel Wärme, Leuchten und Menschlichkeit, dass Kant in den Boden zu versinken wünschte, weil er Lena's Wagen so kalt, dunkel und tot machte. Ich muss was essen, sagte Lena und hielt. Sie gerieten in ein schäbiges Touristenlokal, unfreundliche, barsche Bedienung, scheußliches Essen, lange schweigend, nur der Wein war Frankreich und löste die Zunge, und Lena fragte: Was machen wir jetzt, du hast mich betrogen ... Und Kant, das Glas in der Hand, traf es wie ein Schlag, er krümmte sich zusammen und weinte, mitten in diesem übervollen, lauten Lokal, und schämte sich der Figur, die er machte, aber wusste nicht, was sie tun sollten, obschon er sah, dass es zuende war, und Lena zahlte, sie fuhren weiter, bis sie kurz hinter Cannes den Wagen auf einen Parkplatz lenkte, oberhalb des Strands, sie konnte nicht mehr, schließlich hatte sie seine Arbeit mitgetan.

Sie nahmen die Schlafsäcke aus dem Kofferraum und suchten sich auf dem sandigen, dunklen Uferstreifen einen Platz zum Schlafen. Gute Nacht, sagte Kant, als sie nebeneinander auf dem harten, salzausdünstenden Boden lagen, doch Lena erwiderte nichts, sie verstand nicht, dass er keine Entscheidung traf, noch immer nicht, und alles ihr überließ. Es stieß sie ab, wie er so dalag, ein hilfloses, 30-jähriges Kind, das den Mutterschoß nur scheinbar verlassen hatte, weinerlich klagend an ihren Rock geklammert, obgleich sie, Lena, gar keine Mutter war.

Als sie die Augen öffnete, weil die Morgensonne kleine Schweißperlen auf ihrer Stirn hatten entstehen lassen, sah Lena Kant mit krummen Rücken neben sich hocken, den Blick zum Meer gewandt, und sogleich stieg eine sprachlose Wut in ihr auf. Irgendwo in einem unbewussten Winkel hatte sie gehofft, er sei während der Nacht verschwunden, habe doch endlich noch eine Konsequenz aus den Ereignissen gezogen, mit einem letzten Rest von Mannhaftigkeit und Anstand. Doch er hatte nicht, war vielmehr noch immer da, noch immer wartend, ohne Rückgrat, ohne Mut, eine fleischgewordene, mitleidheischende Frage, und s i e sollte die Antwort sein, das war das Ungeheuerliche daran, s i e sollte eine Antwort finden, und die Selbstverständlichkeit, mit der er es forderte, machte sie hellwach und zornig.

Ein fettleibiger Strandläufer, der unregelmäßigen Wasserlinie verpflichtet, schwitzte vorüber, Kant folgte ihm mit den Augen, so dass sein Blick auf Lena fiel, die gerade aus dem Schlafsack kroch. Guten Morgen, wünschte er dünn und wollte noch etwas hinzufügen, irgendeine Belanglosigkeit über Wetter und Meer, als er sah, dass ihre Augen ihm zu schweigen befahlen.

Fahrig rollte Lena ihren Schlafsack zusammen und ging rasch zur Straße hinauf. Kant folgte ihrem Beispiel, trottete ihr nach auf den Parkplatz, in seinem Bauch ein Knäuel tonnenschwerer Furcht, in seinem Kopf ein Vakuum, das die Schläfen zusammenzog. Lena wartete am Wagen und trat einen Schritt zur Seite, als er herankam, instinktiv die Distanz zwischen ihnen erhaltend. Er warf einen Blick in den Kofferraum und sagte tonlos: Besser, ich bleibe hier, fahr du allein weiter. Wie in Trance zog er zugleich den unförmigen Seesack, in dem seine Sachen waren, aus dem Auto und stellte ihn neben sich auf den Boden; womit seine Energie schon erschöpft war. Es war gesagt. Schweigend starrte er Lena an.

Aber wie kommst du nachhause? fragte sie. Ich weiß es nicht, sagte er. Wieviel Geld hast du denn? fragte sie und er holte seine Brieftasche hervor und zählte. Lena drückte ihm einen Stoß Banknoten in die Hand, hier, sagte sie, das müsste reichen. Danke, sagte er.

Lena war plötzlich sehr aktiv, sie kramte ihr Notizbuch hervor und schrieb etwas auf einen Zettel, den sie ihm reichte. Das ist die Adresse von dem Campingplatz, wo ich hin will, erläuterte sie, da kannst du ja hinkommen, wenn du mit mir zurückfahren willst. Ja, sagte er, danke, obwohl er wusste, dass er dorthin gewiss nicht gehen würde.

Haben wir noch was vergessen? fragte Lena und Kant merkte, wie unruhig sie war, weil sie endlich fort wollte. Nein, sagte er. Gut, meinte sie, dann fahr ich jetzt. Ja, sagte Kant. Verlegen drückte sie ihm einen Kuss auf die Wange, Pass auf dich auf, mahnte sie. Du auch, gab er zurück. Dann stieg sie ein.

Reglos blickte Kant dem Wagen nach, bis er am Rand der Bucht um einen Hügel bog. Mühsam schulterte er nach einer Weile den schweren Seesack und kehrte mit zaudernden Schritten zu jener Stelle am Strand zurück, wo sie die Nacht verbracht hatten. Er wusste keinen anderen Ort, und der wenigstens verband ihn mit etwas, das er kannte.

Bis zum Mittag saß er am blauen Meer und erwartete seinen Tod. Eine andere Lösung sah er nicht, denn jede hätte Leben bedeutet, wozu er nicht imstande war. Lena war die allerletzte Chance gewesen. Und sie hatte ihn verlassen. Auch jetzt noch hätte sie ihn ins Leben holen können, wäre sie zurückgekehrt. Aber sie würde nicht zurückkehren, das wusste er, also musste er sterben – wenngleich er bei jedem Autogeräusch, das von der Straße zu ihm drang, mit ihr rechnete und sicher war, sie käme und erlöse ihn. Denn das alles konnte doch nicht tatsächlich geschehen sein, und er, Kant, konnte doch nicht tatsächlich mutterseelenallein an dieser fremden Küste sitzen, in diesen exotisch dekorierten Albtraum versetzt, in den er nicht gehörte und worin er, falls er nicht bald erwachte, sterben müsste.

Und doch war alles gerade so geschehen, auch das wusste er, und es war kein Traum, sondern die Wirklichkeit, und ganz wirklich saß er an diesem Fleck im Sand und wusste nicht weiter, denn Lena hatte die Zukunft mit sich genommen, seine, schließlich war sein Schicksal an ihres geknüpft. Unverrückbar war er an diesen Punkt geschmiedet, bis zum bitteren Ende, und mit einer gewissen Wollust sah er sich bereits lebendigen Leibs verwesend, oder in der Sonne vertrocknend, unmerklich seine Gestalt wechselnd, vom Leben zum Tode, bis er zerfallen, zerbröseln würde, Sand zu Sand, von den Herbststürmen ins Meer gewaschen, von der Kraft des Mondes an andere Küsten geschwemmt, in der ganzen unfasslichen Weite verteilt, überall anwesend, mit allem verbunden, allem zugehörig... eine Vorstellung von imposanter Ferne und Klarheit.

Ganz nah und ungeklärt jedoch gab es Kant noch immer, auch wenn er es kaum spürte. Er fühlte plötzlich, dass er beobachtet wurde, und aufblickend nahm er zum ersten Mal an diesem Tag etwas anderes als sich selbst wahr. Es war ein Schock, ein weiterer, denn der schmale, langgestreckte Uferstreifen quoll nun über von Menschen: sonnenbadenden, zum Meer eilenden, strandspieleabsolvierenden. Ein lärmender Strom nackter und halbnackter Gestalten, in allen Brauntönen und Strandmoden. Und Kant, fassungslos, erinnerte sich, natürlich, Cannes, weithin gerühmter Badeort, schimmernde Perle in der exklusiven Kette zwischen Monte Carlo und Saint-Tropez. Da trafen sich doch zur Sommerzeit (wer wusste das nicht) die Schönen und die Reichen, die Sportwagenfahrer, die Motorradfahrer, die Yachtbesitzer, die Villenbesitzer, all die goldenen Frauen, die goldenen Mädchen aus Film und Illustrierte. Gab es nicht jährlich ein Festival hier, mit goldener Palme? War dies nicht Europas Eldorado?, von Abenteurern und Jägern durchstreift: graubeschläften, betuchten Herren mit Einfluss? und pizbuinverkupferten, schwarz gelockten Machos mit Potenz und Muskeln?
Und er, Klein-Kant, Tod-Kant mitten darin. Ein Sterbender unter der grellblendenden Mittelmeersonne.
Und sogleich sprang ihm der kalte Schweiß aus den Poren, denn e r steckte in keinem knappen Badedress, vielmehr in Schuhen, Strümpfen, Jeans, Hemd und Jacke, an seinen riesigen, militärgrünen Seesack gelehnt – eigentlich eine Tarnfarbe, doch hier, inmitten soviel braunen, nackten Fleischs, wie ein schrilles Signal alle Blicke auf den zugeknöpften, düsteren Fremden lenkend, der er war. Entsetzt erkannte er, dass er auffiel, ein Schmutzfleck auf diesem luftig-leichten, glücklichen Gemälde. Man starrte ihn an (befremdet oder belustigt), die Leute auf den Badetüchern und Strandmatten, und andere, die vorübergingen. Ein paar Schritte vor ihm ragten drei langbeinige, barbusige Schönheiten in den blanken Himmel, wie aus einer Kosmetikwerbung, kichernd tuschelten sie über ihn und wandten sich kopfschüttelnd ab, als er sie anstarrte.

Es war demütigend und beschämend. Er war eine lächerliche Figur, musste Kant zugeben, wenigstens für diese Leute, die nicht in ihn hineinsehen konnten, in sein gebrochenes Innere. Aber war dieses Innere weniger lächerlich? Gab sein Leid ihm irgendeine tiefere Bedeutung, ein Gewicht, das er der Gewalt der Außenwelt entgegensetzen konnte? Nichts dergleichen fühlte er, und bald würde man mit dem Finger auf ihn zeigen, wie auf einen neurotischen Affen im Zoo. Sehnsüchtig wünschte er sich seine vorige Abgeschiedenheit zurück, wünschte, wieder in sich und seiner Misere verschwinden zu können, womit auch die Welt, die ihn so gnadenlos entlarvte, wieder verschwände.

Aber es gelang ihm nicht. So ungebrochen auch der Schmerz über den Verlust Lenas in ihm saß, war er doch nicht länger stark genug, die Welt aus Kants Wahrnehmung wegzublenden. Sie war mächtiger als er.

Also musste er sich ihr stellen, ging ihm durch den Kopf, und diese Einsicht, weil sie etwas von ihm forderte, ermutigte ihn für Augenblicke. Dann erinnerte er sich, dass es Lenas Worte waren, die er gedacht hatte. Man muss sich den Dingen stellen, hatte sie einmal nachdenklich geäußert, auf irgendeiner Sommerwiese im Kölner Stadtwald, auf dem Bauch liegend, einzelne Grashalme sanft zwischen ihren Fingern streichelnd. Ich müsste jetzt auf dieser Wiese solange liegenbleiben bis ich sie verstehe, hatte sie geflüstert, dann wäre alles geschafft. Und Kant, jedesmal von der Selbstverständlichkeit, mit der sie die ungeheuerlichsten Wahrheiten aussprach, befremdet und angezogen zugleich, hatte halb scherzend gefragt: Und was machst du in einer Betonlandschaft?, sofort von der eigenen Kleinlichkeit beschämt.

Jeder Gedanke, den er dachte, führte ihn zu Lena zurück und hin zu seinen Schmerzen. Sich den Dingen stellen! höhnte er waidwund in sich hinein, war es das wirklich? Hatten sie das etwa heute morgen getan, auf dem Parkplatz? Sie geht, er bleibt, Trennung unter Palmen, eine Sache des Überlebens, sie stellt sich den Dingen, er stellt sich den Dingen ... doch den Dingen war es gleich, das eine wie das andere, und das Leben ein einziger Witz, schwierig nur, das Lachen zu lernen, während die Tränen die Kehle hinab aufs Herz klatschten, plopp, plopp, Klopfzeichen an einer Tür, aber sie hatte keine Klinke, kein Schloss, nie und nimmer zu öffnen –

Ingrimmig überfiel ihn die Erinnerung, und minutenlang dachte er: Leck mich am Arsch! Leckt mich alle am Arsch! Alle! Lena, die Sonne, das Meer und Frankreich und Cannes und auch die tausend Brüste an diesem Strand und die knackigen Ärsche und diese kichernden Gesichter, leckt mich! Ihr könnt mich alle, mit eurer Wahrheit und euren Lügen, mit eurer Wirklichkeit und euren Träumen, mit euren goldenen Palmen, euren goldenen Pimmeln, euren goldenen Geldsäcken! Leckt mich!

Eine brennende Welle Zorn rollte durch ihn hindurch, und hätte ihn jemand nach der Uhrzeit gefragt, er hätte ihn vor Traurigkeit verprügelt.

Stattdessen brauchte er eine Zigarette, es traf ihn wie eine Erleuchtung, seit dem vergangenen Abend hatte er nicht mehr geraucht, und die Vorfreude ließ ihn hastig die Taschen seiner Jacke durchwühlen, dann den Seesack, bis ihm einfiel, dass er die Schachtel in Lenas Wagen hatte liegenlassen. Vor Wut hätte er nun schreien mögen. Nichts schien ihm in diesem Augenblick niederträchtiger als der Umstand, dass er hier ohne Zigaretten saß, auch das noch! Nicht genug, dass Lena ihm sein Leben und seine Zukunft gestohlen hatte, nein, sie fuhr auch noch seine Zigaretten mit sich herum, ganz selbstverständlich, denn wozu brauchte er sie noch, wenn er ohnehin sterben würde, wie!? Noch in seiner Erregung erheiterte ihn das Abstruse seiner Aggression, und er begann zu ahnen, dass die Welt ihm wieder näher rückte, oder er ihr. Seine Gewohnheiten, seine Süchte zogen ihn zum Boden zurück, nur dort konnte er ihnen folgen. Sofort empfand er das dringende Bedürfnis, einen Kaffee zu trinken, auch darauf hatte er heute verzichten müssen. Ebenso fehlte ihm plötzlich das Frühstück, es war fast schon Mittag, und er hatte noch nichts gegessen.

(1984)

Die Legende vom Steingarten

Zu jener Zeit, da im Reich Yamato die großen Familien, die Generäle und die Priester miteinander um den rechten Glauben und die Herrschaft im Land stritten, lebte in der Hauptstadt Naniwa, nahe dem kaiserlichen Palast, die wohlhabende Familie Hojo. Der Hausherr hatte im Laufe seines Lebens durch Handel und Wandel ein beträchtliches Vermögen erworben, das er zu verwenden gedachte, um seinen beiden Söhnen Einlass in die Kreise des Hofes zu verschaffen. Doch während es ihm glückte, seinen Ältesten mit der Tochter eines verarmten Beamten höheren Ranges zu vermählen, machte der Jüngere keine Anstalten, den Wünschen des Vaters zu folgen. Ohne es an Ehrerbietung mangeln zu lassen, zeigte er doch keinen Ehrgeiz, jene Welt, die ihm die gediegene Erziehung, die er erhielt, eröffnete, auch zu betreten. Selbst die ausgedehnten Reisen, die Herr Hojo ihm ermöglichte, vermochten nicht, seine Lebensgeister zu wecken. Und so heftete sich allmählich ein Schatten an ihn, der Schatten des Suchenden, und dies wurde auch sein Name: Zencho, der Schatten.

Er selbst bemerkte dies alles wohl und dachte bei sich: ‚Es ist wohl wahr, dass ich suche, doch nur, weil ich bisher nicht fand, was mir bestimmt ist. Die Spiele jedenfalls, die man mich lehrte und die alle als den Inbegriff ihres Lebens zu betrachten scheinen, sind mir nicht bestimmt, nicht Eigentum, nicht Macht, nicht Familie'. Also beschloss er, auf seine Stunde zu warten.

Die schien gekommen, als vom Reiche Mimana Mönche des Gotama in Naniwa erschienen und dessen Lehre verkündeten, die nicht von Eigentum, Macht und Familie sprach, sondern einen Weg zur Überwindung des Scheins wies. Zencho schloss sich ihnen an, zum Verdruss des Herrn Hojo, der wusste, dass die Jünger des Buddha die besondere Förderung des Fürsten Soga-no-Umako genossen, der mit ihrer Hilfe den alten Glauben und damit den Herrschaftsanspruch der alten Familien bekämpfte, deren Parteigänger wiederum er, Hojo, war.

Zencho jedoch kam nun die großzügige Ausbildung zustatten, die er erhalten hatte. Ohne sich darum zu bemühen, rückte er in der Hierarchie des Ordens Stufe um Stufe höher und war bald ein geachteter Meister für die Novizen und ein kundiger Unterweiser der Laien. Doch so sehr man ihn achtete, so sehr mied man ihn auch, denn noch immer klebte jener Schatten an ihm, noch immer hatte er nicht gefunden, was ihm bestimmt war; und so gewissenhaft er auch seine Aufgaben erfüllte, so erstarb doch nie diese Sehnsucht in ihm, und er vergaß nie, dass er noch immer wartete.

In seinem vierzigsten Jahr geschah es, dass man ihn mit einem persönlichen Auftrag des Fürsten Soga-no-Umako nach Ise sandte. Dort befand sich das größte Heiligtum des alten Glaubens, und die Nichte des Fürsten, die Dame Suiko, hielt sich dort seit längerem als Gast der Priesterinnen der Amaterasu auf. Zencho nun war aufgetragen, sie mit den Lehren des Buddha vertraut zu machen, ihr aber auch jene Kenntnisse zu vermitteln, die er durch seine ausgedehnten Reisen besaß.

Zu Beginn des Herbstes traf er in Ise ein, und vielleicht lag es an den vergänglichen Farben des Herbstes, die das Meer, den Himmel und die Wälder so durchsichtig machten, dass er den Ort sogleich in sein Herz schloss. Und ebenso erging es ihm mit der Dame Suiko, der er am Tag nach seiner Ankunft vorgestellt wurde. Sie war von einer Schönheit, die sich vielleicht nicht dem ersten Blick erschloss; aber Zencho, der gelernt hatte, den Schein zu durchschauen, erkannte sogleich, dass er der schönsten Frau gegenüberstand, der er je begegnet war. Es war nichts Überflüssiges an ihr, sie verbarg nichts, und ihr Inneres wie ihr Äußeres waren von der gleichen Zartheit und Kraft. Und obschon das ihrem Rang zukommende Zeremoniell sie vor den Zudringlichkeiten des Alltags bewahrte, wirkte sie auf Zencho dennoch ungeschützt und verletzbar. Und er war sich nicht sicher, ob er nicht auch an ihr den Schatten der Suchenden bemerkte, aber er verbot sich diesen Gedanken, wie auch seine Stellung ihn verbot.

So trat er seinen Dienst an, um die Dame Suiko zu unterweisen, doch traf er in ihr auf keine Schülerin, sondern auf eine Ebenbürtige, wenn nicht Überlegene; denn die Lehren des Erhabenen waren ihr längst vertraut; aber sie waren ihr ein Ärgernis, über das sie zu streiten wünschte. Keinen dieser Dispute konnte Zencho je für sich entscheiden. Und eines Tages fragte sie ihn gar: „Ist es nicht eine anmaßende Missachtung des Seins, wenn man es zugunsten des Nichtseins zu überwinden trachtet?" Zencho antwortete: „Nein, der Erhabene lehrte, dass das Sein Trug und darum die Quelle allen Leidens ist, das nur überwunden werden kann durch den Eingang ins Nichtsein."

„Doch warum existiert dann das Sein?", fragte sie weiter, „wenn doch das Nichtsein das wahre Sein wäre?" Zencho antwortete: „Es existiert kraft unseres Willens, der uns an die vergängliche Welt fesselt." Und sie fragte: „Woher aber kommt dieser Wille?" Darauf wusste Zencho nichts zu entgegnen. Doch als er in ihre wachen Augen sah, fand er die Antwort: der Wille, nach dem sie fragte, kam aus der lebendigen Kraft, etwas gestalten zu können. Und Suiko war voll von dieser Kraft, das bemerkte Zencho jetzt, und er war für sie ein Verfechter der Schwäche, des Zurückweichens, des Sichüberlassens.

Doch sah sie ihn freundlich an und fragte ihn unvermittelt nach dem Grund seines Namens. Bestürzt antwortete er: „Ich trage ihn, weil ich meine Bestimmung nicht fand und noch immer auf sie warte." Leicht legte sie ihm eine Hand auf die Stirn und sagte: „Mir geht es ebenso, auch ich warte." Mit diesen Worten entließ sie ihn.

In seine Kammer zurückgekehrt, ahnte Zencho plötzlich, dass seine Suche beendet und er angekommen war, dass er nicht länger warten müsse, sondern seine Bestimmung gefunden hatte. Es schien ihm bestimmt, der Dame Suiko zu begegnen. Zugleich glücklich wie ängstlich, fragte er sich allerdings, wohin ihn diese Begegnung wohl führen würde. Denn der Schatten war noch immer an ihm. Doch hinzugekommen war eine kleine Kraft, vielleicht ähnlich jener, die Suiko besaß, und sie kam daher, dass er in sich den Wunsch entdeckte, ihr etwas zu geben. Und da er nichts besaß, das sie brauchte, musste er etwas herstellen; und darauf richtete sich nun diese neue Kraft.

Er gedachte nämlich, Suiko einen Garten zu schenken. Dieser Garten sollte klein sein, klein wie ein Tisch, und wie ein Tisch Suiko an jeden Ort begleiten können, an dem sie sich aufhalten würde. Und in diesem Garten dürfte nichts Überflüssiges sein, er sollte, wie Suiko selbst, nichts verbergen und dennoch alles enthalten, was schön und von Belang war.

So ließ sich Zencho aus edlen Hölzern einen tischgroßen Kasten bauen und ihn auf einem schlichten gedrechselten Fuß befestigen. Diesen Kasten füllte er mit dem reinsten grauen Kies, den er am nahen Strand hatte finden können, und zeichnete in den Kies mit einem kleinen Rechen die gleichförmigen Wellenlinien des Meeres. Nun setzte er in dieses Kiesmeer sorgsam ausgewählte Steine, die hervorragten wie Inseln; und in der Tat ähnelten sie in Gestalt und Verhältnis zueinander den Ländern, die Zencho einst besucht hatte. Die Hauptorte und Heiligtümer jener Länder kennzeichnete er nun mit kleineren Steinen, deren Gräue jedoch kaum merklich die dem jeweiligen Ort angemessene Farbe enthielt. So war Naniwa, die Hauptstadt, durch ein Mineral bezeichnet, in dem eine Ahnung von Rot schimmerte, und der Fuji-san durch einen pyramidenförmigen Stein, dessen Spitze wie hinter einem weißen Schleier lag.

Als Zencho der Dame Suiko sein Geschenk ein wenig verlegen übergab, zeigte sie sich vergnügt und lobte die Absicht wie die Ausführung. Auch erkannte sie sogleich, was er ihr damit mitteilen wollte, und übersah auch die Sehnsucht in seinen Augen nicht. Sie sagte aber, indem sie sich bedankte: „Ich erkenne, dass es dir vortrefflich geglückt ist, das Vergängliche mit dem Dauerhaften zu versöhnen. Ich wünsche dir, dass auch du einst mit dir versöhnt seist." Verwirrt schwieg Zencho, dann aber wies er auf einen Makel seiner Arbeit hin. Denn es fehlte in dem steinernen Garten gerade jener Stein, der den Tempel von Ise, den Ort, an dem sie sich befanden, hätte darstellen sollen. „Es müsste ein Stein sein", erklärte Zencho, „in dem die Farben des hiesigen Herbstes verborgen wären, grün, braun, gelb. Doch einen solchen fand ich nicht." „Wir werden ihn finden", versicherte Suiko und verabschiedete ihn.

Als das Jahr sich dem Ende zuneigte, beschloss Suiko, ihrerseits Zencho zu beschenken. Sie lud ihn ein, den Zeremonien des Todes und der Wiedergeburt beizuwohnen, die die Anhänger des alten Glaubens zum Jahreswechsel nach überliefertem Brauch zu begehen pflegten. Es waren dies Trauer- wie Freudenfeste, denn die Trauer über das Versiegen der abgelaufenen Zeit wurde abgelöst durch die Freude über den Beginn der neugeborenen Zeit. Zwischen beiden ruhte, für die Spanne einer Nacht, *alle* Zeit, wie zu Anbeginn der Welt, ehe Izanami und Izanagi das Ungestaltete zu gestalten begannen und Amaterasu das Dunkle erhellte. Diese Spanne einer Nacht wünschte Suiko, Zencho zu schenken, denn in dieser einen Nacht des Jahres waren, so die Sitte, auch die

Grenzen zwischen den Ständen und den Geschlechtern aufgehoben und die Gesetze der gewohnten Ordnung nichtig.

Zencho kannte einen Teil der Riten aus seiner Kindheit, die Waschungen, das Fasten, das Verbrennen des Reisstrohs, das Löschen der Feuer. Doch was zwischen dem Löschen der Feuer und ihrem Wiederentzünden am kommenden Morgen geschah, erlebte er nun selbst zum ersten Mal. Die weitläufigen Hallen, Räume und Gänge des Tempels waren erleuchtet und geschmückt und von Musik und Wohlgerüchen erfüllt. Aus den umliegenden Dörfern hatten sich Bauern, Händler und Krieger eingefunden und sich den Priesterinnen und den Damen von Suikos Hofstaat beigesellt, denn in dieser Nacht, so gebot es die Überlieferung, sollten die der Göttin geweihten Kinder gezeugt werden, um das kommende Jahr fruchtbar zu machen. Suiko hatte es dank ihrer Stellung einrichten können, dass Zencho ihr eigenes Lager teilen würde, und während man ihn zu ihrem Gemach führte, begriff er, was geschehen würde, und fürchtete es und sehnte es herbei.

Als Suiko kurz vor dem Morgengrauen ermattet und warm neben ihm in Schlaf sank, war Zencho ein anderer geworden, auch er wiedergeboren und rein, so schien es ihm, frei von jedem Zweifel, voll fraglosem Glück und Einverständnis. Der Schatten war von ihm gewichen.

Ehe der Tag anbrach und das neue Jahr die alte Ordnung der Dinge wieder zusammenfügte, musste er Suiko verlassen, und fand doch keine Ruhe mehr. Denn wenn auch der Schatten nicht mehr an ihm war, so barst er nun vor Ungeduld, die Dame wiederzusehen. Nun, da das ihm Bestimmte eingetreten war, wollte er keine Zeit mehr mit Warten vertun.

Als er aber am folgenden Tag zur Stunde der Unterweisung Suiko gegenübertrat, begegnete sie ihm mit der gleichen anmutigen Freundlichkeit und Höflichkeit, die sie stets gezeigt hatte, doch ohne Erinnerung an jenes Feuer, in dem sie gemeinsam erloschen waren. Und indem er ihre Augen erforschte, sah Zencho, dass sie noch immer suchte und wartete, und er begriff mit unerbittlichem Entsetzen seinen Irrtum.

Suiko, die sein Leiden sah, sagte mit Trauer und Freundlichkeit: „Ich gab dir alles, was mir möglich war, zu geben, ich bitte dich, es nicht gering zu achten."

Errötend wehrte Zencho ab: „Du hast mich beschenkt wie niemand sonst, und ich bin beschämt über die Torheit meines Begehrens!" Dann eilte er, an den neu entzündeten Feuern vorbei, ins Freie. Und nachdem die Glut der Beschämung in ihm erloschen war, erkaltete und erfror etwas in ihm; und da es soviel mehr war als das, was ihn ans Leben band, setzte er diesem Leben noch am gleichen Tag ein Ende.

Die Dame Suiko, als sie die Nachricht erhielt, ordnete eine ehrenhafte Bestattung an und übergab die Asche des Verstorbenen mit eigener Hand der Gnade der Großen Göttin.

Zenchos Seele in den Händen wiegend, um über ihr weiteres Schicksal zu verfügen, beschloss Amaterasu wohlwollend, ihn selbst entscheiden zu lassen, in welcher Gestalt er ins Leben zurückkehren würde. Und Zencho erbat sich die Gestalt eines kleinen grauen Steins, der kaum merklich die Farben des Herbstes tragen sollte: gelb, grün, braun. Und Amaterasu, mit einem schmerzlichen und einem spöttischen Lächeln, erfüllte ihm diesen Wunsch.

Und es geschah, dass die Dame Suiko wenig darauf das Gestade unterhalb des Heiligtums aufsuchte, um Abschied zu nehmen. Tags zuvor nämlich war eine Gesandtschaft ihres Onkels, des Fürsten Soga-no-Umako, in Ise erschienen, um ihre sofortige Rückkehr in die Hauptstadt zu veranlassen. Suiko hatte erfahren, dass sie dem Prinzen Shotoku Taishi zur Gemahlin gegeben sei, der künftig als ihr Regent die Geschicke des Reiches verwalten sollte; denn ihr war bestimmt, den Spiegel, das Schwert und das Halsband zu tragen, die Insignien der kaiserlichen Macht. Und die Dame Suiko wusste nun, dass auch ihr Warten beendet sei.

Da fiel ihr Blick auf einen kleinen grauen Stein zu ihren Füßen. Sie hob ihn auf und sah, dass es gerade jener war, den Zencho vergebens für die Stelle in ihrem steinernen Garten gesucht hatte, die dem Tempel von Ise vorbehalten war, ein Stein mit den Farben des hiesigen Herbstes. Einen Augenblick freute sie sich. Dann aber dachte sie, dass all das zu ihrer Vergangenheit gehöre, nicht zu ihrer Gegenwart und ihrer Zukunft. Und sie warf den Stein ins Meer zurück, aus dem er wohl gekommen war.

Suiko stand sechsunddreißig Jahre an der Spitze Yamatos, und ihre Ehe mit dem Prinzregenten, der ein Anhänger des Gotama war, ermöglichte erst die Versöhnung der beiden Religionen, die nötig war, um schließlich die vielen Königreiche der Inseln zu einem einzigen Staat zu verbinden.

Kurz vor ihrem Tod übergab die Kaiserin den Steingarten, den der Mönch Zencho ihr vor vielen Jahren geschenkt hatte, jenem Orden des Buddha, der der Auslegung des Meisters Daruma folgte und sich alle Erklärungen des Seins versagte.

In Ise indes gibt es bis zum heutigen Tag Einheimische, die versichern, dass ein aufmerksamer Wanderer noch immer an einer bestimmten Stelle des Strands, unterhalb des Großen Schreins, einen kleinen grauen Stein entdecken könne, der, sooft man ihn auch ins Meer würfe, stets seinen Weg zum Ufer zurückfände. Und sie sagen, dass seine Wanderung erst dann beendet sein würde, wenn auch das Dauerhafteste endlich vergangen sei.

(1994)

Schall und Rauch

Dass die Deutsche Antiraucherpartei (DAP) die Wahlen zum 20. Deutschen Bundestag gewann, kam für aufmerksame Beobachter nicht überraschend, hatte die Partei doch bereits in der voraufgegangenen Legislaturperiode als kleinerer Partner von CDU/CSU an der Regierung mitgewirkt und eine Verordnung durchgeboxt, welche die bis dahin geltende 5%-Hürde für den Eintritt in das Parlament durch eine Klausel ersetzte, nach der einer Partei, unter deren gewählten Kandidaten sich auch nur ein einziger Raucher befindet, der Einzug in die Volksvertretung verwehrt bleibt.

SPD, Linkspartei und Grüne hätten daraufhin gar nicht zur Wahl antreten können, wären sie nicht ohnehin bereits einige Jahre zuvor in den Untergrund abgetaucht, wo der noch immer rauchende, mittlerweile 103-jährige Helmut Schmidt die drei Parteien als militante außerparlamentarische Opposition zu organisieren sich bemühte.

Aber auch CDU/CSU sahen sich nach diesen Wahlen zum eigenen Erstaunen nicht mehr im Parlament vertreten, da ein der DAP naher Fernsehsender kurz nach Schließung der Wahllokale ein amtliches Überwachungsvideo ausstrahlte, das den (ebenfalls betagten) Kanzlerkandidaten der C-Parteien, Schäuble, am gleichen Tag in der Behinderten-Toilette des Konrad-Adenauer-Hauses zeigte, wie er heimlich drei Zigaretten gleichzeitig rauchte, wovon sich eine beim Heranzoomen gar als Joint herausstellte. Die DAP stellte unverzüglich klar, dass sie einem Rollstuhlfahrer selbstredend jede Schwäche nachsehen würde – nur eben diese eine nicht, die die Fundamente des Gemeinwesens bedrohe. Und so kam es zu dem denkwürdigen Ergebnis, dass die DAP mit gerade einmal 8,9 % der Stimmen die alleinige Regierungspartei stellte, der im Parlament lediglich noch eine 3-köpfige FDP-Fraktion gegenübersaß, die, nachdem sie sich im Vorfeld rechtzeitig von allen tatsächlich oder vermeintlich noch rauchenden Mitgliedern getrennt hatte, mit 0,3 % der Wählerstimmen in den Bundestag einzog, wo sie die Opposition bildete.

Ein kleiner Rückblick

Die Ursprünge der DAP (wir erinnern uns) gehen auf die 90er-Jahre des 20. Jahrhunderts zurück, als sich zunächst in den USA, dann aber auch in Europa ein neues Gesundheitsbewusstsein kraftvoll durchzusetzen begann, das immer weitere Teile der Bevölkerung erfasste. Dem lagen zwei Sachverhalte zugrunde: Zunächst einmal verlangte der nach dem Zusammenbruch des Ostblocks ungehemmt erblühende globale Neo-Kapitalismus junge, sprich gesunde und belastbare Mitarbeiter, zum anderen sahen aber viele Menschen damals ihre Gesundheit gerade durch die ungehemmte Verwirtschaftung der Welt bedroht, die vom Feinstaub über Ozon, FCKWs und Treibhausgasen bis hin zu Gammelfleisch und Strahlenbelastung zahlreiche gravierende Gefahren für Leib und Leben produzierte.

Da sich aber der Kapitalismus als gleichsam gottgegebene Wirtschaftsform herausgestellt hatte (der Vorstandsvorsitzende der Deutschland AG meinte einmal treffend: Wir mögen bisweilen die Folgen des Gravitationsgesetzes bedauern, aber können wir es darum durch ein anderes ersetzen?), musste man die Opfer, die er forderte, akzeptieren – was sich aber in dieser Rigorosität den Wählern nicht vermitteln ließ, die nichts weniger schätzten als die eigene Ohnmacht zu erleben und sich darum tendenziell der bestehenden Ordnung zu verweigern drohten, wenn man ihnen nicht ein Szenario bot, das ihnen eine gewisse symbolische Machtentfaltung gestattete.

Es ging also, wie man in den *thinktanks* von Wirtschaft, Politik und Medien seit Joseph Goebbels wusste, theoretisch darum, die Problematik, die mit dem Kapitalismus einherging, gewissermaßen zu *entgesellschaften*, sprich: den Einzelnen dahin zu bringen, seinen Lebenserfolg dem System, sein Scheitern jedoch (oder die Bedrohung und Beeinträchtigung des Erfolgs) sich selbst oder einem eindeutig auszumachenden Feind zuzuschreiben – einem klassischen Sündenbock also, den man getrost in die Wüste schicken konnte.

Da man für diese Rolle nicht mehr ohne weiteres (wenigstens nicht offiziell) auf Juden, Linke, Slawen, Schwarze, Zigeuner, Schwule etc. zurückgreifen konnte, castete man zunächst einige andere Versuchsmodelle (wie Terroristen, Islamisten, Globalisierungsgegner), die aber allesamt der erforderlichen gefühlten gesellschaftlichen Realität zu entrückt waren, um dem Machtbedürfnis der Mehrheit als geeignete Ableitungsobjekte zu dienen.

Vielleicht war es ein bloßer Zufall (vielleicht aber auch Bestimmung), dass man dann in den USA den idealen Feind fand: den Raucher. Mag sein, dass ein Schadensersatzprozess gegen die Tabakindustrie, bei dem es um Millionen Dollar ging, nur der banale Auslöser war – er passte jedenfalls ausgezeichnet zum Selbstverständnis dieser Weltmacht, die sich noch immer als Reich der ewig Jungen, Gesunden, Tüchtigen, Erfolgreichen und Unschuldigen verstand.

Die interessierten Kreise jedenfalls erkannten sofort das Geschenk des Augenblicks. Denn an den für Feinstaub, Müll, Dreck, Ozon, Treibhausgasen, Gammelfleisch und FCKWs Verantwortlichen konnte kein Normalbürger sein Mütchen kühlen – und sollte es ja auch gar nicht, da man die systemischen Kollateralschäden gefälligst zu schlucken hatte, wenn man denn den westlichen Lebensstandard zu erhalten wünschte. Was zumindest die, die davon profitierten, zweifelsfrei wünschten, zu unser aller Nutzen.

Einen Raucher jedoch, der seine Neigung ja nie und nirgends verbergen konnte, kannte jeder persönlich, ein jeder konnte mit dem Finger auf einen solchen Sünder zeigen und ihn zur Verantwortung und aus dem Verkehr ziehen – wenn denn erst einmal die entsprechenden gesetzlichen Regelungen auf den Weg gebracht wären. Und das wiederum war nur eine Frage der Zeit.

Wie jede neue politische oder gesellschaftliche Kraft begann in der Bundesrepublik (wie auch in anderen europäischen Ländern) der Weg an die Macht für die Antiraucher mit einer (von den interessierten Kreisen angeschobenen und gesponserten) lose organisierten Bewegung, die aber dennoch, vor allem durch moralischen Druck, alsbald die ersten Einschränkungen für Raucher durchsetzte (am Arbeitsplatz, in öffentlichen Gebäuden, Einrichtungen und Verkehrsmitteln etc.), vor allem aber eine starke Antiraucher-Stimmung schuf, die nötig war, um die Bewegung schließlich in eine schlagkräftige, zentral gesteuerte Parteiform zu überführen – hierzulande eben die Geburtsstunde der NeoSozialen-DeutschenAntiraucherPartei, der Vorläuferin der DAP.

Dem Parteistatus folgte rasch nicht nur der Einzug in Parlamente auf Kommunal- und Landesebene, sondern auch die Erarbeitung eines programmatischen

Profils, das sich abgekürzt auf den Nenner bringen ließ: Ohne Tabakkonsum sind die Gesellschaft, Deutschland, Europa und die Welt heil. Diese Botschaft erlaubte dem Einzelnen endlich wieder, sich in einer als allzu komplex und kompliziert empfundenen Realität zu positionieren und zu orientieren – umso mehr als die DAP nach ihrem erstmaligen Einzug in den Bundestag als Juniorpartner in der Regierung ihren Worten sogleich Taten folgen ließ:

Zum 1. Januar 2015 sollte ein allgemeines Rauchverbot in der Öffentlichkeit auf dem Territorium der Bundesrepublik in Kraft treten, dem zum 1. Januar 2017 auch ein privates Rauchverbot folgen würde – die Regierung von CDU/CSU und DAP komplettierte damit jenes Rauchverbot für die Gastronomie, das eine große Koalition aus CDU/CSU und SPD bereits zum 1. Januar 2008 verfügt hatte.

Dem finalen Ziel 2017 gingen indes mehrere vorbereitende halboffizielle Maßnahmen und Aktionen voraus, mit denen sich die empörte Volksseele Luft verschaffte, etwa im Jahr 2012 das Markieren entsprechender Geschäfte und Betriebe mit der Aufforderung: „Kauft nicht bei Rauchern!", oder im Jahr darauf die Zerstörung und Plünderung der entsprechenden Gebäude, nicht zu vergessen das Kennzeichnen von Personen beiderlei Geschlechts, die nach wie vor intimen Umgang mit Rauchern pflegten.

Die eigentliche Antiraucher-Gesetzgebung griff jedoch erst, nachdem sich die DAP in besagter Wahl als alleinige Regierungspartei durchsetzen konnte.

Hart, aber fair! lautete nun das bestimmende Motto, und das bedeutete im Einzelnen eine klare Strategie des Forderns und Förderns. Der Staat unterstützte fortan zwar fürsorglich jeden Raucher bei einem nachprüfbaren erfolgreichen (dauerhaften) Entzug, bestrafte jedoch jeden Uneinsichtigen oder zum Entzug Unfähigen konsequent – letzteres in der harmloseren Variante durch einen neurochirurgischen Eingriff, in schweren Fällen freilich auch mit Überstellung in Umerziehungs- und Arbeitslager, die dem unheilbaren Delinquenten immerhin eine Funktion von einigem gesellschaftlichen Nutzen zuwiesen und ihn damit doch noch der allgemeinen heilsamen Erfahrung teilhaftig werden ließen, dass Nichtrauchen frei macht.

Selbstverständlich hatte diese neue Ausrichtung der staatlichen Selbstdefinition Konsequenzen für viele Bereiche des Lebens jenseits der direkten Politik. So machte der allgemeine Verzicht auf den Tabakkonsum nötig, sämtliche Kulturgüter (historische wie aktuelle) von allen Spuren des Nikotins zu säubern – folgerichtig schnitt man aus alten Filmen die Szenen heraus, in denen geraucht wurde, und auch die belletristische Literatur wurde von entsprechenden Passagen befreit. Dabei fiel eine gewisse Anzahl von Werken vollständig fort (insbesondere französische und US-amerikanische Filme der 1930er- bis 70er-Jahre, aber etwa auch das komplette Œuvre des Belgiers Georges Simenon), viele jedoch waren nun lediglich *kürzer*, was zu durchaus neuen ästhetischen und konsumtechnischen Erfahrungen führte. So konnten die Fernsehanstalten und Cinematheken nun an einem Abend weit mehr Filme vorführen als bisher, und eine Leseratte schaffte jetzt in kürzerer Zeit eine weit größere Anzahl Titel denn zuvor.

In der Folge entstanden durch diese Bereinigungen auch zahllose neue Arbeitsplätze, darunter solche im Überwachungswesen, das sich staatliche mit privatwirtschaftlichen Stellen teilten. Und nicht zuletzt gehörte zum neuen Erziehungsauftrag auch das Ausrichten von abschreckenden Ausstellungen mit Raucherkunst, die einen regen Zulauf verzeichneten. Der Staatssäckel profitierte davon ebenfalls, indem er die ausgestellten Werke in das nach wie vor rauchende Ausland, insbesondere die Russische Föderation, verkaufte. Dorthin emigrierte auch eine Reihe einheimischer Raucher, die sich das leisten konnten, ebenso wurden einzelne Internierte abgeschoben, wenn sie in der Lage waren, sich freizukaufen. Rechnet man hinzu noch jene durch die Enteignung der 12 Millionen einsitzenden oder ausgewanderten Raucher an den Staat gefallenen Vermögen und Güter, so lässt sich auch volkswirtschaftlich eine mehr als befriedigende Bilanz ziehen, von der alle heilen Bürger spürbar profitieren.

Sicher, die Beziehungen zum nichtrauchenden Ausland, und hier vor allem eben zum Russen, stehen nicht zum Besten, und es mag wohl sein, dass uns die Umstände eines Tages zwingen werden, die Reinheit unserer Atemluft vor der Verschmutzung aus dem Osten prophylaktisch zu verteidigen.

Aber es gibt Hoffnung

Zur Zeit treibt uns allerdings vor allem die Frage um: Was mag wohl Helmut Schmidt gerade aushecken? Kürzlich wurde ein Lied bekannt, das in den einschlägigen Kreisen im Umlauf ist. Die erste Strophe lautet:

Sagt mir, rauchet Schmidt denn noch?
Ja, ja, er rauchet noch.
Er hängt an keinem Baume,
er hängt an keinem Strick,
er hängt nur an dem Traume
der freien Republik.

(1. Januar 2008)

Liebe & der Sex

1 oder *Unschuld*

Samuel Liebes Vater, erlebnishungrig wie viele, die den Krieg überlebt hatten, gründete in den 1950er-Jahren in Köln mehrere Sportclubs (Motorfußball und Badminton) – sicher auch, um von *irgendetwas* Präsident zu sein, vor allem aber um der vergnüglichen alkoholisierten Abende willen, die im Vereinslokal dem Training oder den Wettkämpfen mit anderen Clubs folgten. Der kleine Samuel, 1952 geboren, war immer dabei, und während seine Eltern noch auf dem Badmintonfeld kämpften, kümmerte sich häufig eine junge Frau (blonder Pferdeschwanz) im verschwitzten weißen Sportdress, die ihr Match bereits hinter sich hatte, um den 2- oder 3-Jährigen; sie entkleidete sich und ihn und nahm ihn dann mit unter die Dusche, um sich anschließend, nackt und nass, auf eine Bank und den Kleinen auf ihren Schoß zu setzen, seinen Kopf zwischen ihren warmen Brüsten. Sie presste ihren Mund in seine Haare, während ihre Rechte seinen Bauch und dann seinen kleinen Penis streichelte und drückte.
35 Jahre später, als auf bundesdeutschen Bildschirmen Tennis präsent wurde, bemerkte Liebe, dass das (da noch fast durchweg) weiße Dress mancher pferdebeschwänzter Tennisdamen, vor allem der kurze Rock bzw. die nackten Beine, eine veritable erotische Wirkung auf ihn hatte, ebenso, noch ein wenig später, die schweißnasse Haut von Utah, wenn sie erschöpft und erhitzt von ihrem Tanztraining kam.

Der fünfjährige Samuel hatte viele Freunde in seinem Viertel, genauer: Konkurrenten im Kampf um die Führung einer kleinen Bande. Für sie, bürgerlichen Familien zugehörig, gab es in Köln-Bickendorf zwei verbotene Zonen: Klein-Moskau zwischen Venloerstraße und Maarweg (hier wohnten Arbeiter), vor allem aber das Zigeunerlager am Schwarz-Weiß-Platz jenseits des Bahndamms. Dieser Bahndamm war Gegenstand einer Mutprobe: Nahte ein Zug heran, erhielt derjenige, der als letzter vor der herannahenden Lok den Schienenstrang überquerte, den Tagespreis, z.B. Murmeln oder ein Micky-Maus-Heft oder eine kleine Wundertüte (zu 10 Pfennig) mit Puffreis und einem Plastikspielzeug.

Einmal kamen ein paar Kinder aus dem Zigeunerlager herüber und spielten mit. Ihre Anführerin, Yara, ein dünnes braunes Mädchen mit schwarzem Haar und einem Gesicht so schön, wie Samuel noch keines gesehen hatte, dazu flink wie ein Wiesel, holte sich den Preis, ein Autoquartett.

Ein paar Tage später fing sie ihn, eine kleine Stofftasche unter dem Arm, auf der Straße ab und führte ihn zu einem abgesperrten Trümmergrundstück am Sandweg. Sie kletterten an Schutthaufen und rußigen Balken bis zum Grund der Ruine hinab, Yara räumte einen Haufen Steine beiseite und legte eine Art engen, fast lichtlosen Gang frei, in den sie bäuchlings schlüpfte. Samuel, nicht ohne Furcht, robbte hinter ihr her, den Blick gebannt auf ihre nackten, braunen, verschrammten Beine geheftet. Als sie schließlich eine Kerze entzündete, befanden sie sich in einem kleinen, niedrigen Gewölbe voller Gerümpel, zu dem auch ein in einer Ecke zusammengefallenes bräunliches Skelett in Uniformfetzen, mit einem Stahlhelm auf dem Schädel, gehörte.

„Das ist mein Lager", erklärte Yara, „und wenn du es jemandem verrätst, kriegst du Prügel!" Sie setzte sich ihm gegenüber im Schneidersitz hin, wobei ihr buntes verwaschenes Kleid hochrutschte, sodass Samuel auf ihre hellblaue Unterhose blickte. Aus ihrer Tasche zog sie ein Messer, ein Stück Brot, eine Milchflasche mit Wasser, ein paar Kekse, weitere Kerzen und das Autoquartett, mit dem sie sich eine Weile vergnügten. „Müssen wir das nicht jemandem sagen?" fragte Samuel mit einem Blick zu dem Soldaten. „Aber ich darf doch vom Schwarz-Weiß-Platz gar nicht weg!", rief sie, „Wir sind doch Zigeuner! Du darfst niemandem was erzählen!" „Nie!", schwor er, und sie bekräftigten ihre Verbundenheit, indem sie mit der Messerspitze in ihre Daumen stachen, die sie, als zwei Tröpfchen Blut erschienen, aufeinander pressten. Zum Abschied draußen umarmten sie sich, er spürte unter der dünnen Kleidung ihr Skelett an seinem, sog ihren herben Geruch ein und wünschte sich, sie nicht mehr loszulassen.

In der folgenden Woche wagte er sich allein ins Zigeunerlager, aber Yaras Familie war von der Polizei weggebracht worden, niemand wusste, wohin.

Samuel, so oft er sich später an sie erinnerte, vergegenwärtigte sich dann ihr Gesicht, ihren Geruch und nicht zuletzt, angesichts der Thérèse-Gemälde von Balthasar Klossowski de Rola, ihre dünnen braunen Beine und die hellblaue Unterhose unter ihrem hochgerutschten Kleidchen.

Maria war in der Volksschule zwei Klassen weiter und sah mit ihrem spitzen hochnäsigen Madonnen-Gesicht auf Jüngere wie ihn bestenfalls herab, sofern sie sie überhaupt wahrnahm. Ausgerechnet sie war dann einer der beiden sogenannten Engel, die 1961 der Prozession der Erstkommunikanten voranschritten. Bei den häufigen Proben im kirchlichen Jugendheim versuchte Samuel verzweifelt, sie für sich zu interessieren, denn ihre schmalen langen Gliedmaßen und vor allem eben ihr hochmütiges, ebenmäßiges Gesicht zogen ihn unwiderstehlich an, wirkte sie doch tatsächlich so rein und sauber wie man sich die Hl. Jungfrau vorzustellen hatte. Und Samuel wünschte sich nichts mehr als eine passende Rolle auch für sich im christlichen Kosmos, rechnete bisweilen gar mit baldigen Stigmata an sauberen Händen und Füßen. Aber seine wirklichen Hände und Füße waren vom Spielen meist mehr oder minder schmutzig und zerkratzt, und so blieb ihm nur, Maria von Ferne anzubeten – bis sie ihn am Tag der Kommunion bei der Gruppierung der Prozession anherrschte: „Stell dich bloß nicht hinter mir auf, du siehst so blöd aus mit deinem Anzug und deiner doofen Frisur! Mein Vater will richtig schöne Fotos von mir machen!" In der Tat hatte Samuel in den drei Wochen seit dem Kauf des Kommunionsanzugs einen Schuss gemacht und nun Hochwasser in den Hosenbeinen und Ärmeln. „Blöde Kuh!" schnauzte er verletzt zurück und blieb während der ganzen Prozession direkt hinter ihr, bemüht, mit auf die zahllosen Bilder zu kommen, die ihr Vater von ihr schoss. Und nie wieder in seinem Leben würde er sich um eine hohle unbefleckte, allzu reine Madonna bemühen.

In den 50er-Jahren gab es in Köln in vielen Vierteln noch kleine Kinos, die am späten Sonntagvormittag, nach der Kirche, Kinderfilme zeigten. In einem dieser Kinos führte die KPD ab und an eine andere Art von Filmen vor, insbesondere Dokumentationen der Nazi-Gräuel. Samuel, vielleicht fünf, sechs oder sieben Jahre alt, hatte seinen Vater manchmal zu solchen Vorführungen zu begleiten – „Du musst es nicht verstehen, aber sehen!", erklärte man ihm. Und Samuel sah die schauerlichen Leichenberge in den KZs, die wenigen überlebenden Skelette, die Pyramiden von Schuhen und Brillen, die Gaskammern, die Verbrennungsöfen usw., aber in einem dieser Streifen einige Sekunden lang auch ein jüdisches Mädchen in seinem Alter, abgemagert und zerlumpt neben einem Leichenhaufen, doch von solcher Schönheit, dass sie nie wieder aus seinem Gedächtnis verschwand. Und womöglich prägten ihre dichten kräftigen Brauen, ihre dunklen Augen und die zarten Härchen an den Schläfen und auf den Unterarmen sein späteres Frauenideal entscheidend mit.

Nicht von ungefähr fand Liebe in den 80er-Jahren die oft schmuddelig wirkenden Punkerinnen mit ihren zerrissenen Strümpfen und zerschlissenen Klamotten sehr anziehend, vorausgesetzt, sie waren hager, hatten eindrucksvolle Gesichter und standen zu ihrer Körperbehaarung an Beinen, Armen und Achseln. Und er bedauerte es sehr, als Utah 1993 ihre gar nicht mal stark behaarten Beine glattrasierte.

Natürlich hatte Samuel als Kind seine Mutter und eben auch die eine oder andere junge Frau aus den Sportclubs seiner Eltern manchmal nackt gesehen, doch eine Vulva im Detail nur in zwei Fällen, war sie doch bei all diesen Frauen hinter dichtem Schamhaar verborgen.

Auch Moni, das afro-amerikanische Dienstmädchen seiner wohlhabenden Großtante, hatte einen stark behaarten Schambereich, aber sie stieg mit dem drei- oder vierjährigen Samuel, den sie einmal über Nacht betreuen musste (Eltern und Großtante besuchten eine Karnevalssitzung), in die riesige Badewanne der pompösen Villa in der Tieckstraße und wusch ihre Geschlechtsteile so ausgiebig und hingebungsvoll, dass Klein-Samuel jedes Detail mit Interesse zur Kenntnis nahm – so zum ersten Mal das Phänomen, dass bei dunkelhäutigen Frauen auch die Schamlippen dunkler als bei weißen Frauen wirkten, Scheidenvorhof und -eingang sowie Klitoris hingegen umso rosiger (die korrekte Terminologie stand ihm da noch nicht zur Verfügung).

Später fand er es selbstverständlich, dass die Schambehaarung solche Pracht verbarg (um die Erforschung umso reizvoller zu machen), weshalb ihn in den 2000er-Jahren die besonders unter Frauen (auch Pornodarstellerinnen) grassierende Mode, sich der Körperbehaarung und insbesondere der Schambehaarung zu entledigen, wie verkappte Pädophilie anmutete. Die wollten wieder (vermutlich um kranke Männerwünsche zu erfüllen) so unschuldig und rein wie Kinder *erscheinen* – ganz so wie es die 6- oder 7-jährige Lisbeth, eine

Spielkameradin, tatsächlich *war*, als sie einmal auf der Liegewiese des Freibads eingewickelt in ihr Badetuch mühselig ihren nassen gummiartigen Badeanzug auszuziehen versuchte, dabei stolperte und Samuel gegenüber fluchend auf den Rücken fiel, die Beine gespreizt, sodass er in ihren glatten, blanken, haarlosen, völlig uninteressanten Kinderschoß guckte, während er ihr den Badeanzug von den Beinen zog und dann die Unterhose reichte.

Moni hatte feste Brüste mit dicken dunklen Brustwarzen, an denen sie Samuel, der sich in der Badewanne an sie schmiegte, für eine Weile nuckeln ließ, als sei er noch immer ein Baby. Als sie ihn später ins Bett brachte, schaute er, während sie sich über ihn beugte und ihm einen Gute-Nacht-Kuss auf die Stirn drückte, gebannt auf das dunkle Dreieck ihres Dekolletés, das die weiße Bluse besonders betonte. Er wusste nun, was sie verhüllte und wie es schmeckte.

1980, er lebte damals in Piräus, konnte er im Ausländeramt durch seine besseren Englischkenntnisse Da-Xia, einer jungen, sehr zierlichen Chinesin, die mit einem arroganten, uniformgestärkten Sachbearbeiter zu kämpfen hatte, zur Verlängerung ihrer Aufenthaltserlaubnis verhelfen. Zum Dank lud sie ihn zu einem Kaffee ein, in ihr winziges Zimmer in einem schmuddeligen Bordell am Industriehafen. Nach dem Kaffee entkleidete sie sich und bot ihm ihr pechschwarzes üppiges Schamhaar und wunderschöne Brüste mit immens langen und dicken Brustwarzen dar, wie er sie Jahre später an der Schauspielerin Ling Bai und den Pornodarstellerinnen Kathy Liu und Inco bewunderte. Samuel nahm aber, so gern er auch ihre Brustwarzen geschmeckt hätte, ihr Angebot nicht an (War er etwa ein beschissener weißer Sexausbeuter?) und führte sie stattdessen zu einem Mittagessen ins Restaurant am Yachthafen von Zea Marina.

Was Brüste anlangte, so sollte er keine besonderen Vorlieben entwickeln, denn ihm schien, dass alle Frauen, die ihn fesselten, die für sie richtigen und darum begehrenswerten Brüste besaßen, ob nun hängende oder aufrechte, kleine, große, birnen- oder apfelförmige (von denen Bertrand Morane in Truffauts *Der Mann, der die Frauen liebte* sprach). Und es begeisterte ihn, die unterschiedlichsten Brüste unter Pullovern, T-Shirts oder Blusen zu erahnen. Abstoßend fand er nur die durch Silikon aufgeblähten Plastikbrüste (und andere kosmetische Verunstaltungen), nicht aber zu seiner Verwunderung die von einer Brustamputation zeugenden großen Narben, die ihm 1978 eine 36-jährige Frau zeigte, die ein paar Mal den alternativen Psychotherapeuten aufsuchte (Urschrei, Orgongymnastik etc.), der mit Samuel und vier anderen in einer Landkommune bei Aachen lebte. Samuel versorgte sie nach den kräftezehrenden Sitzungen mit Speis und Trank und hörte ihrer fürchterlichen Krebsgeschichte zu. „Ohne Brüste sehe ich doch aus wie ein hässlicher kriegsversehrter Mann", verzweifelte sie, als sie ihren Pullover bis zum Kinn hochzog. Samuel fand das nicht. Schönheit war für ihn keine Sache einzelner Körperteile, schön war für ihn vielmehr (o Pathos!) das jeweils individuelle Gesamtkunstwerk Mensch, inklusive diverser, manchmal auch körperlicher Verluste. Er jedenfalls liebte doch nicht diesen oder jenen normierten Körperteil von Sigrid, seiner aktuellen Liebe, sondern sie. Aber ob das die brustlose Frau überzeugte, erfuhr er nicht.

Mit zwölf oder dreizehn sah er im Fernsehen eine Oper (Mozart?) oder einen Film mit der Koloratursopranistin Ingeborg Hallstein. Ihr raffiniertes Rokoko-Kostüm (großzügiges Dekolleté, üppige kunstvolle weiße Perücke, Schönheitspflaster, miedergeschnürte Wespentaille, weiße Strümpfe, Stiefeletten, Handschuhe usw.) verbarg zwar die Nacktheit komplett, aber nur zum Schein, denn die Verkleidung wirkte wie ein Versprechen, das die verpackte Gestalt gleichsam erotisch auflud. Hinter der pompösen Maskerade lockte in einem ausgeklügelten Gesellschaftsspiel die schlichte Blöße umso heftiger. Samuel erschien seitdem das Rokoko (die Zeit zwischen 1700 und der Französischen Revolution) als eine ungemein erotische Periode, und merkwürdigerweise assoziierte er mit ihr fortan zum einen die österreichische Sprache, sofern Frauen sie sprachen (ein Missverständnis, denn Ingeborg Hallstein war Bayerin), zum anderen das leichte *Schielen* der Sängerin ... oder vielmehr umgekehrt: Sah er künftig eine aparte, leicht schielende Frau, erstand in ihm sogleich jene überaus sinnliche Rokoko-Atmosphäre, die auch Filme wie *Benjamin* (Aus dem Tagebuch einer männlichen Jungfrau), *Trenck*, *Die Gärtnerin von Versailles, Marquise* oder *Die Herzogin* heraufbeschworen.

Insofern war er verloren, als sich 1993 im Anschluss an eine Aufführung im Krefelder Theater am Marienplatz (er half dort ab und an bei der Technik aus) in der Stammkneipe der Theaterleute eine Besucherin aus Köln neben ihn setzte. Sie war 22 und knochig, trug eine dunkle wollene Strumpfhose unter einem knielangen Rock mit Schottenmuster, hatte ein scharf geschnittenes Gesicht mit schmalen Lippen, vor allem aber dunkle Härchen an Schläfen und Unterarmen, und ... sie *schielte* leicht. Sie sprach enthusiastisch über das Theater (sie studierte Theaterwissenschaften), er widersprach nicht ausdrücklich. Da er mit dem Auto da war, nahm er sie selbstredend mit nach Köln zurück, an der Raststätte Geismühle musste sie zur Toilette, und als sie wieder einstieg, hatte sie ihre Strumpfhose nicht mehr an. Er fuhr ein Stückchen weiter in eine beleuchtete Parkbucht, denn er wollte ihre schielenden Augen sehen, während sie einander innig küssten und sich gegenseitig mit den Händen befriedigten. In Köln hielt er vor ihrer Haustür, sie schaute zu zwei beleuchteten Fenstern im dritten Stock hinauf. „Ach, mein Freund ist noch auf", sagte sie und stieg aus.

Ebenso verloren war er schon 1984, als er mit einem Rückenproblem eine Heilpraktikerin aufsuchte, die man ihm empfohlen hatte. Sie empfing ihn nicht allein mit einem hübschen spitzbübischen Gesicht, sondern auch in einem kurzen grauen Rock, schwarzen Strümpfen, langem schwarzen Pullover und mit einer Zigarette in der Hand und ... sie stammte aus Österreich. Während sie die verspannten Rückenmuskeln des auf dem Bauch Liegenden zunächst mit Akupunkturnadeln und Moxibustion, dann mit Massage zu lockern versuchte, erläuterte sie die Behandlung in ihrem verführerischen *Österreichisch* (in seinen Ohren eine ironische Verlockung). Auf ihre Frage, ob er eine Wirkung verspüre, antwortete er schamhaft, doch wahrheitsgemäß: „Vor allem eine libidinöse ...", worauf sie ihn aufforderte, sich auf den Rücken zu legen, was ihm peinlich war, da sein Boxershort die Erektion nicht verbarg. Was folgte, entsprach frappierend klischierten männlichen Sexphantasien, aber die Wirklichkeit, das wusste er, war manchmal ein Klischee ihrer selbst, folglich griff Jana, so ihr Name, in seinen Short und entspannte Liebe behende, ehe er es ihr mit seinen Händen und seinem Mund entgalt. Anschließend rauchten sie beide erschöpft und verlegen und kamen überein, es bei diesem schönen Erlebnis zu belassen – Jana war glücklich verheiratet und meinte, dass eine Wiederholung unweigerlich in eine schmuddelige Betrugsgeschichte münden würde, die sie nicht wünsche. Er kam noch drei- oder viermal in ihre Sprechstunde und ließ sich optisch von ihren spöttischen Augen und schönen Beinen sowie akustisch von ihrer Stimme betören, bis sie, nun unter einem weißen Kittel verborgen, die Verspannung in seinem Rücken endgültig auf herkömmliche Art gelöst hatte.

In seiner Volksschulklasse fühlte Samuel sich für eine Weile zu der spröden Mechthild mit ihrer unmodernen Topffrisur, ihren runden dunklen Augen, ihren bunten Kleidern mit großen Punkten und ihren langen dünnen Armen und Beinen hingezogen – besonders seit er sie, mit sieben oder acht, bei einer karnevalistischen Kindersitzung in den Sartory-Sälen als Mariechen der roten Funken hingebungsvoll tanzen sah. Ihr Kostüm nahm vorweg, was ihn später an erwachsenen Funkemariechen interessierte, denn abgesehen von Badmintonspielerinnen kamen ihm bis zur Erfindung des Minirocks nie als nur im Karneval so viele nackte oder nackt scheinende wohlgeformte Frauenbeine vor die begehrlichen Augen.

Als Mechthild wegen einer Lungenentzündung ein paar Wochen nicht zur Schule konnte, meldete sich Samuel sofort auf die Anfrage des Klassenlehrers, wer denn mit ihr den Unterrichtsstoff durchgehen wolle. Also besuchte er sie alle zwei Tage nachmittags zu Hause, und sie verstanden sich so gut, dass das Lernen im Nu erledigt war (zumal Mechthild Klassenbeste war). Meist spielten sie dann noch, bis sie zu müde wurde, Halma, Menschärgerdichnicht, Mühle oder Schiffeversenken – ungestört, denn ihre Mutter kehrte erst gegen Viertel vor Sieben von der Arbeit in einem Schreibwarengeschäft zurück, ihr Vater (Arzt) war kürzlich beim Angeln hochalkoholisiert in einem mickrigen seichten Bach ertrunken.

Einmal kamen sie auf Karneval zu sprechen, und Samuel versicherte Mechthild, dass sie als Tanzmariechen besonders hübsch ausgesehen habe. Prompt holte sie aus dem Kleiderschrank einen Koffer, der die zahlreichen Kostümteile enthielt, die sie sorgfältig auf ihrem Bett verteilte. „Soll ichs mal anziehen?", fragte sie. „Klar", antwortete er, und gleich zog sie ihren Schlafanzug aus, darunter trug sie eine Unterhose und ein Unterhemd und er sah, dass sie durch die

Krankheit noch magerer geworden war. Zunächst schlüpfte sie in eine matt glänzende, hautfarbene Strumpfhose, durch deren transparentes Höschenteil die Unterhose durchschimmerte. Darüber zog sie ein weiteres, weißes, rüschenbesetztes Unterhöschen, das Samuel schon bei der Karnevalssitzung registriert hatte. Es folgten noch der rote Dreispitz, die blonde Perücke mit Zöpfen, rote Stiefel und Uniformjacke und der kurze plissierte Rock. Samuel starrte sie begeistert an, und sie versuchte ein paar zaghafte Tanzbewegungen, die sie aber, mit Tränen in den Augen, gleich wieder aufgab. „Ich bin so schwach", klagte sie tonlos, und Samuel traf ihr Leid mitten ins Herz, aber er konnte ihr nicht helfen, nur die Arme um sie legen, als sie sich heulend an ihn lehnte, und dann mit ihr das Kostüm wieder ordentlich im Koffer verstauen, ehe sie sich im Bett verkroch. Auf dem Heimweg fiel ihm auf, dass sein Hemd an der rechten Schulter nass von ihren Tränen war.

Als er, mit sechs oder sieben, endlich lesen konnte, stöberte er, allein zu Hause, gern unter den Büchern seiner Eltern, unter denen ihn vor allem, dank Vorbildung durch Unmengen von Comic-Heften (Mickey Maus, Prinz Eisenherz, Nick, Falk) solche mit möglichst vielen Abbildungen interessierten. Dabei stieß er auf einige sexualkundliche Ratgeber und erotische bzw. pornografische Bildbände, die ihn zwar nicht sexuell berührten, gleichwohl aber fesselten – die einen (die Ratgeber) durch ihre schematische, fast abstrakte Darstellung äußerst merkwürdiger Vorgänge (in erster Linie sogenannte „Stellungen"), die anderen durch deren fotografische Wiedergabe. In einem dieser Bücher fand Samuel den billig gemachten Werbeprospekt für ein anderes Buch („Die Erotik des Orients") und darin ein Foto, das eine sehr schlanke arabische Bauchtänzerin im traditionellen Kostüm zeigte: mit Stirnband und Gesichtsschleier, der die stark geschminkten Augen aussparte, einem goldbestickten Oberteil mit Fransenbesatz, das die kleinen Brüste nicht verbarg, und einem tief unter dem Bauchnabel sitzenden bikiniartigen Höschen, an dem ebenfalls ein transparenter Schleier befestigt war, der die Beine umspielte. Dazu Schmuck an den Armen, um den Hals und an einem der Fußgelenke, sowie punktförmige Tätowierungen auf beiden Wangen und den Unterschenkeln. Die dunkle Tänzerin wiegte sich, die schmalen Arme hoch über dem Kopf erhoben, elastisch in den Hüften, wodurch das fransenbesetzte Oberteil den flachen muskulösen Bauch freigab – eine ähnliche Pose fand Samuel in einem anderen Buch, auf einem Bild des Malers Rubens, das Christus am Kreuz zeigte, dessen monumentale Nacktheit ein äußerst schmales, tief sitzendes Lendentuch eher betonte als aufhob, damit eher Tarzan ähnelnd als Samuels Vorstellung vom Heiland.

Jahrzehnte später, bei der Auflösung des Haushalts der verstorbenen Eltern, fand Liebe den Prospekt mit der spröden Bauchtänzerin im nämlichen Buch wieder und konnte damit (ergänzt um Franz von Stucks *Salome*) Utah beweisen, dass ihm schon als Kind auch Frauen mit kleinen Brüsten begehrenswert erschienen – und eben auch die kunstvolle Verschleierung der Nacktheit (als eine Kulturtechnik). Und noch den 70-Jährigen ergriff dieser Aspekt bei den Schauspielerinnen (und Tänzerinnen) Sabine Timoteo und Sofia Boutella, deren Erotik, so schien es ihm, Einsamkeit, Exzentrik, Kraft und Verletzlichkeit verband – wie er sie auch in der wandelbaren Musik und Gestalt von PJ Harvey zu erkennen glaubte, die ihre dunklen Achselhaare (die Schamhaaren ähnelten) nicht verbarg und ihre ohnehin schon großen dichten Augenbrauen zusätzlich mit Schminke betonte, sodass Samuel die pure nackte Haut darunter umso verführerischer erschien.

Mit acht oder neun Jahren stieg Samuel (seine eigene Nacktheit verschleiernd) eine Zeit lang nur mit Badehose in die Badewanne, für den Fall, dass jemand, Eltern oder Bruder, ins Badezimmer käme. Sie sollten seinen Pipimann, wie man ihn damals nannte, der mittlerweile manchmal steif und größer wurde, nicht sehen. Als dann in einem Film Tarzan in einem zerrissenen Lendenschurz auftrat, zerschnitt Samuel seine Leopardenmuster-Badehose entsprechend, aber immer wieder (anders als bei Tarzan) flutschte besagter Pipimann aus einem der Löcher und Risse, sodass er die Hose im Schwimmbad und auch in der Badewanne nicht mehr anziehen konnte, wenngleich sich dieser Pipimann durch die Reibung an den Rändern der engen Löcher und Risse äußerst angenehm anfühlte.

Diese Schamphase hatte womöglich mit einem Gegenmodell zu seinem schon mehr oder minder gefestigten Mädchen- oder Frauenbild zu tun, seiner Großmutter nämlich, einer angekleidet lediglich imposanten, raumgreifenden Erscheinung, deren Körper jedoch völlig aus den Fugen zu geraten schien, sobald sie sich samstagabends entkleidete, um ihr Bad für den sonntäglichen Kirchenbesuch zu nehmen – Samuel, bei ihr auf dem Land zu Gast, musste dann die Dutzende Haken ihres schweren, steifen fleischfarbenen Korsetts lösen und es ihr abnehmen, woraufhin er sich ungeheuren hängenden Brüsten sowie enormen Hüften, Hinterbacken und Oberschenkeln gegenüber sah, in denen er in keiner Weise die mögliche Zukunft des wunderbar festen und geschmeidigen Körpers seiner fünfjährigen, spindeldünnen Freundin Sabrina zu ahnen vermochte, mit der er am Nachmittag draußen im Hof nackt und schamfrei in einer Wanne mit Regenwasser geplanscht hatte. Wenn sie einander berührten, passten ihrer beider Knochen gut zusammen.

Im Nachlass der Großmutter fanden sich dann einige Fotos aus den 1920er-Jahren, die sie mit ein paar Begleiterinnen nackt an einem Sylter Badestrand zeigten und offenbarten, dass sie als junge Frau, mit modischem Bubikopf, durchaus attraktiv gewesen war. Aber auch diese Nacktheit (wie jede FKK-Nacktheit) hatte nichts Reizvolles, sie verbarg nichts, was ihr folgen könnte – kein Geheimnis mehr zu lüften.

2 oder *Homo erectus*

1962, er war zehn, kam Samuel auf ein Ehrenfelder Gymnasium, damals noch eine reine Jungenschule – die einzigen weiblichen Wesen waren die Direktionssekretärin und die jugoslawischen Putzfrauen, die nachmittags die Klassenräume reinigten. Erst Ende der 1960er-Jahre tauchte die erste Schülerin auf, im Zuge eines sogenannten F-Zweigs, eine sehr hübsche 16-Jährige mit wohlgeformten O-Beinen, die, wenn sie die Treppe zum 2. Stock hinaufschritt, unweigerlich von Dutzenden lüsternen, ungelenk herumalbernden Jungen verfolgt wurde – einmal einen Blick unter ihren kurzen Rock werfen! Obschon der sicher nichts Unbekanntes offenbaren würde. Auch mit 17 nämlich hatten weder

Samuel noch seine engsten Freunde die Geheimnisse der weiblichen Anatomie leibhaftig ergründen können.

Aber immerhin war spätestens drei oder vier Jahre zuvor zu Ende gegangen, was Psychologen womöglich homoerotische Entwicklungsphase nennen, in Wahrheit jedoch ein teils gemeinschaftlicher und wechselseitiger Masturbationsmarathon gewesen war, während des Unterrichts unter den Bänken, beim Duschen nach dem Sport oder bei nächtlichen Klassenfahrtorgien im Landschulheim Niedermühlen. Dort trafen sich nach den Abendappellen (die der begleitende Lehrer militärisch abnahm) jeweils sechs oder sieben der Dreizehnjährigen in einem der Schlafräume, um nach flappsig-verlegener verbaler Einleitung einander bei Kerzen- und Taschenlampenschein auf den schmalen Betten ausgiebig zu befummeln. Samuel legte sich dabei gern nackt bis auf die Unterhose auf sein Bett und stellte sich schlafend, zog aber zuvor diese Unterhose, in Erinnerung an Rubens' Christusbild, bis zur Wurzel seines Glieds herab. Sein Bettnachbar schob nun langsam zwei Finger in den Slip, rechts und links des Penis, der sich auf den leichten Druck hin sogleich streckte und, schon feucht, hochschnellte, um von der fremden Hand mit festem Griff umschlossen, aus der Hose gezogen und gerieben zu werden, auf und ab, bis endlich das Zentrum seiner Existenz ins Zittern geriet.

Desungeachtet galt die immense pubertäre Lust, wenigstens in der Vorstellung, stets irgendwelchen weiblichen Objekten der Begierde. Aber die waren schier unerreichbar. Man konnte sie nur angucken, von Ferne, und oft reichte schon ein Blick für eine prompte Erektion – ein Blick auf Beine in der Straßenbahn, ein Blick durch ein Astloch in der Umkleidekabine des Freibads, ein Blick auf Esther Ofarim, Alexandra oder Manuela im Fernsehen, ein Blick auf Models wie Twiggy, Veruschka oder Jean Shrimpton (damals noch Mannequins genannt) in *Bravo* oder *Stern*.
In einer Nacht des Jahres 1965 schnitt Samuel aus einem Stoß Modezeitschriften seiner Mutter (*Petra* und *Brigitte*) Fotos von jungen Frauen in Miniröcken und -kleidern aus, die ihn (obschon oder weil angekleidet) enorm erregten, und klebte sie auf einer großen Plakatpappe sorgfältig zu einer lustvollen Collage

zusammen, die ihm für eine Weile als zuverlässige Masturbationsvorlage diente; und schon während der Stunden ihrer Herstellung vergoss er Ströme nie versiegenden Samens.

Erst durch das gemeinsame bzw. wechselseitige Masturbieren mit den Klassenkameraden entdeckte Samuel, dass sein Glied sich von denen anderer unterschied, denn seine Harnröhre mündete nicht vorn auf der Eichel, sondern an ihrer Unterseite, sodass sie leicht nach unten gekrümmt war und die Vorhaut sie nicht gänzlich umschloss (beinah der optische Eindruck von Beschneidung). Medizinisch handelte es sich um eine sogenannte Hypospadie, die man in den beiden ersten Lebensjahren gut chirurgisch hätte beseitigen können – seine Eltern (ansonsten nicht prüde oder verklemmt) hatten das nicht nur versäumt, sondern ihn auch nie auf diese Abweichung von der Norm hingewiesen. Die Entdeckung durch den Vergleich mit den Penissen der Mitschüler bereitete ihm indes keine Probleme, machte doch die Hypospadie sein Glied zusätzlich interessant, außerdem fielen auch andere aus der Reihe: Kurts Schwanz etwa (allmählich bürgerte sich diese Bezeichnung ein) war so sehr nach links gekrümmt, dass er um die Ecke pinkeln und abspritzen konnte, während Edwin ein winziges Glied und lediglich einen Hoden hatte und Hubert immense Angst vor dem Wasserlassen und einer Erektion, weil sich seine Vorhaut nur unter Schmerzen über die Eichel zurückziehen ließ.

Als Erwachsener allerdings fragte Liebe sich, ob seine anatomische Besonderheit ihn nicht doch unterschwellig den ersten Geschlechtsakt so sehr hatte fürchten lassen, dass es erst recht spät (er war 22) dazu kam. Womöglich würde die Partnerin die Hypospadie abstoßend oder lächerlich finden, oder er würde sie mit seinem leicht gekrümmten Glied nicht befriedigen können ...

Mit 14 lagen ihm solche Ängste noch fern. Bisweilen verschaffte ihm die unentwegte pubertäre Geilheit fast magische Kräfte. Seine Familie wohnte damals in einem kleinen Hollandhaus in Stommeln, neben einem Ehepaar mit zwei Töchtern, eine davon ein Jahr jünger als er (also 13), groß, dünn, hübsch, mit langen Beinen und kurzem Haar. Einmal hielt er sich nachmittags allein im Wohnzimmer auf, mit Blick zur Straße, der Rest der Familie war im Haus zugange, als er durchs gardinenlose Fenster auf der gegenüberliegenden Straßenseite das hübsche Nachbarmädchen sah, in einem kurzen Kleid, sie ging langsam auf und ab, er trat ans Fenster, ihre nackten Beine ließen sein Glied sogleich wachsen, er zog es aus seiner Jeans und onanierte, gerade unterhalb der Fensterbank, und ein plötzlicher Wunsch wurde dabei zum Mantra – bitte, zieh dein Kleid einen Moment hoch, bitte, bitte!!! – – und tatsächlich tat sie es, er sah ihre weiße Unterhose für einen winzigen Augenblick, der für die Ejakulation genügte. Gerade noch rechtzeitig konnte er sein nasses Glied wieder in der Hose verstauen, ehe seine Tante hinter ihm in den Raum trat. Das Risiko, ertappt zu werden, hatte die Lust vermutlich noch vergrößert.

Dreißig Jahre später war Liebe in innigster, wenn auch schwieriger Leidenschaft mit Utah verbunden, die mit ihrer Partnerin B. eine schöne Wohnung in Köln-Sülz bewohnte.

Nicht selten riss Utah nach einer lustvollen Nacht (B. war ihrerseits bei ihrem Geliebten in Krefeld) das Fenster auf und geriet dabei manchmal in ein Gespräch mit einer älteren Nachbarin, die im Haus gegenüber ebenfalls im Fenster lag. Einmal kroch Liebe dabei zu Utah hin, die nur ein T-Shirt trug, und leckte und streichelte sich an ihren Beinen hoch, die sie leicht öffnete, sodass er ihre Vulva gut erreichte, schließlich stand er auf und schob sein Glied in sie, während er an ihr vorbei die Nachbarin grüßte und sich, sein Kopf neben dem seiner Geliebten, an dem Gespräch beteiligte.

1967 durften der 15-jährige Samuel und sein Freund Gerry zum ersten Mal ohne Eltern in den großen Ferien für zwei Wochen zelten gehen, Samuels Vater setzte sie an einem Campingplatz am Chiemsee ab. Direkte Nachbarn in einem großen Hauszelt waren eine Mutter aus Salzburg mit ihrer 12-jährigen Tochter Lilla (der Mann kam nur zum Wochenende mit dem 17jährigen Sohn herüber), sowie zwei Pärchen Anfang 20 aus Holland, die in einem umgebauten VW-Bus campten. Samuel und Gerry, die in Köln in einer Beatband spielten, hatten Gitarren dabei und ein kleines batteriebetriebenes Tonbandgerät mit 90 Minuten Musik von den Beatles, Kinks und Who.

Die kleine, spillerige, nervende Lilla heftete sich, in Ermangelung von Spielkameraden, sogleich an Samuels und Gerrys Fersen, wenn sie im See badeten, in einem winzigen Schlauchboot am Ufer entlang paddelten und Federball oder Karten spielten. Schon nach zwei Tagen bürgerte sich ein, dass sich alle abends nach dem Essen am großen Tisch der Österreicher einfanden, um zu reden, zu trinken und zu singen, Dylan, Joan Baez, Donovan.

Auch am dritten Abend, nach einem immens heißen Tag, traf man sich, in Badehose bzw. Bikini oder Badeanzug, dort wieder. Gerry saß am Kopfende neben der Mutter, Samuel zwischen Lilla und einer der kiffenden Holländerinnen und geriet zunehmend in Rage, weil einer der Holländer völlig hirnlos die Beatles zugunsten der Stones runtermachte.

Plötzlich fühlte er, dass sich unter dem Tisch eine kleine warme Hand in seine Badehose schob, sein Glied umfasste und über den Bund herauszog, um die Vorhaut zurückzuschieben und die Eichel kräftig und fest zu reiben. Die Holländerin rechts hatte beide Hände auf dem Tisch, also war es die kleine Österreicherin, die schließlich, während sie an ihrer Limo in ihrer Linken nippte und gleichgültig in die Runde blickte, sein heißes Ejakulat mit ihrer Hand umschloss, die sie dann an seiner Hose und seinem Oberschenkel abwischte, ehe sie sich ein Stück Brot in den Mund schob.

Am nächsten Morgen, Gerry war duschen, Samuel saß vor dem Zelt und schrieb eine Ansichtskarte an Helen, mit der er aktuell *ging*, kam Lilla mit ein paar Semmeln. „Für euch, von der Mutter." Verlegen fragte er sie (und bekam einen Ständer): „Warum hast du das gemacht gestern Abend?" „Ach, das hilft manchmal dem Bruder, wenn er gar zu garstig wird." Beinahe hätte er sie um eine Wiederholung gebeten, dachte dann aber daran, dass sie noch ein verdammt kleines Mädchen und Helen in Maidenhead immerhin ebenso alt war wie er.

Noch Jahre später genoss Liebe es sehr, wenn eine Frau unerwartet ihr Interesse an ihm bezeugte, indem sie ihn heimlich unter einer Tischplatte oder vom Beifahrersitz des Autos aus befingerte. Nicht minder erregend, wenn sich eine Geliebte (oder gar eine Fremde) im kurzen Rock inmitten einer Schar von Bekannten in einer Kneipe auf seine Hand setzte, als Aufforderung, *seine* Finger nach Belieben spielen zu lassen.

Helen übrigens – hinreißend wie Françoise Hardy, also wie geschaffen für poppige Minikleider – hatte Samuel bei einem Tanzabend kennen gelernt, zu dem er mit seiner Band engagiert war. Auf der Bühne fühlte er sich durchaus selbstsicher und attraktiv, unten jedoch kam er sich wie ein Tölpel vor, unbeholfen, einfallslos und langweilig. Dennoch besuchte er mit Helen harmlose, elternüberwachte Parties, spazierte mit ihr durch den Rheinpark, bestieg mit ihr (wie mit der Freundin davor und der danach) den Kölner Dom und begleitete sie zum Zahnarzt. Aber nicht einmal zu einem Kuss zwischen ihnen kam es, so sehr er sich auch nachts in seinem Bett danach und nach ihrem Leib verzehrte, den er beim „engen" Tanzen mit jeder Faser seines Körpers spürte.

Kurz vor den Großen Ferien erschien *Sgt. Pepper* und verband mit der so nie zuvor gehörten Musik alle, die nicht Messdiener oder Perry-Rhodan-Fans waren, und auch Samuel noch ein Weilchen mit Helen, die im Rahmen eines Austauschprogramms einen Teil der Ferien eben in Maidenhead verbringen würde (She's leaving home, bye bye), den Beatles ganz nah, die dort immerhin Szenen von *Help* gedreht hatten. „Überall wo man hier hinkommt, läuft Sgt. Pepper", schrieb sie begeistert, „und alle versuchen, die Songs zu verstehen." Doch aus diesen Ferien würde sie erwachsener zurückkehren, so erwachsen, dass sie die Geschichte mit dem linkischen Samuel auf der Stelle würde beenden müssen.

Am zweiten Samstag am Chiemsee nahmen die Holländer Samuel und Gerry zu einem Tanzabend mit Live-Musik im nahen Chieming mit. In dem rappelvollen Bierzelt spielte eine mittelalte Trachtengruppe für noch ältere, offenbar als Bayern kostümierte Touristen unerträgliche deutsche Schlager der Saison (Ronny, Peter Alexander, Roy Black ...) und ebenso befremdliche bayerische Volksmusik. Die Holländer steuerten den einzigen Tisch mit jungen Leuten in chicen Hippieklamotten an, Münchner, wie sich herausstellte, die das Wochenende in einer Villa am See zubrachten. Man rückte auf den Bänken zusammen, eine missmutige Kellnerin brachte auch für die Neuankömmlinge Bier, bald ließen Samuel und Gerry, schon leicht angetrunken, sich breitschlagen, ein paar Songs aus ihrem Bandrepertoire zu präsentieren, sofern die Trachtenmusiker einverstanden wären – sie waren es, als einer der Münchner ihrem Pianisten einen Fuffziger zusteckte, weigerten sich aber, diese langhaarigen Gammler musikalisch zu unterstützen. Also spielten die beiden fünf Songs, beschränkt auf Bass,

E-Gitarre und zwei Stimmen: *If I Fell*, *Norwegian Wood* und *She's a Woman* von den Beatles, *Words of Love* von Buddy Holly und als letztes zwei Strophen *Twist and Shout*, die dank gleicher Akkordfolge nahtlos übergingen in *La Bamba* von Trini Lopez. Bei den ersten vier applaudierte und brüllte nur der Münchner Tisch provozierend, aber bei *La Bamba* stieg dann tatsächlich die Trachten- gruppe ein, sodass auch das gesetzte Publikum mitsang und -klatschte und sogar eine gebrechlich stolpernde Polonaise zustande brachte.

Schweißgebadet zurück am Tisch, fand sich Samuel neben der hübschesten der Münchnerinnen wieder, Uschi, einer Art Helen-Duplikat, wohl auch in deren Al- ter und wie sie viel rede- und weltgewandter als er, der nun, von der Bühne herabgestiegen, zu gewohnter tumber Nichtigkeit schrumpfte. Gleichwohl ver- abredete sich seine schöne Nachbarin, die unter ihrem Minikleid dunkle Nylon- strümpfe trug, für den kommenden Mittag mit ihm im Ort, um irgendetwas gemeinsam zu unternehmen – zum Abschied, als die Gruppe zu einer Geburts- tagsparty in der Nähe aufbrach, nahm sie Samuels Kopf zwischen ihre Hände, drückte ihre Lippen auf seine und ließ ihre Zunge in seinem Mund die seine für einen Moment umschmeicheln, ehe sie aufstand, ihm lächelnd durch die Haare wuschelte und mit ihren Leuten verschwand.

Auf dem trunkenen Heimweg zum Campingplatz schwärmte Samuel (Bilder von allerlei Uschis im Kopf – Glas, Obermaier) dem neidvollen Gerry von der Anbah- nung des kommenden Abenteuers vor und später im klammen Schlafsack über- mannte ihn der jähe Gedanke an Lillas (oder irgendeine) kleine Hand.

Am nächsten Tag fand er sich ein wenig vor der verabredeten Zeit am Treff- punkt ein, stellte sich (ahnungsvoll) hinter einen Baum und wartete. Ein silber- grauer Triumph mit geöffnetem Verdeck brauste heran und hielt 50 Meter ent- fernt mit laufendem Motor an. Am Steuer saß Uschi und Samuel begriff mit Entsetzen, dass sie mindestens 18 war, und sogleich wurde ihm klar, dass er einer 18-Jährigen nun überhaupt nichts zu bieten hatte, und so wartete er ver- steckt und beschämt, bis sie nach einigen Minuten wieder davonfuhr. Schöne Beine in dunklen Nylonstrümpfen indes (oder später Strumpfhosen) würden seine lüsternen Augen zeitlebens anziehen.

Die umwerfende Erfahrung seines ersten Zungenkusses konnte er immerhin bald anbringen und ausbauen, zwar nicht mit Helen, wohl aber mit ihrer noch viel hübscheren Nachfolgerin Isis, die 1968 eine seiner großen Lieben wurde und ihn in die Kunst des *Knutschens* einführte, die aber sogleich an ihre Grenzen stieß. Zwar ließ sich dabei ihr Körper weitgehend spüren und erahnen, gleichsam als Auftakt zu mehr, zum Entkleiden und Beischlaf oder zumindest zum Petting, wofür es jedoch damals mit 16 oder 17 kaum einen Ort gab – immer waren kontrollierende Erwachsene in der Nähe, die Angst vor dem Kuppelei-Paragraphen und ungewollten Schwangerschaften hatten; Verhütungsmittel waren bei den meisten Teenagern noch nicht angekommen.

An einem Sommersamstagabend 1968 spielte Samuels Schüler-Band in einem Jugendheim im ländlichen Dansweiler. Es gab keine Bühne, sie standen ebenerdig Auge in Auge mit den rund 200 Besuchern, die sie tatsächlich fünf Stunden lang zum Tanzen und Mitgrölen brachten – *Hey Jude*, gerade herausgekommen, geriet auf diese Weise fast 20 Minuten lang, das abschließende *Na na na nananana* brüllten alle bis zur Erschöpfung mit, und ein bildhübsches Mädchen in einem knallgelben Courrèges-Kleid tanzte dabei um Samuel herum, fuhr ihm mit einer Hand über den Rücken und durch die Haare und sang, ihre schweißnasse Wange an seiner, laut mit ihm ins Mikro. Nach dem letzten Akkord kündigte Gerry eine Pause an, Samuel stellte seine Gitarre an den Verstärker, schaltete ihn aus, fasste das Mädchen, das die Arme um ihn schlang, um die Hüfte und taumelte mit ihr benommen in den Hinterhof. Da küssten sie sich bereits, und ohne einander loszulassen, lehnten sie sich an eine Mauer, sie schmiegte sich an ihn, er spürte ihre vollen Brüste durch den dünnen Stoff und schob seinen linken Oberschenkel zwischen ihre Beine, die sie zusammenpresste, während sie sich an ihm rieb, bis sie plötzlich heftig zusammenfuhr, sich schüttelte, von seinen Lippen löste und ihn mit beiden Armen fest an sich drückte, ihr Mund an seinem Hals. Langsam zog er sein Bein, das einzuschlafen drohte, zurück, sodass sie nun an ihm lehnte, schwer und leicht zugleich, da nahm sie seine Hand und führte sie unter ihr Kleid zu ihrem Slip, der sich wunderbar warm und nass anfühlte.

„Ich muss leider wieder rein", sagte er nach einer Weile, die er selig ausgekostet hatte. „Klar", flüsterte sie.

Als er sich für den nächsten Song die Gitarre umhängte und die armseligen Scheinwerfer ihn und die anderen Musiker wieder anstrahlten, bemerkte er auf seinem linken Oberschenkel einen großen dunklen feuchten Fleck. Ein paar Stunden später zu Hause beschnupperte er die Stelle, nachdem er die Jeans ausgezogen hatte, und meinte, neben Bier- und Zigarettengestank noch den inneren Duft des Mädchens zu erspüren.

Im Jahr zuvor war die Band an Karnevalssamstag in einer großen Gaststätte am Ring von 20 Uhr bis zwei Uhr nachts für einen Kostümball engagiert gewesen, bei dem sie, jeweils 20 Minuten lang, aufspielten, wenn die eigentlichen Musiker, eine professionelle Karnevalskapelle, nach 40 Minuten Pause machten. Während diese Combo ihr konventionelles Repertoire abspulte, drückten sich die vier 15-Jährigen zunächst im Bühnenhintergrund in einem zugigen Gang herum, durch den unentwegt Kellner und Kellnerinnen hasteten, um die Gäste im Saal zu versorgen. In der dritten Stunde erbarmte sich schließlich die Chefin und schob die Teenager in einen verqualmten Wasch- und Toilettenraum mit ein paar Tischen und Bänken, wo sich die weiblichen Bediensteten aus Küche und Service (alle in den Zwanzigern und Dreißigern) in ihren knappen Pausen frisch machen und umziehen konnten – die Kellner hatten diese schwulen Gammler in ihrem Raum nicht haben wollen, aber die Frauen machten sich in ihren sexy Uniformen (schwarze oder hautfarbene Strümpfe, schwarzer kurzer Rock, weißes Schürzchen, weiße Bluse, dazu Perücken und karnevalistisch geschminkte Gesichter, Kleopatra, Katze, Indianerin etc.) einen Spaß damit, die verlegenen Gymnasiasten spielerisch anzumachen: Eine, die Strümpfe wegen einer Laufmasche wechselnd, deutete lasziv einen Striptease an, eine andere, aus der verschmutzten Bluse geschlüpft, wippte vor dem Leadgitarristen mit ihren in einem roten BH steckenden Brüsten, eine dritte band dem Bassisten die langen Haare mit einem schwarzen Kondom, das sie zuvor aufgeblasen und gelutscht hatte, zu einem Pferdeschwanz zusammen, eine vierte presste dem Schlagzeuger ihre roten Lippen wie einen Stempel auf Mund und Wange und die fünfte drückte sich, ehe sie hinausrannte, um ihre Arbeit fortzusetzen, für einen winzigen Moment an Samuel, um ihre feuchte Zunge durch seine linke Ohrmuschel wandern zu lassen und zart an seinem Ohrläppchen zu knabbern. Die Teenager grinsten sich mit roten Köpfen an, und der Bassist begann leise: „And here's to you, Mrs Robinson / Jesus loves you more than you will know, wow wow wow ... "

Zum Abschluss des Balls, kurz vor zwei Uhr, weckte die Kellnerin mit dem Kleopatra-Gesicht, das nun aufgelöst und alt erschien, die vier Jungen, die, aneinander gelehnt, auf ihren Stühlen eingeschlafen waren. Alle, nun auch die Ober und die Karnevalsmusiker, drängten sich in den kleinen Raum für einen letzten Absacker (und die Auszahlung der Honorare), friedvoll solidarisch in ihrer klassenlosen Erschöpfung.

Samuel hatte *Die Reifeprüfung* im Rex gesehen und nachvollziehen können, dass Dustin Hoffman der auch mit 46 noch überaus verführerischen Anne Bancroft-Robinson erlag. Und die reizvolle schwarz-weiße Uniform der Kellnerinnen an jenem Abend erinnerte ihn hautnah an die junge Jeanne Moreau in *Tagebuch einer Kammerzofe* und die lustvollen Phantasien, die sich daran, genauer an der hilfreichen Erziehung durch kundige und bereitwillige Dienstmädchen, entzündeten (also wieder Rokoko, aber auch Vorwegnahme des pubertären Softpornos *Ein Sommer auf dem Lande* mit Brigitte Lahaie und entsprechenden Erinnerungen z.B. von Ludwig Marcuse).

Fünf Jahre später stellten seine Eltern, unterdessen aus beruflichen Gründen in Ostbelgien, für die Führung ihres aufwändigen Haushalts eine kleine dralle, dunkelhaarige Wallonin ein, die, wenn Gäste kamen, tatsächlich in schwarzen Strümpfen, kurzem schwarzen Rock und weißer Bluse ihren Dienst versah. Samuel, nun 20 Jahre alt, hoffte für eine Weile, dass es die 19-jährige Gabrielle sein würde, die ihn endlich von seiner sexuellen Unschuld erlöse – es wäre so praktisch, wenn sie, Tür an Tür mit ihm, die Initiative ergriffe und ihn verführte, auch so angenehm unverbindlich angesichts der Sprachbarriere und des sozialen Gefälles. Aber Gabrielle spielte nicht mit, sie mochte nicht ihn, den langhaarigen Hippie-Sohn ihrer Arbeitgeber, sondern einen zweifelhaften raubeinigen Gebrauchtwagenhändler, Typ Johnny Hallyday, der sie samstags mit einem protzigen Motorrad für ausschweifende Wochenenden im nahen Eupen oder Welkenraedt abholte.

3 oder *Incipit vita nuova*

1974: Entjungferung. Wider Erwarten der unbeschwerteste Sexualakt seines Lebens, weil völlig ungeplant und aus der Situation geboren. Die Hypospadie: unproblematisch.

[Zwischenbericht mit 43]

1995 hielt Samuel Liebe Monogamie (Treue) für eine wesentliche Kulturleistung, die zwei Personen von der Tyrannei des Killer-Wettbewerbs der Gene erlöse und ihnen einen Freiraum eröffne, der erst etwas so Menschliches wie Liebe möglich mache. Und es erschien ihm zu billig, diese Errungenschaft mit dem Verweis auf den Kerker der christlichen Ehe, die Liebe und Lust so schändlich deformiere, zu diffamieren.

„Offensichtlich bist der eigentliche Romantiker von uns beiden du", hatte Utah einmal gespöttelt, zu einer Zeit, als sie über ihre unterschiedlichen Liebes- und Lebensvorstellungen, die durch ihre aktuelle Verbindung vorerst außer Kraft gesetzt oder vielleicht erfüllt und vereinbar schienen, noch offen hatten sprechen können, „Du glaubst ja tatsächlich noch an die große Liebe!"

„Natürlich", hatte er entgegnet.

„Und das bin ich?" hatte sie wissen wollen.

„Ja", hatte er bestätigt.

„Wieso?" hatte sie gefragt.

„Weil ich dich entdeckt habe", hatte er erklärt.

„Wie das kleine jüdische Mädchen in dem KZ-Film?"

„Ja."

„Es könnte aber auch eine ganz andere Frau als ich sein?" hatte sie nachgehakt.

„Sicher", hatte er zugegeben, „Es gab ja andere."

„Viele?"

„Nein, nicht viele. Recht wenige."

„Und allesamt große Lieben?"

„Nur zwei."

„Wer?"

„Sabrina und Isis."

„Und jetzt bin ich dran?"

„Jetzt bist du dran", grinste er.

„Aber sind das nicht zwei zu viel?", fragte sie, „Wenn du schon an die große Liebe glaubst?"

„Du hast recht", gestand er, „Das ist ein Problem. Hätte mich Sabrina mit Zwölf nicht verlassen, hätte es Isis nie gegeben ..."

„Und hätte Isis dich mit 20 nicht verlassen ..."

„... würde es dich nicht geben."

„Also ist dein Ideal ein wenig befleckt", spottete sie.

„Ich habe einen Trick der Selbstreinigung", offenbarte er, „Auf jede meiner gescheiterten großen Liebschaften folgte jeweils eine lange Zeit der Askese."

„Die was bewirkte?"

„Sie löschte meine körperlichen Erinnerungen."

„An Sabrina und Isis?"

„Ja."

„Wozu?"

„Um zum Beispiel dich nicht mit Isis oder sie mit dir zu betrügen ..."

„Das ist lächerlich!" rief sie, „Die Geschichte mit Isis liegt 21 Jahre zurück!"

„Ja", nickte er bekümmert, „Es dauert jedesmal länger ..."

„Die Wiedergewinnung deiner Unschuld?"

„Ja", bestätigte er, „Auch darum wäre es schön, wenn du bei mir bliebst, immerhin bin ich schon 41!"

„Aha!" empörte sie sich, „Du hast Angst, die Zeit für eine weitere große Liebe könnte knapp werden, wenn ich dich verlasse ...!"

„In der Tat", bestätigte er.

„Recht ernüchternd", befand Utah.

„Siehst du", hatte Liebe erwidert, „*du* bist die Romantikerin."

„Und du ein elender monogamer Spießer!" fuhr sie ihn an, „Und wie alle Spießer verbrämst du den wirklichen Grund deiner Haltung mit einer abstrusen Ideologie!"

„Und was ist der wirkliche Grund?" fragte er.

„Angst natürlich!" lächelte sie siegesgewiss, „Angst vor Abenteuern! Du liebst eben das Gefängnis!"

„Und du die Freiheit ...", spottete er.

„So ist es", bekräftigte sie heroisch und fügte nach einer Weile hinzu: „Und Frauen!"

„Ich weiß", hatte er gemurmelt, „Keine guten Karten ..."

„Nein", hatte Utah geflüstert, während ihr Mund an seinem Ohr lutschte und ihre Hand unter seinem Hemd verschwand, „Hättest du dir denn nicht, verdammt nochmal, eine ganz normale hübsche kleine blonde Frau aussuchen können ...?"

Nein, stellte Liebe fest, nachdem Utah ihn, im Frühjahr 1995, tatsächlich verlassen hatte. Offenbar favorisierte er – wie die Rückschau bestätigte – schlanke, dunkelhaarige, androgyne und, vor allem, schwierige Frauen, auch wenn er eingedenk jener, mit denen er verbunden gewesen war oder die ihn nur von Ferne, auf der Straße, in Filmen, im Fernsehen, auf Fotografien interessierten, die Idee eines Typus, der ihn gleichsam unentrinnbar fessele, abwegig fand – abgesehen vielleicht davon, dass Attraktivität für ihn unlösbar geknüpft war an eine gewisse unklare Form des Gezeichnetseins. Denn alle, die er begehrte oder verehrte, trugen in ihrem Äußeren oder Inneren Narben und Schatten von Wunden, die ihnen ihr Vorleben zugefügt hatte. Menschen hingegen, die heil, hell, glatt und rund erschienen, weil ihr Leben (tatsächlich oder vermeintlich) spurlos an ihnen vorüber gegangen war, zogen ihn nicht an. Vielleicht gerieten darum in sein Blickfeld kaum je blonde und beleibte Frauen – sie schienen ihm per se einer heileren, weniger finstren Lebenssphäre zugehörig. Dagegen vermutete er die Gezeichneten der Tief- und Abgründigkeit dessen näher, was auch seine Realität war, und nur dort konnte er ihnen begegnen.

Allerdings ging seine Obsession für sie nicht so weit, dass er in besonderer Weise Krüppeln oder heillos Versehrten zugetan war, nein, die Verwundung, die ihn anzog, durfte nicht den Eindruck des Scheiterns vermitteln, immerhin wollte Liebe ja in seiner wirklichen oder fiktiven Verbindung mit einer Gezeichneten nicht untergehen. Im Gegenteil: Sie beide sollten an ihr genesen, denn auch er, Liebe, war verletzt. Der Verwundung musste demnach eine Kraft beigesellt sein, die ein Scheitern verhinderte. Und genau diese Kombination aus Gezeichnetsein und Kraft machte in seinen Augen die, die ihn interessierten, schön.

Diese Präferenz galt auch für seine fiktiven Liebschaften, die Objekte betrafen, die er seine Öffentlichen Frauen nannte, insofern es sich bei ihnen einerseits um Frauen handelte, von denen er sich nur ein durch Film, Fernsehen und Zeitschriften vermitteltes Bild machen konnte (Schauspielerinnen, Sportlerinnen, Literatinnen usf.) – oder aber um Frauen, die er, vielleicht nur ein einziges Mal, im Vorübergehen sah, im öffentlichen Raum, auf der Straße, in Geschäften, bei der Zugfahrt, in einer Gaststätte.
Diese fiktiven Beziehungen waren tatsächlich Liebschaften (und nicht bloße Onanier-Vorlagen, die es auch gab), denn Liebe erwählte auch hier nur jene Objekte, die seiner angedeuteten Vorstellung von Schönheit entsprachen – wenngleich er sich bewusst war, dass diese Vorstellung, auf synthetischen Bildern beruhend, gewiss irrig war und die jeweils angebetete Öffentliche Frau sich in ihrer, ihm nicht zugänglichen Wirklichkeit vermutlich sehr von jener unterschied, die er für eine Weile in ihr sah und verehrte.
Andererseits fand er den Unterschied zu realen Figuren keineswegs prinzipiell: Auch in leibhaftigen Beziehungen machte sich ja in der Regel jeder vom anderen versuchsweise ein Bild, das er glaubte und anbetete, und im besten Fall lag man mit diesem Bild einigermaßen richtig, im schlimmsten indes nahm man dem anderen übel, dass er ein Versprechen nicht hielt, das er nie gegeben hatte.

Die erste (und in gewisser Weise noch untypische) von Samuel Liebes Öffentlichen Frauen war 1958 die junge Schauspielerin Heidi Brühl, die in den drei Immenhof-Filmen das Mädchen Dalli spielte. Dalli lebte mit ihren beiden älteren Schwestern unter der Obhut der Großmutter (ein männer- und elternloser

Nachkriegs-Haushalt[2]) auf einem ausgedehnten Schleswig-Holsteinschen Land-
gut inmitten von Tieren (vor allem Ponys) und einer Schar von Bauernkindern,
mit denen sie in der wunderschönen Landschaft (Wald, Wiesen, See) harmlose
Abenteuer erlebte. Der 6-jährige Samuel identifizierte umgehend die Kunstfigur
mit ihrer Darstellerin und beide sogleich mit seiner besten Freundin Sabrina,
denn alle drei waren blond, dünn und pfiffig, und so liebte Samuel Sabrina,
wenn er in den Schulferien in dem Dorf war, in dem sie (und auch seine Großmutter) lebte, und Heidi-Dalli in den Zeiten dazwischen.

Begünstigend für diese Affäre war natürlich, dass beide Geschichten (die reale
wie die fiktive) auf dem Land spielten (das in den 1950er-Jahren noch kein
domestizierter Stadtrand war), in einer vermeintlich noch heilen Kinderwelt, in
die das Unheil nur erst marginal hineinragte (als Gerichtsvollzieher, Geldknapp-
heit und bäuerliche Hofschlachtung), ein treffendes Bild also der frühen Ade-
nauer-Ära – ernstlich gezeichnet war da für Samuel noch niemand ...

... was bereits vier Jahre später nicht mehr zutraf (denn unterdessen hatte
seine Mutter ihr Leben beendet, wodurch Samuel den Tod, den Großen Zeich-
ner, entdeckte), und so war Marie Versini, als Ntscho-tschi in Winnetou I, schon
ein ganz typischer Fall, sie hatte, wie er fand, eine dunkle, zerrissene Seite, die
ihr Gesicht und ihren Körper sehr schön und real machte, so dass ihn ihr Film-
Tod (wie zuvor jener im Buch) ungemein berührte, zumal sie nur darum starb,
weil Old Shatterhand-Barker in seiner süffisanten Spießigkeit darauf bestand,
dass sie eine westlich-christliche Erziehung zu absolvieren habe, ehe sie würdig
sei, seine Gattin zu werden; ein (wie Liebe später interpretierte) übler Trick Karl
Mays, um die schwule Beziehung zwischen Shatterhand und Winnetou zu vertuschen. Samuel jedenfalls wäre mit Ntscho-tschi (und Marie Versini) in ihrem
Dorf am Rio Pecos geblieben, für immer.

Andere Öffentliche Frauen wurden im folgenden (u.a.): Anna Karina, Audrey
Hepburn, Lauren Bacall, Rita Tushingham, Esther Ofarim, Geraldine Chaplin,

---

[2] Die Generation der Eltern war durch das 3. Reich diskreditiert, so dass man die Zukunft (Kinder) lieber mit der Vorvergangenheit (Großeltern) verknüpfte – auch im politischen Raum: Adenauer und Heuss.

Charlotte Rampling, Jane Birkin, Verena Buss, Irene Papas, Marie Laforet, Patti Smith, Frida Kahlo, Nathalie Baye, Angela Molina, Patricia Millardet, Martina Navratilova, Annie Lennox, Pina Bausch, Sandrine Bonnaire, Sinead O´Connor, Madeleine Stowe, Geraldine Somerville, Libuse Monikova, Fanny Gaïda, Kristin Scott-Thomas ...

Mit jeder von ihnen lebte Liebe eine Weile mehr oder minder intensiv zusammen, von Ferne, in den langen Zeiten zwischen seinen raren realen Liebschaften. Nicht unähnlich den tatsächlichen Beziehungen, durchlief sein Verhältnis zu einer Öffentlichen Frau in gewisser Weise alle gängigen Stadien einer Affäre: eine Figur, ein Gesicht ergriff ihn, sein Bild der Erwählten war ein emotionaler Entwurf, den er im folgenden durch das Beschaffen möglichst vieler Informationen vertiefte, bestätigte, korrigierte, bis er das Objekt seiner Zuneigung so gut kannte wie ihm möglich war; von nun an gehörte es zum festen Personal seiner Geschichte, und wenn sich auch schließlich seine emotionale und/oder erotische Bindung an diese Person verflüchtigte, so verfolgte er doch auch nach einer solchen Trennung ihren weiteren Lebensweg mit großer Anteilnahme, wie man sie nur jemandem gegenüber empfindet, dem man einmal sehr nahe war. Der Krebstod Audrey Hepburns etwa machte ihn sehr traurig, ebenso, dass Esther Ofarim in den 1980er-Jahren vor Kummer (oder Glück) rund wurde und anscheinend ihr Profil sowie ihre Musik verlor, während ihn die Würde und Gelassenheit, mit der Jane Birkin alterte und im Altern schöner wurde, ermutigte. Oder er freute sich, dass sich Sandrine Bonnaire mit William Hurt, den er schätzte, zusammentat, während er Martina Navratilovas Schock teilte, als ihre ehemalige Lebensgefährtin vor Gericht indiskret und rücksichtslos eine stattliche Abfindung von ihr einklagte.

Tatsächlichen Kontakt zum jeweiligen Objekt seiner Begierde und Ergriffenheit herzustellen, etwa durch Briefe, Anrufe oder gar Nachstellungen, hätte Liebe für kindisch, anmaßend, taktlos und verwerflich gehalten, blieb er doch nüchtern genug, zu wissen, dass es sich bei diesen Liebschaften um (seine) Fiktionen handelte, die zum Gutteil auf (seinen) Projektionen beruhten, die er auf den manipulierten und zensierten Informationen der Medien errichtete. Zum Gutteil, doch nicht nur. Denn allen medialen Manipulationen und

Unzulänglichkeiten zum Trotz lag ihnen immer doch eine reale Gestalt, ein wirkliches Gesicht zugrunde, die man sehen und entschlüsseln konnte. Sowenig er also etwa die Rollen, die die Schauspielerinnen unter seinen Öffentlichen Frauen spielten, mit ihnen selbst verwechselte, sowenig glaubte er, dass sie nichts weiter als nur Rollen seien. Auch eine Schauspielerin vermochte nichts anderes zu spielen als in ihr war, also blieb sie auch in ihrer Rolle als sie selbst präsent und bot damit, wie jedes leibhaftige Gegenüber, Material für erlaubte Mutmaßungen, die Liebes Phantasie entzündeten.

Die mediale Darbietung einer Person lieferte darüberhinaus in ihrer grenzenlosen Indiskretion in weitaus kürzerer Zeit sehr viel mehr Informationen als dies in realen Begegnungen möglich war. Der junge Samuel erblickte etwa Charlotte Ramplings schönen nackten Leib bereits nach einer Stunde Film (in *Der Nachtportier*), während er für die gleiche Erfahrung z.B. bei Sigrid sechs Monate brauchte, bei Utah gar fünf Jahre.

Hinzu kam, dass die gleichsam substanzlosen Dokumente gewissermaßen die Zeit aufhoben, Lauren Bacall würde, trotz ihres realen Verfallens, immer auch jene junge, spröd-kokette Frau bleiben, die in den 40er-Jahren Humphrey Bogart den Kopf verdrehte, und konnte darum, noch 50 Jahre später, auch Liebe den Kopf verdrehen. Und Frida Kahlo, obschon längst unidentifizierbar in der Erde Mexikos aufgelöst, blieb auf Fotografien und den wenigen Filmdokumenten eine ungeheuerliche Frau, die Liebe von Herzen verehren konnte – ohne puristisch auf ein durch heuchlerische Sachverständige von der wirklichen, einmaligen Person losgelöstes Werk (das er schätzte) auszuweichen.

Die Beziehungen zu seinen Straßenfrauen (der anderen Gruppe seiner öffentlichen Lustobjekte), waren einfacher und direkter, ging es Liebe hier doch in erster Linie um erotische Abenteuer. Das hatte seinen schlichten Grund darin, dass er sich von einer schönen Gezeichneten, die beispielsweise in der Straßenbahn zehn Minuten lang neben ihm stand (dann stieg er aus), kein anderes als ein ausschließlich körperliches Bild machen konnte. Er würde sie nicht wiedersehen, es gab (anders als bei den Medien-Frauen) keine Chance, irgendetwas über sie in Erfahrung zu bringen, also war das Geschehen auf ein Moment

kürzester physischer Präsenz reduziert, aus dem er ein erotisches Augenblicks-
bild schöpfte, das ihn eine Weile beschäftigte und ergötzte.

Der öffentliche Raum des Geschehens – die Straße, der Supermarkt, das Restaurant, das Theater-Foyer – war für ein solches Ereignis unabdingbare Voraussetzung, denn er ermöglichte eine Art sublimierter Prostitution: Wer ihn betrat,
zeigte sich Unbekannten und sah sie zugleich, ohne weitergehende Verpflich-
tungen und Risiken einzugehen. Eine junge Frau, die in Minirock, Netzstrümp-
fen, Stiefeln und bauchfreier Bluse durch die Einkaufspassage schritt, wusste
nicht nur, dass man sie ansah, sie wünschte es auch, denn sie hatte zu Hause,
im geschützten Innenraum, beim Ankleiden und Schminken, die Entscheidung
getroffen, draußen ihre körperlichen Vorzüge den Blicken Fremder zu präsentieren. Und Liebe hätte es als unhöflich empfunden, auf ein solches Signal nicht
zu reagieren. Also schaute er hin, nichts weiter; denn alles weitere (etwa ihr
Auftreten als Angebot zum Beischlaf zu interpretieren), wäre tatsächlich ein
Missbrauch gewesen. Eine Frau, die ihren Körper zur Schau stellte, war nicht
zwangsläufig eine Nutte, die ein Geschäft anzubahnen wünschte, aber für das
Nuttige an dieser Zurschaustellung war Samuel überaus empfänglich; er bewunderte den Mut, den solch direkte, unverschleierte Darbietung erforderte
(während ihn professionelle Mediennutten wie Claudia Schiffer oder Naomi
Campbell kalt ließen).

Zudem war dieser öffentliche erotische Raum eine Bühne, auf der auch sozial
und ökonomisch benachteiligte Frauen auftreten und brillieren konnten. Dass
sie sich anders kleideten, bewegten und artikulierten als Akademikerinnen,
Künstlerinnen, Unternehmerinnen und Manager-Gattinnen (billiger, ge-
schmackloser, ordinärer, wie jene urteilten), tat ihrer erotischen Aura in Liebes
Augen keinen Abbruch, im Gegenteil, ihre Erotik erschien ihm gar unmittelbarer
und ehrlicher; auch fremder, denn er hatte noch nie mit einer solchen Frau
geschlafen, die weder Kafka, Wittgenstein und das Djin Ping Meh gelesen hatte
noch das sozio-ökonomisch-politisch-kulturelle System der BRD durchschaute.

Merkwürdig genug, hielten sich intellektuell Orientierte, weil sie die einschlägige
Literatur gelesen hatten, häufig auch für sexuell befreiter und findiger als ihre
Brüder und Schwestern aus der Unterschicht. Liebe teilte diese Einschätzung

nicht, er hatte im Fernsehen eine Reportage über einen sogenannten Swinger-Club gesehen, dessen Besucher erstaunlicherweise allesamt dem Bildungsproletariat entstammten; in einem (zugegeben) ekelhaften und geschmacklosen Ambiente gingen diese einfachen Leute sexuellen Vergnügungen nach, an denen teilzuhaben Liebe schlicht der Mut gefehlt hätte.

Dumm fickt gut, zitierte dazu eine treffsichere Bekannte eine überlieferte Volksweisheit, und wenn Liebe auch den Begriff „dumm" politisch korrekt eben durch „bildungsbenachteiligt" ersetzt hätte, so schien ihm dennoch die Möglichkeit, dass der Kern der Aussage zuträfe, nicht abwegig, sowenig wie ihr verheerender Umkehrschluss.

Fickte also beispielsweise er, Liebe (bewandert in so vielen Gebieten der kulturellen Landkarte), schlecht?

Keine seiner realen Geliebten hatte ihm dies je so gesagt, aber alle hatten ihn immerhin verlassen, und wenn sich auch für all diese Trennungen eine Vielzahl von Ursachen und Gründen benennen ließ, so verengten sie sich doch bisweilen in seinem eigenen Kopf zu dem einen vernichtenden Argument: Er war kein genügend guter Liebhaber gewesen.

Diesem Urteil, Liebe wusste es, lag natürlich eine äußerst heikle Implikation zugrunde, die Annahme nämlich, dass Frauen derart simpel (weil animalisch) strukturiert seien, dass ihnen jeder charakterliche, psychische und gar körperliche Makel eines Mannes belanglos sei, sofern er nur über eine gewaltige genitale Apparatur und überwältigende sexuelle Kondition verfüge.

Ein Bekannter von ihm, hierzulande ein strahlend selbstbewusster sogenannter Frauenheld, kritischer, tiefgründiger Künstler dazu, kehrte gebeugt von einem Kurzurlaub aus New York zurück und resümierte zerknirscht: Die wollen alle einen Neger (also einen riesigen schwarzen Schwanz)! Wobei er mit „die" weiße Frauen, auch Europäerinnen, meinte, derer er sich bis dahin sicher wähnte. In den folgenden Monaten schuf er aus seiner resignierten Einsicht einen Bilderzyklus, betitelt KULTUR & NATUR, worin raffinierte Abstraktionen unaufhaltsam von naiven Fruchtbarkeitssymbolen verschlungen wurden – angelehnt an Joni Mitchells Cover ihrer LP *The Hissing of Summer Lawns*, das den Dschungel des Central Park den tönernen (kopfigen) Moloch New York unterwandern ließ. Nachdem er diese neuen Arbeiten in einer vielbeachteten Ausstellung der

Öffentlichkeit übergeben hatte, flog er zunächst einmal für vier Wochen nach Bangkok. Dort würde er (mitsamt seines Glieds) größer sein als beinahe alle. Ein global player.

Die Frage jedenfalls, ob Liebe gut fickte oder nicht, blieb vorerst offen, zumal eine negative Antwort vermutlich keine Konsequenzen gehabt hätte: Zurück zur Natur führte kein ihm bekannter Weg. Er hatte, ebenfalls via Fernsehen, erfahren, dass es auch Swinger-Clubs für Akademiker und Intellektuelle gab, nur hießen sie anders, etwa „Schule für tantrische Vollendung", aber auch dort ging es letztlich um das Eine, wenngleich erweitert um eine durchaus spirituelle, ja kosmische Dimension, die denen, die nicht gut genug fickten, ganzheitliche Befreiung verhieß, den Coitus mit Gott. Die großzügigen Räumlichkeiten waren, im Gegensatz zum erwähnten Swinger-Club, gediegen ausgestattet, die Musik wie die angebotenen Speisen und Drinks erlesen. Die zerknirscht und zugleich prinzipiell devot hereinwandelnden Damen und Herren der gebildeten Ober- und Mittelschicht unterschieden sich indes nackt, ihrer geschmackvoll teuren Garderobe entblößt, in ihren offensichtlichen physischen Gebrechen und Unzulänglichkeiten in nichts von den billigeren Swingern. Der tatsächliche Unterschied: Die Gebildeten, unter Führung des geschäftstüchtigen Meisters, lernten angestrengt noch immer, noch immer um Gunst buhlende Kinder, Schüler, Mitläufer – während ihre swingenden Proleten-Kollegen sich wenigstens amüsierten. Gezeichnet, so Liebe, weder die einen noch die anderen.

Gezeichnet hingegen jene bemerkenswerte Frau, die, als er eines nachmittags, den Einkaufwagen schiebend, den REWE-Supermarkt betrat, gerade vor ihm die Sperre durchschritt. Er folgte ihr zwangsläufig auf dem Fuße, sein Blick sogleich an ihre Gestalt gezogen, schon durch das enge, signalrote Kleid, das sie trug, kniekurz, mit halbem Arm, die Beine strumpflos, schlank, sehr braun, die Füße in halbhohen Schuhen im Rot des Kleids, kein Schmuck, nur am rechten der anmutig muskulösen Arme eine Uhr, ein gerader, flaumbedeckter Nacken, darüber dickes, dunkelbraunes Haar, sorgfältig zusammengesteckt.
In der Obst- und Gemüseabteilung verlor er sie aus den Augen, begegnete ihr dann aber wieder am Milchregal, erneut hinter ihr, erst bei den Toilette-Artikeln

sah er sie zum ersten Mal von vorn und erschrak beinah, weil ihr Gesicht älter war als der Eindruck ihrer Figur, es war ein zerstörtes, wenngleich schönes Gesicht, das sah er ebenfalls, stark geschminkt, ohne etwas zu verbergen, vielmehr die Augen, den Mund, die Wangen, selbst die Falten und Narben einer 45-Jährigen selbstbewusst betonend, und während er sie gebannt anstarrte, bemerkte auch sie ihn zum erstenmal und schaute ihm, einen Moment lang, direkt in die Augen, wandte sich dann aber einem kleinen Mädchen zu, das neben dem Einkaufswagen stand, ihre Enkelin offensichtlich, die Liebe übersehen hatte.

Als er schließlich seine Karre zur Kasse schob, stand sie vor ihm in der Reihe, ein älterer Mann legte soeben seine Einkäufe aufs Band. Ohne das sporadische Gespräch mit ihrer Enkelin zu unterbrechen, die in den Süßigkeitsauslagen wühlte, drehte sie sich plötzlich Liebe zu, der einen halben Meter hinter ihr stand, sah ihm wieder geradewegs in die Augen, zwei, drei Sekunden lang, er hielt dem Blick stand und bemerkte zugleich, dass das rote Kleid vorn durch eine lange Knopfreihe geschlossen war, die diagonal von der rechten Schulter bis zum linken Knie lief, die oberen vier Knöpfe waren geöffnet, so dass das Kleid sich genau zwischen den Brüsten, an denen es fest anlag, wie ein Kragen zum Dekolleté auffaltete, Liebe konnte nur eine Ahnung des Brustansatzes wahrnehmen, doch jetzt, als wäre ihr die Einschränkung seines Blicks bewusst geworden, ging sie, sich ein wenig nach vorn beugend, in die Hocke, suchte im untersten Fach des Regals ein Feuerzeug, der Ausschnitt ihres Kleids stülpte sich auf, darunter war sie nackt, und Liebe, ohne sich bewegen zu müssen, sah fünf Sekunden lang auf ihre runde, kleine, junge, braune rechte Brust herab, deren aufgerichtete Spitze innen den roten Stoff berührte, ein Schauer durchfuhr ihn, und die Frau, während sie sich wieder erhob, streifte mit einem kühlen Blick seinen Unterleib, und tatsächlich hatte er eine Erektion, aber da stand sie schon wieder aufrecht, zog das Kleid zurecht, schaute noch einmal kurz in seine Augen, ehe sie sich endgültig von ihm wegdrehte und rasch und bestimmt das Ausräumen des Wagens und die Bezahlung erledigte, um dann, ihre Enkelin an der Hand, schnell den Supermarkt zu verlassen.

Spätestens mit 60 fand sich Samuel Liebe in gewisser Weise zurückgeworfen in seine Pubertät, denn da er in keiner festen Beziehung lebte, hatte er Sex, wie als Teenager, am Ende nur noch mit sich selbst. Zwar war er nach wie vor mehr als empfänglich für die Reize schöner Frauen, aber diese Anziehung war überschattet von der traurigen Erkenntnis, nie mehr eine solche Frau für sich gewinnen zu können (und sei es auch nur in der Projektion), hätte er doch seinen alten Körper keinem weiblichen Gegenüber zumuten wollen; einen Körper, der nicht allein unansehnlich geworden war (Kehlsack, Bauch, Buckelansatz), sondern dank Alter, vergrößerter Prostata, schwerer COPD und Schlafapnoe wohl auch kaum mehr in der Lage, die erforderliche sexuelle Leistung zu erbringen, zumindest nicht die kopulative, litt Samuel doch zudem an beginnender erektiler Dysfunktion, einer euphemistischen Tarnung von Impotenz (Hände, Lippen und Zunge waren eine andere Sache). Und schon ein tiefer Kuss erschien ihm in der Vorstellung äußerst problematisch, denn was, wenn die am unteren Gaumen täglich angeklebte Zahnprothese sich dabei lockerte oder gar löste? Für eine deutsche Klamauk-Komödie mochte das ein lustiger Gag sein, für die Anbahnung einer realen sexuellen Begegnung jedoch ein todsicheres Desaster.

Ärgerlich also, dass die Libido nicht in gleichem Maß wie die erektile Funktion abnahm, ärgerlich und ebenso befremdlich wie die Tatsache, dass sein erotisches Begehren kaum je von einer gleichaltrigen oder älteren Frau entzündet wurde, deren Verfall dem seinen entspräche. Offenbar wirkte der evolutionäre Auftrag, seinen Samen zur Erhaltung seines Clans in geeignete Objekte zu befördern, auch im Alter fort, ganz ungeachtet des Umstands, dass sein Clan mit ihm ausstürbe und er zudem kaum mehr nennenswerten Samen hervorbrächte, geschweige denn zeugungsfähigen. Und für geeignete Objekte hielt die Evolution, perfide genug, ganz offensichtlich jüngere oder junge, von Leben strotzende Frauen, vor denen es, wie er zu seinem Kummer und Entzücken bemerkte, kein Entrinnen gab, weder draußen in der realen Welt, noch drinnen auf dem Bildschirm seines Rechners.

Seine Lungenkrankheit und seit Frühjahr 2020 diverse Lockdowns durch Covid-19 zwangen Samuel zweimal täglich zu öden Spaziergängen durch den nahe gelegenen Blücherpark (vor jedem Aufbruch fragte er sich wie Joey in der TV-Serie: „Hallo Fury, wie wärs mit einem kleinen Ausritt? Hast du Lust?" – ein Wiehern die Antwort).

Angenehm an diesen medizinisch angeratenen Ausgängen war lediglich, dass er dabei erstaunlich vielen hübschen Frauen begegnete, die sich, offenbar einem modisch-existenziellen Selbstoptimierungszwang unterworfen, joggend und schwitzend durchs Grüne quälten, bisweilen kaum schneller als er, dafür aber meist reizvoll gekleidet, etwa mit einem knappen Crop Top oder Sport-Bustier und hautengen, zum Teil transparenten Running-Pants – optische Anregungen, die er gern mit nach Hause nahm, denn leider bedurfte er mittlerweile solch äußerer Bilder, nicht um seine Lust zu entfachen (das war kein Problem), wohl aber, um sie durch eine mühsam bewerkstelligte Ejakulation wieder loszuwerden.

Lange noch nach seinen letzten leibhaftigen erotischen Erlebnissen hatten diese Aufgabe jene inneren Bilder übernehmen können, die die Erinnerungen an sein vergangenes Sexualleben speicherten. Aber dieser sehr persönliche Fundus war irgendwann aufgebraucht und verblasst. Insofern war er froh, dass das Internet, das er ansonsten verabscheute, es so leicht machte, mühelos und anonym an solche Bilder (bewegte oder unbewegte) zu gelangen, die ihm halfen, die tägliche Klimax herbeizuführen – schließlich hatten ihm ein Urologe und ein Androloge unter der Hand wärmstens empfohlen: *One ejaculation a day keeps the prostate cancer away!* So wenig er an den medizinischen Erfolg dieses Rats glaubte, so sehr bemühte er sich dennoch, ihn zu befolgen, denn er erlebte seinen ruinierten Leib nur noch beim Orgasmus *positiv* – der nebenher auch den Kopf wieder frei machte für weniger Unappetitliches, sprich politische, existenzielle und künstlerische Sinnfragen. Ohne das war man im Alter wie ein vernachlässigter Garten: Im Nu gewann die Natur die Oberhand zurück, das Physische und Vegetative triumphierte wieder über Intellektualität und Kultur – beim Mann (so die Legende) in absurdester Form durch eine allerletzte banale, peinliche Erektion im Todeskampf.

Samuel Liebe hatte nie *so* werden und enden wollen: reduziert auf Medikamente, Essen, Trinken und Verdauung, im Fernsehsessel dahinvegetierend, als einzige Lektüre die *Apothekerzeitung* auf dem Küchentisch – so hatte er es u.a. bei seinem Vater in dessen letztem (dem 90.) Lebensjahr mitansehen müssen. Stattdessen war er als sehr junger Mann, der gerade begann, sich die Parallelwelten von Literatur, Philosophie, Kunst und Religion zu erschließen (parallel zur Misere seines realen Daseins), davon überzeugt, dass er im Alter, endlich frei von allen niederen Affekten und Instinkten, weise und gelassen sein würde – so wie es in seiner naiven, spätpubertär-romantischen Vorstellung dem alten Goethe, dem alten Hesse, dem alten Max Ernst, Lao-Tse, Buddha, Sri Aurobindo usw. offenbar geglückt war.

Aber der 72-jährige Geheime Rat (und schon dieses Beispiel reichte zur Zertrümmerung von Samuels Illusionen) hatte sich 1821 heftigst in die 19-jährige Ulrike von Levetzow verliebt (und gar gewünscht, sie zu ehelichen), und das mit aller noch verfügbaren Sinnlichkeit (und keineswegs platonisch); und der alte Dichter war daran verzweifelt (und beinah zerbrochen), dass seine unkaputtbare Libido in seinem unansehnlichen greisen Leib auf immer gefangen war – während seine Umgebung sich der peinlichen Gelüste dieses dirty old man schämte, der seine fundamentale Niederlage nur dank der wehmütigen *Marienbader Elegie* überlebte.

Viele der peinlich berührten Zeitgenossen Goethes sprachen aber von ihm gern und emphatisch als dem *schönen* Greis ... und meinten damit wohl, wie Samuel vermutete, den starken Eindruck seines Gesichts, in das sich sein mannigfaltiges Leben offenbar tief und unverwechselbar eingeschrieben hatte. Von der welken, runzligen Haut seiner Arme und Beine, dem zahnlosen Mund, dem geschrumpften Penis, dem Schmerbauch, den Altersflecken auf dem gebeugten Rücken, den Hämorrhoiden etc. wollten sie gewiss nichts wissen, denn in dieser Hinsicht war Goethe am Ende wie jeder andere: aufgebraucht, verbraucht, beliebiger Abfall, zur baldigen Auflösung bestimmt, kurz: Natur. Und Natur, so Samuels Überzeugung, war per se nicht *schön* – es gab sie, das war alles. In diesem Sinn, fand er, war auch der Geschlechtsakt Natur und darum für Zuschauer kaum ein ästhetisches Vergnügen – außer in seiner künstlerischen oder rituellen Sublimierung (Julie Christie und Donald Sutherland in *Wenn die Gondeln Trauer tragen* oder Léa Seydoux und Adèle Exarchopoulos in *Blau ist eine warme Farbe* oder die ausgefuchsten Choreographien des *Kamasutra* usw.). Pornographie dagegen hatte keine ästhetischen Ambitionen, ihr (legitimes) Lustprinzip zielte direkt auf den Unterleib des Betrachters/der Betrachterin. Sie war per se nicht *schön* – es gab sie, das war alles ... Und Samuel, der sich ihrer bisweilen bediente, musste sich beschämt eingestehen, wie wenig individuell seine vermeintlich ureigenen erotischen oder sexuellen Obsessionen letztlich waren, fand er sie doch alle ohne Mühe im üppigen Bilderkosmos der Pornographie oder der Straße wieder – schlichte Allerweltsbilder, die er mit vielen, allzu vielen Geschlechtsgenossen teilte. Männerphantasien.

Erstaunlich war allenfalls, dass er, im alltäglichen Regelbetrieb extrem kurzsichtig, jetzt, gegen Ende seines Lebens, sobald er seine Wohnung verließ, ein überaus scharfes Entdeckerauge für alles hatte, was er als erotisches Signal verwerten konnte – genauer: Er gierte geradezu nach solchen Signalen, in einem Maß, das ihn früher, als ihm Frauen seiner Präferenz noch zugänglich waren (oder schienen), belustigt hätte. Oder vielmehr: Solange er, als er jünger war, gedankenlos davon ausging, dass seine Sehnsüchte eine unbefristete Zukunft hatten, fokussierte sich sein erotisches Begehren auf die aktuelle Frau seiner Wahl und den Kampf um ihre Gunst.

Nun jedoch, als 70-jähriger alter Mann ohne nennenswerte Zukunft, drängte ihn die immer knapper werdende gestundete Zeit dazu, noch so viele Bilder und Reize wie irgend möglich zu sammeln und in lustvolle Augenblicke zu verwandeln, ehe auch das nicht mehr gelingen würde. Ganz abgesehen von den erwähnten joggenden Frauen, entging ihm selbst während der Fahrt mit dem Auto oder der Straßenbahn keine anmutige Frauengestalt, die 100 m weiter gerade beschwingt um eine Ecke bog, beim Einkaufen fing sein sicherer Blick hinter dem nächsten Regal untrüglich ein atemberaubendes Frauengesicht ein, und wenn er morgens zum Lüften das Fenster zur Straße hin öffnete, dann garantiert in dem Moment, da die betörend durchtrainierte Mittvierzigerin von nebenan in ihren Mini stieg, wobei der hochrutschende Rock für einen Augenblick dunkelbestrumpfte Beine zeigte.

Dass all diese anonymen Reize noch immer seine Lust aktivierten, lag nur daran, dass sie (ein Umweg) seine Erinnerungen an die realen Körper von Frauen vergegenwärtigten, die er geliebt hatte, an ihrem Geschmack, ihren Geruch, ihr Gewicht, ihre Wärme, ihr Haar, ihre Haut, ihre Hände und Lippen, ihre Kleidung – Leonard Cohen in *First We Take Manhattan*: I love your body, your spirit and your clothes.

Truffauts Bertrand Morane, besessen von den Beinen der Frauen, kostet seine Obsession das Leben. Eines Abends in Montpellier fährt ihn ein Auto an, weil sein Blick zwanghaft verführerischen Frauenbeinen folgte statt dem Straßenverkehr. Schwer verletzt findet er sich im Hospital wieder; als eine Krankenschwester ins Zimmer tritt, dreht er sich auf dem Bett zur Seite, um ihre Beine sehen zu können. Dabei reißt er die Infusionsschläuche heraus und stirbt. Ein schlüssiger Tod.

(Oktober 2021)

Inhalt

Weitere Bände:

Liebe, Tod & Fritz Teufel (Erzählung)
Schott's Mitteilungen von einem unbewohnten Planeten (Kurzroman)
Hör-Stücke
Songbook
Marktwirtschaftliche Gedichte
Denk-Bar (Essays & Ideen)